모래
바람

모래
바·람

도진기 장편소설

시공사

중년 남자 네댓이 몰려나오며 회전문을 막아버렸다. 진구와 해미는 그들을 피해 옆문을 밀고 들어갔다. 그녀 또한 회전문을 피해 옆문으로 빠져나오려던 참이었다.

진구는 그 자리에 우뚝 얼어붙고 말았다. 언젠가 한 번쯤은 우연히 맞닥뜨리지 않을까 하는 생각은 있었다. 지금 여기서, 라고는 생각지 못했다. 그래서 당황했다.

10년이 넘게 흘렀는데도 얼굴을 알아보는 건 신기하리만치 쉬웠다. 진구보다 그녀 쪽이 조금 더 빨리 알아본 것 같았다. 그녀는 조금도 놀라지 않았다.

"안녕."

매일 마주치던 사람처럼 인사가 자연스러웠다. 그녀는 문을 향해 바쁘게 걸어오는 사람들을 보며 옆으로 비켜설 만큼 여유도 있었다.

"그래……. 이런 데서 다 만나네."

진구도 비켜섰다. 표정이 애매하다. 해미는 의아해하며 진구 옆에 붙었다.

"잘 지냈어?"

유연부. 얼굴은 진구가 기억하는 예전 모습 그대로였지만 스 타일은 놀라울 정도로 변했다. 마지막으로 보았을 땐, 저지 차 림이었던가? 지금은 검은 셀린느 풍 정장에 브라운 색상의 멀 버리 백을 들었다. 코끝을 자극하는 기분 좋은 향기와 길게 찰 랑거리는 머릿결. 진구와 같은 나이지만 성숙미가 물씬 풍겼다. 그리고 여전히, 무척 예뻤다. 상대를 빨아들일 듯이 깊은 눈, 갸 름한 턱선, 백자 유약을 바른 듯한 피부. 특급 호텔 로비나 상류 층 파티장에 어울릴 법한 모습이었다.

"대충."

"그래 보이네. 이쪽은 여자 친구?"

연부가 해미 쪽으로 눈길을 잠깐 주었다가 다시 진구에게 고 개를 돌리며 물었다. 그때 진구의 왼손에 슬며시 보드라운 손이 감겨들었다. 진구가 내려다보니 해미가 은근슬쩍 진구의 손을 잡고 있다. 연부를 쳐다보는 눈에는 경계의 빛이 감돌고 있었 다. 유연부도 해미를 마주 보았다. 연부의 시선은 다시 아래로 떨어졌다. 그 시선의 끝에는 보란 듯이 꼭 쥔 해미와 진구의 손 이 있었다. 진구는 거의 반사적으로 손을 뺐다. 해미의 손은 약 한 저항만을 남기고 맥없이 풀려나갔다. 해미는 놀란 눈으로 진 구를 쳐다보았다. 치켜뜬 시선은 이내 성난 빛으로 바뀌어 이글 거렸다. 두고 보자는 신호.

진구는 고개를 끄덕였다.

"그래, 나중에 연락해. 차나 한잔하자. 지금은 나도 갈 데가 있어서."

연부는 가방을 열어 명함을 건넸다. 그러고는 진구에게 손을 흔들고, 해미에게는 가볍게 눈인사를 했다. 굽 높은 펌프스를 또각또각 울리며 문을 열고 나간 그녀가 향한 곳에는 납작 엎드리듯이 대기 중인 노란 스포츠카가 있었다. 운전석에는 젊은 남자가 앉아 있었다. 연부가 다가오자 그는 이를 드러내며 웃어 보였다. 연부는 자연스럽게 차에 올랐다. 곧 굉음이 울렸다.

"세상에, 저런 차도 있네. 저거 뭐야?"

해미는 벌써 시야에서 사라진 차의 뒤꽁무니를 멍하니 바라보며 물었다.

"별거 아냐. 듣보잡이지."

진구는 해미가 지금 목격한 차가 람보르기니 아벤타도르이며 한국에 몇 대 안 될 거라는 말은 하지 않았다.

"쳇, 그래도 스포츠카잖아. 부티 나는데. 아까 향수도 그거더라. 조 말론, 20만 원짜리."

해미의 말투가 벌써 꼬이고 있다. 자부심 높은 해미가 이 정도로 신경 쓸 상대라면 어떤 의미로든 존재감을 인정받은 셈이다. 진구는 연부에게서 받은 명함을 읽지 않고 주머니에 조용히 넣었다.

"누구야?"

"유연부라고, 중학교 동창이야."

"어떤 사이였어?"

"별 사이 아녔어. 나중에 이야기하자. 지금은 일이 있잖아."

"좀 예쁘네?"

해미의 말투가 여전히 꼬여 있다.

"저런 스타일 별로야. 알잖아."

"아까 내 손은 왜 뿌리쳤어?"

해미는 쉽게 물러설 기색이 아니었다. 진구는 "내가 그랬나? 민망해서 그랬나보지" 하고 둘러댔지만 해미의 의심은 쉽게 풀리지 않았다. 해미에게 솔직히 말할 수는 없었다. 해미가 진구의 손을 잡고, 연부가 그것을 보았을 때, 문득 정전기를 감지하듯 어떤 위험을 느꼈다고. 그래서 자신도 모르게 손을 내쳤다고. 생각해보면 지금에 와서 그럴 이유는 없다. 과민반응이다. 옛날의 기억이, 그리고 그것을 떠올리게 한 연부의 눈빛이 본능적으로 진구로 하여금 그런 행동을 하게 했다.

진구는 해미의 손을 잡아끌고 로비 안쪽으로 발걸음을 옮겼다. 의뢰인은 21층 사무실에서 기다리고 있다. 약속한 시간은 저녁 7시 30분. 저녁을 일찍 때운 진구는 예정된 시간보다 조금 일찍 도착했다. 진구와 해미는 안쪽 엘리베이터를 타고 21층으로 올라갔다. 그 짧은 시간에 쏟아진 해미의 거침없는 질문공격을 진구는 막아내야 했다.

엘리베이터 문이 열리자 21층 흰 벽면에 붙은 '제이디애셋'이라는 안내판이 보였다. 진구도 이름은 들어본 대형 벤처투자회사다. 21층을 포함해 건물 상층부를 통째로 임대한 것 같았다.

복도 양옆으로 늘어선 사무실은 다 퇴근했는지 불이 꺼져 있었다. 진구가 다다른 곳은 복도 끝에 자리한 회장실이었다. 입구에 있는 책상 두 곳도 비어 있었다. 비서들도 모두 퇴근하고 없는 모양이다.

진구는 방문을 노크했다. 잠시 후 "네" 하는 젊은 남자의 목소리가 들렸다. 문을 열고 들어서자 넓은 방 중앙에 예순 정도 되어 보이는 남자가 앉아 있었다. 그 옆에 젊은 남자가 한 명 서 있었는데, 방금 들은 목소리의 주인일 것이다. 그는 일전에 '김현욱'이라고 자신을 소개했다. 진구는 김현욱으로부터 연락을 받고 먼저 만났었다. 훤칠한 키에 잘생긴 얼굴이지만 낯빛이 검고 광대가 불거져 귀티는 나지 않았다. 빗어 올린 머리에 금속 안경테를 쓴 모습이 무척 차가워 보이는 인상이었다. 조사에 관한 일반적인 이야기를 나누고 비밀보장이 필요하다든가 하는 이야기도 나눴다. 말하자면 김현욱은 회장의 대리인 혹은 집사 역할이었고, 그와 만난 건 의뢰인을 대면하기 전 일차적인 면접이었던 셈이다. 그러고는 오늘 다시 회장인 상준동 본인으로부터 전화가 왔다. 직접 만나기 전에 전화를 통해 한 번 더 상대방을 심사하겠다는 의중이 엿보였다. 상준동은 대단히 짧은 통화 끝에 통보하듯이 당일 저녁으로 약속을 잡았다.

진구와 해미를 힐끔 본 60대 남자는 젊은 남자에게 "김 부장은 나가 보게" 하며 손짓을 했다. 김현욱은 고개를 숙이고는 진구와 어깨를 부딪치듯이 걸어 밖으로 나갔다. 재빨리 진구를 한 번 훑어보고 지나쳤는데 '잘 해' 하는 듯한 신호를 보낸다고 느껴졌다.

"자네가 아까 통화한 김진구?"

남자의 휑한 머리가 반질거렸다. 당연한 듯 자신 있게 반말을 건네는 이 남자가 의뢰인인 상준동이다. 제이디애셋의 대표 이사이자 회장이며 돈줄. 배고픈 불도그 같은 얼굴에 배는 불룩 나와 있다. 한 줌의 지성도 느껴지지 않는 표정. 한평생 처세술로만 살아온 인상이다.

"네. 이쪽은 같이 일하고 있는 친구입니다."

진구는 해미에 대한 의문을 미리 해소시키며 상준동 앞 오른쪽 소파에 앉았다.

"심부름센터를 한다고?"

"그냥 프리랜서입니다."

"뭐 그런 게 중요한 건 아니고."

상준동은 두툼한 손을 내밀어 휙 저었다.

"어차피 뒷조사 일을 하는 거 아닌가."

"뒷조사가 아니고, 탐정이에요."

해미가 말했다. 상준동이 해미를 보았는데 그 대답에 크게 개의치는 않는 눈치였다.

"탐정업이든 뭐든 이름은 좋아. 지금 나간 김 부장이 자넬 추천해줬어. 이쪽에선 꽤 일을 잘한다고."

진구는 상준동이 물 한잔 내놓지 않았다는 사실을 깨달았다. 아마 아무것도 대접할 생각이 없는 것 같다.

"꽤 정도가 아니죠. 이쪽에서는 제일이에요."

해미가 또 끼어들었다. 상준동은 해미를 다시 쳐다보았다. 귀찮아하는 기색이었다.

"그 정도로 자신 있다니까 차라리 다행이군. 그럼 용건부터 말하지."

상준동은 팔을 뒤로 돌려 책상에서 종이 한 장을 집어 탁자 위에 놓았다. 진구는 의뢰인의 페이스에 말려들지 않으려 일부러 종이에 시선을 두지 않았다. 상준동이 손가락으로 종이를 탁 치며 말했다.

"이 사람을 조사해줘."

"어떤 조사 말입니까? 범죄 쪽입니까?"

진구는 머릿속으로 회사공금 횡령 사건 같은 것을 떠올렸다. 경찰에 알리기 전 내부적인 조사 단계? 하지만 상준동은 고개를 저었다.

"그런 일은 아니야. 그저 신상조사. 우리 회사 사람이야. 뭐 출신학교나 가족관계, 신체 사이즈 같은 거야 여기에 다 적혀 있지만, 내가 원하는 건 그런 게 아냐. 어떤 사람인지, 주변 인간관계는 어떤지, 따로 사귀는 남자는 없는지, 그런 실제적인 정보들 말이야."

사귀는 남자? 그렇다면 대상자는 여자인가.

"그 정도면 됩니까?"

상준동이 답답하다는 듯 말했다.

"말하자면 흠이 있는지 찾아보란 거지."

"어떤 종류의 흠 말씀이신가요?"

"실은."

상준동은 다른 이는 아무도 없는데도 비밀 이야기를 하듯이 상체를 숙였다.

"이 친구는 내 비서야. 예쁘고 똑똑하고 타고난 머리도 좋아. 요즘 내 아들놈이 완전히 빠졌어. 결혼까지 할 기세거든. 그래서 좀 알아보려는 거야. 물론 이 친구 능력은 인정해. 그래서 팀장이란 직함을 주고 비서 겸 참모 삼아 곁에 두고 있지. 나도 사람 보는 눈이 있어. 보기 드문 아가씨야. 하지만 난 사람은 보이는 게 다가 아니란 걸 알 만큼은 세상을 살았어. 아무리 겉으로 완벽해 보여도 말이야."

그는 다시 허리를 쭉 폈다.

"회장님께서는 이 결혼이 맘에 안 드시나보군요."

"안 내켜. 하지만 아들놈이 고집을 부리고 있어. 바보같이. 결혼은 감정만으로 하는 게 아닌데 말이야."

"아드님이 인생을 망칠까봐 걱정되시는 거군요."

"걱정하는 게 아니야."

상준동은 오른손을 휙 쳐들며 음성을 높였다. '걱정'이란 단어에 기분이 상한 듯 보였다.

"그깟 결혼 잘못한다 해도 내 자식놈이 어떻게 될 건 아니지. 뒤에 내가 있는데. 내 비서인 아가씨도 똑똑한 애고. 하지만 솔직히 말해서, 배경이 너무 없어. 하나뿐인 아들인데 이왕이면 좀 괜찮은 가문에 장가들이고 싶어. 그 덕에 내가 이 사업을 일궈냈듯이 말이야."

상준동은 한눈에도 비싸 보이는 가죽 소파의 두툼한 팔걸이를 툭툭 쳤다.

"이 아가씨의 약점을 찾아내. 결혼을 반대할 이유가 될 만한 걸로 말이야. 말하자면 알고 봤더니 이런 여자였다, 하고 생각할 만한 거. 도박, 낭비벽도 좋고, 약물도 좋아. 난잡한 남자관계면 제일 좋겠지."

"그냥 결혼 반대 의사를 밝히시면 되지 않습니까?"

"아들이 날 닮아서 고집이 세. 그냥 타이른다고 네, 하고 물러서진 않을 거란 말이지. 그래서 눈앞에 보여주려는 거야. 아들이 고집도 날 닮았지만 계산도 날 닮았거든. 아무리 좋아한다 해도 저한테 해롭다고 생각하면 금세 포기할 거야. 내가 알아."

진구는 해미를 보았다. 벌써 얼굴이 붉으락푸르락하고 있다. 정의파 해미가 흥분해 일을 그르칠까봐 진구가 얼른 말했다.

"알겠습니다. 일단 한번 보죠."

진구는 종이를 집어 들었다. 이력서를 출력한 종이였다.

진구는 움찔했다. 다음 순간 종이를 든 진구의 손이 정지화면처럼 멎었다.

조금 오래 들고 있다고 해미와 상준동 모두 느낄 즈음, 진구는 이력서를 조용히 탁자 위에 내려놓았다.

"죄송합니다. 이 건은 맡지 않겠습니다."

"뭐, 왜? 아직 보수 이야기는 하지도 않았는데."

상준동이 의외라는 듯 진구를 쳐다보았다.

"그냥 일 내용이 썩 내키지 않네요."

상준동은 또 진구를 훑어보았다.

"여기까지 와서 무슨 소리야?"

"이 일은 안 하겠습니다."

진구는 재고의 여지가 없다는 듯 단호하게 말했다. 상준동은 골이 단단히 난 표정으로 진구를 노려보았다. 뭐 이런 놈이 다 있어, 하는 얼굴이었다.

해미는 불안해졌다. 눈치를 보다가 슬쩍 손을 뻗어 종이를 집어 들었다.

해미의 눈동자가 커졌다. 아는 이름이었다. 비록 안 지 얼마 되지는 않았지만.

이력서에 적혀 있는 이름은 '유연부'였다.

***

여섯 살 진구는 궁금했다.

"왜 요즘 외할머니 안 와?"

"외할머니 아프셔. 많이."

현주는 진구의 앞머리를 손가락으로 몇 번 쓸어 올리며 말했다.

진구의 외할머니는 위암 판정을 받았다. 2기였다. 비교적 조기에 진단을 받은 건 그나마 다행이었다. 외할머니는 진구를 무척 귀여워했고, 올 때마다 장난감이나 맛있는 음식을 잔뜩 싸 들고 왔다. 진구도 그런 외할머니를 잘 따랐다.

"암이라는 병이래. 할머니 말씀 이젠 잘 들어야 해. 다음에 할머니 보거든 위로 많이 해드리자."

진구는 우울해졌다. 암이 어떤 병인지 어렴풋하게는 안다. 외할머니가 많이 걱정되는 상태라는 건 엄마의 표정과 분위기로 감지할 수 있다.

현주는 힘든 치료를 앞둔 엄마가 걱정되는 한편으로 진구를 보며 짠한 마음이 들었다. 외할머니를 무척 좋아하는 아이다. 암이 얼마나 무서운 병인지 정도는 알 거다. 아직 의미를 다 알진 못해도 얼마나 마음이 아플까.

그날 진구는 자기 놀이방에 틀어박혔다. 색종이와 연필, 가위와 풀 따위를 가지고 들어갔다. 뭘 만드는 눈치였다.

할머니 빨리 나으시라고 카드라도 만드는 걸까. 기특하면서도 마음이 짠했다. 어쩌면 진구가 처음으로 접하는 시련일 수 있었다. 사랑하는 사람의 아픔, 혹시 죽음까지도.

현주는 일부러 모른 척 내버려두었다. 그래, 저런 과정을 거쳐야 하는 거야, 애들이란. 진구가 다른 애들보다 좀 뒤처진 건 너무 편하게만 키워서일지도 몰라. 피할 게 아니라 정면으로 맞이해야 해. 그리고 혼자 겪어내야 해. 사랑하는 사람의 고통을 이해하고 위로하는 과정도.

사흘 후, 외할머니가 찾아왔다. 잠시 외출한 엄마를 대신해 외할머니는 혼자 있는 진구를 봐주러 오랜만에 걸음을 했다.

"우리 진구가 할머니 아픈 거 벌써 알고 있다고 했지."

외할머니는 애써 활기를 꾸며냈다. 진구가 좋아하는 김부각을 만들어 왔다며 보따리를 내려놓았다. 외할머니는 거실에 앉아 잠시 허리를 폈다.

진구는 방에 들어갔다 나오더니 무언가를 내밀었다.

"할머니. 이거."

"이게 뭐니?"

외할머니는 앉은 채로 진구가 내민 것을 받아들었다. 손바닥 위에 올라올 만큼 조그맣고 길쭉한 상자였다. 상자 위에는 빨간색으로 칠한 십자가가 그려져 있고 뚜껑이 덮여 있다. 관 같기는 한데, 도대체 무슨 뜻으로 만든 상자인지 알 수 없다. 고개를 갸웃하며 외할머니는 관의 뚜껑을 열었다. 상자 안에는 사람 모양으로 오려낸 종이가 상자에 딱 맞게 누워 있었다. 사람 모양의 종이는 머리 모양이나 주름살로 보아 외할머니 본인이었다. 종이 위에는 이렇게 적혀 있었다.

'고이 잠드소서.'

외할머니는 뜨악한 눈으로 진구를 바라보았다.

"이게 뭐니?"

"할머니, 위로해주려고."

진구는 멀뚱멀뚱한 눈으로 마주 보았다.

외할머니는 그날 저녁 진구 없는 식탁 앞에서 딸과 사위에게 이야기를 했다. 진구의 엄마는 어쩔 줄 몰라 하며 구구절절 변명했다. 이게 변명할 거리냐? 대체 애 교육을 어떻게! 외할머니는 화를 냈다.

종이 외할머니가 잠든 종이 관을 앞에 두고 진구의 아버지,

김민준 교수는 작게 한숨을 쉴 뿐이었다.

김민준은 잠시 후 진구를 데리고 방으로 들어갔다.

순진한 눈망울로 올려다보는 진구를 보다가 한 번 더 한숨을 내쉬었다. 이어 김민준은 진구의 머리를 쓰다듬었다.

"나 뭐 잘못한 거야?"

"아니."

김민준은 고개를 저었다.

"진구야……."

김민준은 입을 열어 조용히 말했다.

그건 진구에게 하는 말이 아니라, 마치 자기한탄처럼 들렸다.

"이 세상에서 가장 큰 죄는 '남과 다르다는 것'이란다."

진구는 이해할 수 없는 말을 하는 아빠를 빤히 쳐다보았다.

***

소녀는 연부가 좋았다. 초등학교 3학년 교실에서 가장 눈에 띄게 예쁜 아이였다. 큰 눈에 뽀얀 살결, 공부도 잘했다. 늘 웃음을 띤 얼굴로 친구들에게 상냥하게 대했고 남자 아이들이나 어른들한테도 스스럼없이 말을 잘 붙였다. 선생님을 전혀 겁내지 않으면서도 예의를 갖춰 선생님들도 모두 연부를 좋아했다.

저 아이처럼 되고 싶다.

그게 선망이라는 감정이란 건 나중에야 깨달았다.

그날 연부네 집에까지 가게 된 건 선생님이 그룹을 맺어서 부여한 공동 과제물 준비 때문이었다. 소녀는 두근거렸다. 연부의 집에 가기 전에 학교 화장실에 가 거울을 들여다보았다. 낮은 코에 쌍꺼풀 없는 눈. 촌스럽게 보이는 얼굴이 오늘따라 불만이었다.

연부네 아파트는 기대 이상으로 좋았다. 반지하 연립인 자신의 집과는 크기부터가 달랐다. 좋은 냄새가 났고, 색깔도 화사했다. 아빠가 교수시라고 그랬지. 그래서 해외에도 많이 다니신 모양이다. 희한한 물건들, 처음 보는 물건들이 많았다. 꺼내도 꺼내도 사람이 자꾸 나오는 러시아인형, 태엽을 감으면 알아서 활을 집어 네 발이나 쏘는 일본제 화살 동자. 펼치면 멋진 성이 생기는 그림책. 갖가지 귀엽고 깜찍한 인형들이 책장 선반에 걸터앉아 있고, 공주님이 사는 성이나 멋진 다리 모형 같은 것도 있다.

"와, 예쁜 거 정말 많다!"

소녀는 이것저것에 눈을 들이대며 연신 감탄했다.

물건이 넘쳐 책장 옆에는 온갖 자질구레한 물건들을 쌓아놓았다. 소녀는 잡동사니 한구석에서 빈 종이 상자를 발견했다. 인형을 넣었던 상자인 모양이다. 핑크색 상자에 온갖 꽃이 그려져 있어 눈에 확 띄었다. 재질도 반질반질 아주 좋아 보였다. 어떤 인형이 들어 있었는지는 모르겠지만, 아주 예쁜 공주님 인형이었을 거야. 공주 인형이 안 되면 저 상자라도 가지고 싶다. 연부는 저걸 어차피 버리겠지? 소녀는 생각했다. 그래서 연부에게 말했다.

"연부야, 저 상자 나 주면 안 돼?"

"왜?"

"너무 예뻐서."

"예뻐?"

"응. 예뻐."

"그래, 잠깐 기다려."

연부는 고개를 까딱하고 생긋 웃으며 다른 방으로 들어갔다.

소녀는 기다렸다. 상자 안에 들었던 인형은 얼마나 더 예뻤을까 상상하며. 혹시 안에 들어 있던 인형을 가져와서 보여주려는 걸까?

방에서 나온 연부의 손에는 가위가 들려 있었다.

소녀는 의아함에 눈동자가 커졌다. 연부는 상자를 집어 들었다. 가위로 천천히 상자의 가운데를 잘랐다. 상자는 비스듬하게 둘로 나뉘었다.

연부는 조각난 상자를 소녀에게 들어 보이며 말했다.

"이래도?"

연부는 생긋 웃고 있었다.

소녀는 그날, 둘로 나뉜 상자를 들고 집으로 돌아왔다. 마음이 차가운 얼음에 눌린 듯 서늘했는데, 처음 느껴보는 감정이었다.

왜인지는 모르겠지만 다음 날부터 연부를 피해야 할 것 같은 기분이 들었다.

진구와 연부는 5학년에 처음으로 같은 반이 되었다. 한 학년에 네 반인 초등학교였으니 확률에 비하면 조금 늦게 만난 셈이다.

 교육대학을 졸업한 지 2년 된 젊고 패기 넘치는 담임은 생각했다. 얼마 전 밸런타인데이 때 아이들끼리 비싼 초콜릿 많이 사줬지? 이번엔 화이트데이라고 또 비싼 사탕 건네고 할 모양인데, 그건 낭비야. 장삿속에 놀아나는 거라구. 또 한 반에서 누군 주고 누군 못 받고 그러면 안 되지. 화이트데이를 앞둔 날, 담임선생은 조회시간에 힘차게 말했다.

 "이번 화이트데이에 사탕 주는 건 금지. 대신 남학생이 여학생한테 친구로서 우정을 담아 카드 쓰기! 그리고 그 짝은 지금부터 선생님이 추첨할 거야."

 아이들은 몸을 비틀거나 웃거나 책상을 두드리거나 엎어지거나 했다. 그러면서도 마니또 게임 비슷한 방식에 다들 흥미를 보였다.

 남자가 조금 더 많았기에 몇 명은 카드 쓰기에서 면제되었다.

 담임선생은 만들어 온 제비를 하나씩 뽑아 이름을 불렀다.

 뽑을 때마다 "에이" 하는 소리와 "우와" 하는 소리가 엇갈려 들렸다.

 진구는 연부와 짝이 되었다. 아이들 사이에서 "우와" 하는 소리가 들렸다. 하필 공부 제일 잘하는 애들끼리, 뭐 그런 심사에서였던 것 같다.

 "친구를 칭찬하는 말, 좋아한다는 말은 반드시 넣어야 해! 더 많이 표현할수록 더 잘한 거야."

선생님은 한 번 더 강조했다. 이걸로 반 분위기가 더 화기애애하게 되리라 믿으면서.

진구와 연부는 학교에서 공인된 라이벌이었다. 진구와 연부는 딱히 서로 라이벌이라는 생각이 없었는데, 주변에서 그렇게 만들어 불렀다. 성적도 그랬지만, 그 관계는 아버지에서부터였다. 진구와 연부의 아버지는 같이 역사학을 전공하는 교수였고, 그들부터가 오랜 친구이자 라이벌이었다. 학계에서는 상당히 충돌하기도 한 모양으로, 실크로드와 한국 고대문명의 관계를 둘러싼 둘 사이의 논쟁은 유명했는데, 교수들의 자존심을 생각하면 겉으로 보기보다 훨씬 심각한 대립각을 세웠을 법하다.

그동안 반이 서로 다른 탓도 있었지만 둘은 그리 친하게 지내지 못했다. 아버지들 사이의 미묘한 관계가 그 둘 사이에도 알게 모르게 투영된 탓이다. 하필이면 누가 더 낫다고 하기 힘들만큼 성적도 비슷하게 우수했다.

진구는 실은 연부가 좋았다. 여기서 '좋았다'는 진구만의 이해방식이었다. 아빠를 좋아하는 것과는 좀 달랐다. 만나면 편안하고 얼굴 보면 예뻐서 좋고 자기를 보고 웃어주니 그건 분명히 기분 좋은 느낌이었다. 좋아한다는 게 이런 건가? 마치 배 위쪽이 쓰라리듯 아픈 그 느낌이 배고픔이라고 예전에 기억했듯이, 그런 '반응의 집합'이 사람을 좋아하는 감정이라고 진구는 해석했다. 국어시험지를 아빠한테 가져다주었을 때였다. '잃어버린 강아지를 찾았을 때 글쓴이의 심정은?' 문제에서는 정답인 '반가움' 대신 '화남'을 찍었고, '봄이 오는 소리 꽃망울 터지는 소리에 잠이 오지 않는다는 문장에서 느껴지는 정서는?' 문제에서 정답인 '설렘' 대신 '불안'을 선택해서 틀린 답안이었다. 진구의 아버지는 왜 틀렸는지는 가르쳐주지 않았다. 대신 차분하게 말했다. 표현하는 건 언제나 좋은 거라고, 그렇게만 이야기했다. 아빠는 모든 걸 다 아는 사람이었다. 언제나 옳았다. 진구도 아빠 말대로 해야 한다고 믿었다. 난 분명히 연부를 좋아하는데, 연부에게 좋아한다고 말할 기회는 없었다. 그래서 진구는 이번 카드 쓰기에서 연부와 짝이 된 걸 다행으로 여겼다.

반드시 칭찬하고, 좋아하는 마음을 억지로라도 표현하라는 선생님의 말씀. 아이들은 차라리 지나친 표현으로 민망함을 지우려 했다.

하트에 혀를 내민 큐피드 화살을 장난스레 그려 넣거나, 빨간색 하트 수십 개를 그려 넣어 여학생 얼굴을 빨갛게 만든 짓궂은 녀석도 있었다. 아예 심장 그림을 사실적으로 그려 넣기도 했다. 개중에는 정말 좋아하던 여학생과 짝이 되어 진지하게 하트를 그리는 남학생도 있었다. 좋아한다는 감정은 당연히 심장에 들어 있는 거니까. 어른들이 다 그렇게 표현하니까.

연부가 나중에 몇 번 돌이켜봐도, 아빠 친구의 아들이었고 은근히 라이벌 관계였던 진구를 좋아하게 된 건, 분명 이 카드를 받고서부터였다.

진구가 건넨 카드 겉면에는 '연부에게'라고 얌전히 적혀 있었다. 예쁘진 않지만 성의 있는 글씨체였다. 장난으로 보이지 않아 연부의 마음이 약간 흡족해졌다.

카드를 열었다.

넌 내가 아는 여자애 중에 가장 예뻐. 우리 더 친하게 지내
자. 너를 좋아하는 친구가.

이건 좀 진심이 담긴 거 같다.

연부는 활짝 미소 지었다.

하지만 진구가 써 보낸 서툰 그 문구 때문이 아니었다. 그 글
귀 아래 부분 때문이었다.

거기엔 다른 학생들이 보내는 하트 그림 대신 커다란 뇌가 그
려져 있었다.

***

"유연부가 누구야?"

해미의 본격적인 닦달이 시작되었다. 왕십리 언덕배기 진구
의 아파트로 돌아오자마자였다. 진구는 커피 잔을 들고 거실 소
파에 앉아 코앞에 들이민 해미의 얼굴을 밀어내느라 진땀을 흘
렸다.

"중학교 동창."

"그건 벌써 얘기했고, 털어놔. 누굴 속이려고. 아까 둘 시선이

심상찮았어."

　진구는 한숨을 쉬면서 유연부로부터 받은 명함을 꺼내 다시 한 번 들여다보았다.

　〈제이디애셋 총괄팀장 유연부〉

　상준동 회장의 비서이자 참모 역할이라고 했던가. 그런 깐깐한 사내로부터 신임을 받을 정도라니 역시 유연부답다. 그 신임이 업무 외적으로까지 연장되진 못한 것 같지만.

　예전 예쁜 모습 그대로 자랐다. 물론 훨씬 도회적이고 세련되었다. 지금까지 어떻게 지냈을까.

　"아버지 친구 딸이었어. 그래서 조금 더 친했을 뿐이야."

　"얼마만큼?"

　"연부 아버지하고 우리 아버지하고 같은 조사단에 있었어. 두 분 다 사막에서 돌아가셨고."

　해미는 흠칫했다. 진구에게 아버지는 금기어나 마찬가지였다. 무슨 역사학을 전공한 유명 교수였다던가. 진구는 먼저 아버지 이야기를 한 적이 없었다. 색마 송치수라든가, 재수 없는 이시현이라든가 하는 친구들의 입을 통해 몇 마디 들은 게 전부다. 그런 진구가 직접 아버지의 죽음을 말했다. 해미가 몰아붙이니 어쩔 수 없었던 모양이다. 본의는 아니었지만 해미는 조금 미안해졌다. 그래서 입을 다물고 진구의 표정을 살폈다.

　"우리도 그때 같이 따라갔었어. 나중에 사이가 서먹해졌고, 그렇게 중학교 졸업하고 나서, 소식도 끊겼지……."

　해미도 알고 있다. 진구를 은근히 질투하던 이시현한테서 들었다. 진구는 한때 수학으로 성공하겠다는 꿈을 품었었다. 다른 과목 성적은 그다지 좋지 못했다. 대신 수학만은 발군이었고, 수학이 아쉬운 친구들이 진구에게 모여들었다. 진구는 한국인 최초로 필즈상을 타겠다며 의욕을 불태웠다는데, 중학교 3학년 때 기록적인 성적으로 고등부 수학경시대회에서 금상을 탔고, 다음 해에 열리는 국제수학경시대회 준비를 하던 중이었다. 무슨 겨울학교란 데 입교를 앞두고 있었다고도 했다. 졸업을 앞둔 겨울방학, 아버지의 탐사대에 끼어 몽골인가 중국인가 모르겠지만 무슨 사막에 갔었다던가. 그때 유연부라는 여우, 아니 여자애도 같이 갔었군. 살짝 질투가 일었다. 그곳에서 진구의 아버지는 돌아가셨다. 해미는 그 사실만을 알고 있다. 이유는 모른다. 하지만 어린 진구가 얼마나 충격을 받고 슬펐을지는 상상이 갔다. 엄마하곤 일찌감치 헤어졌다니까 고아가 돼버린 거였다. 한국에 돌아온 진구는 인생의 의미를 잃은 사람처럼 그 좋아하던 수학도 포기했다. 고등학교에 진학했지만 줄창 농구만 해대다가 1년만 다니고는 자퇴해버렸다. 아버지는 그렇게 큰 의미였나, 진구에게.

생각을 쫓던 해미는 슬쩍 짜증이 일었다. 정작 당사자인 진구가 이야기해준 건 하나도 없었다. 전부 진구의 친구들한테서 주워들은 걸 해미가 조합한 사실이다. 그래, 이렇게 된 이상 김진구, 오늘은 좀 털어놔야겠어.

"왜 사이가 멀어졌어? 찬 거야, 차인 거야?"

해미는 진구의 코앞에 들이대듯 바짝 다가가 물었다.

"저리 좀 가."

진구가 가볍게 밀었지만 해미는 꿈쩍도 하지 않았다. 진구는 결국 체념한 듯 말했다

"중학교 친구 중에 해미 넌 몇 명이나 연락하고 지내냐? 나도 마찬가지야."

"그냥 친구 아닌 거 다 알아. 말해봐."

"그냥 멀어졌어. 사막 탐사대에서 둘 다 아버지가 돌아가셨고, 그 뒤로 그냥 그렇게 된 거야."

"아버지는 어떻게 돌아가셨는데?"

밀어붙이듯 이야기해놓고 보니 해미는 아차, 싶었다. 너무 나간 것이다. 진구는 입을 움찔하다가 마지못해 대답했다.

"그냥 사막 풍토병이었어."

해미는 진구의 말을 믿지 않았다.

하지만 더 물어보지 않았다.

***

"세상에, 어제 진구가 뭐라고 물었는지 아세요? 시간이 흐른다는 게 뭔지를 모르겠대요. 일곱 살이나 먹어서 그런 한심한 질문을 하다니⋯⋯. 진구, 애 바보인 거 아니에요?"

엄마의 목소리. 진구는 자고 있지 않았다.

"아인슈타인의 상대성 이론도 그런 의문에서 출발하는 거야.

시간이 흐른다는 게 대체 뭐냐는 의문 같은 거."

아빠는 다정하게 진구 편을 들어주었다.

"복장 터져, 정말! 갖다 붙이기는……. 나, 진구 키우기가 너무 힘들어요. 당신은 조금도 도와주지 않고."

"도와주지 않는 게 아니라 방식의 차이야."

"아냐! 뭐든지 당신 마음대로라고요."

나름대로 머리가 굵었을 때, 엄마와 관련된 기억을 돌이켜보면 그런 단편적인 것들만이 남아 있었다. 잉크가 번진 듯 어렴풋한 얼굴, 부드러운 목소리, 하지만 아빠와 싸울 땐 절규했다. 매사에 둔감하고 대답 없는 아버지 때문에 숨 막혀 죽을 것 같다는 말도 여러 번 했던 것 같다. 온갖 갈등의 정점은 대개 진구 이야기였다. 어쩌면 그건 부부의 핑계였는지도 모르겠다. 진구 문제는 갈등의 원인이 아니라 결과일 뿐이지 않았을까.

진구가 사물을 분간할 나이가 되었을 때, 엄마는 곁에 없었다. 그게 이혼인지 가출인지 오랫동안 아버지는 말해주지 않았다. 엄마가 집을 뛰쳐나갔다가 몇 달 후 돌아와서는 정식으로 이혼절차를 밟았다는 사실은 나중에 알게 되었다. 진구를 데리고 가서 키우겠다는 모성의 고집은 없었던 모양이다.

아쉬움은 없었다. 원망도 없었다. 아버지하고 안 맞았던 모양이다. 그래서 따로 살고 싶었던가보다. 싫으면 떠나는 게 당연하다. 싫은데 왜 억지로 같이 살아야 해? 하지만 진구가 중학생이 되었을 때까지도 진구를 색안경 낀 눈으로 바라보는 시선들이 도처에 있었다.

엄마가 버리고 간 아이. 이혼한 집 아이. 불쌍한 아이. 왜 그렇게 무책임할까? 아이 생각은 조금도 안 했나봐. 엄마란 사람이 그러면 돼? 아이가 먼저지.

진구는 이해할 수 없었다. 사람에겐 '할 수 있다'가 전부 아닌가? 할 수 있으니까 하지, 해야 해서 하는 사람을 한 명도 보지 못했는데. 할 수 있는데도 하지 말아야 하니까 안 하는 사람, 진실로 있기는 했나? 이 사람들은 도대체 왜 뭘 해야 한다는 식으로 말을 하는 걸까? 해야 하는 것만 하고 살아온 사람들이 어디 숨어 있다가 갑자기 내 앞에 나타난 걸까?

아니, '해야 한다'는 게 대체 뭐지? 왜 자식이라는 '남'을 위해, 다른 개체를 위해 자신을 버려야 하지? 무슨 자격으로 다른 사람들이 그걸 요구하는 것일까? 난 왜 그걸 엄마에게 요구할 수 있지? 부모니까? 그러니까 부모면 왜 그래야 하느냐고. 날 낳았으니까? 그래서…… 뭐?

그래야 한다는 이유란 어디에도 없다. 엄마는 자식을 위해 헌신해야 한다? '왜?'라고 물었을 때, '엄마니까'라는 대답 이상을 들어보지 못했다. 논리는 없다. 엄마에 대한 주변의 비난을 이해할 수 없었다. 도덕이 뭔지는 알겠지만, 왜 도덕을 따라야 하는지는 끝내 아무도 말해주지 않았다. 수학에는 그런 억지가 없다. 질퍽대며 바짓가랑이를 붙잡는 추태가 없다. 오로지 논리와 이성. 밤하늘의 별처럼 고고히 떠서 차갑게 빛나는 그것을 진구는 사랑했다.

진구와 연부는 나란히 같은 중학교에 진학했다. 사는 집이 근처였고 그 학군의 중학교는 그곳 하나였으니 필연적이었다. 중학교에서 둘은 더 가까워졌다. 진구는 국어니 사회 과목 같은 것을 접었다. 대신 수학에 모든 것을 집중했다.

　진구 아버지 김민준 교수는 진구에게 당구대를 사주었다. 운동에 통 취미가 없고 오로지 수학만을 파는 진구를 위해 그나마 김민준이 고안해낸 레저였다. 입사각, 반사각이 이루는 오묘한 조화는 진구의 구미에 맞았다. 집에서 치는 당구가 유일한 스트레스 해소책이었다. 실은 진구는 그보다 수학 문제를 푸는 쪽을 좋아했다. 수학은 스트레스 해소를 넘어, 가끔은 완전한 미(美)의 세계를 엿본 듯한 기분을 안겨주기도 했다. 다른 과목을 포기한 탓에 전체 성적은 떨어졌다. 김민준 교수는 개의치 않았다. 그는 생각했다. 좋은 대학에 가고 세상의 관습을 배우고 사교성을 발휘해 세속적으로 성공하는 길이 진구에겐 맞지 않아. 진구는 수학을 통해 세상을 살아야 한다.

　진구는 수학경시대회에 참가해 연전연승했다. 김민준 교수는 결과에 기뻐했을 뿐, 진구의 수학에 대한 재능을 두고 가타부타하지 않았다. 철저히 내버려두었다. 진구는 수학 분야의 노벨상이라고도 불리는 필즈상을 타는 것을 인생의 목표로 삼았다. 하지만 진구가 자유의지로 재능을 펼쳤다고 생각한 그 길은 김민준이 치밀하게 안배하고 만들어놓은 것이었다. 어쩌면 김민준 교수는 남과 다른 진구에게 수학이라는 효과적인 가면을 진작부터 덧씌우고 싶었는지도 모른다.

그런데 연부도 어느 틈엔가 수학에 몰입하기 시작했다. 선생님이나 주위 친구들은 어리둥절했다. 연부는 명실 공히 학교의 슈퍼스타였다. 무시무시할 정도로 뛰어난 성적, 예쁜 얼굴에 싹싹하고 다정다감한 성격까지. 진구가 수학 쪽에만 이름이 난 로컬 히어로라면 연부는 전국구급 스타였다. 그런 연부가 수학을 파고들자 사람들은 고개를 갸웃했다. 갑자기 수학을? 이렇게 한 과목에 올인하는 스타일이 아니었는데?

연부의 수학 실력은 단기간에 급상승했다. 연부도 수학경시대회에 출전했고, 그 시험장에는 항상 연부의 아버지, 유상호 교수가 동행했다. 그는 혼자 털레털레 시험장을 찾아온 진구를 지그시 노려보았다. 연부는 수학경시대회에서 곧 진구와 앞서거니 뒤서거니 하는 성적을 거두었다. 두 사람은 공인된 라이벌이었다. 그저 공부 잘하는 두 친구였던 초등학교 시절보다 비교도 안 되게 선명한 라이벌. 하지만 진구는 의식치 않았다. 연부도 경쟁심으로 공부하는 것 같지는 않았다. 연부의 성적, 그리고 진구의 성적에 가장 관심을 쏟는 사람은 당사자도 아니고 김민준 교수도 아닌, 연부의 아버지, 유상호 교수였다.

***

연부는 다른 때보다 일찍 출근했다. 핸드백을 책상에 내려놓고 곧장 상준동의 방으로 조심스럽게 들어갔다. 같은 비서실의 황다온도 출근하기 전이었다. 당연히 상준동은 방에 없었다.

제이디애셋 대표이사 상준동은 정시 출퇴근이랄 것 없는 팔자 좋은 나날을 보내는 중이었다. 투자 분석, 회사 탐방, 투자자 모집 등 실무는 팔팔한 젊은 직원들이 담당하고 있었고, 본인은 최종 결정에만 관여했다. 사무실에 들르지 않고 곧장 골프장으로 직행하는 경우도 허다했다.

그런데 어제는 평소와 다른 모습을 보였다. 연부는 상준동의 아들 상선기와의 데이트 약속 때문에 저녁 7시 넘어서까지 사무실에서 기다리고 있었다. 상준동은 그때까지도 퇴근을 하지 않았다. 10분쯤 지나서는 김현욱 부장이 상준동의 방에 들어갔다. 두 사람은 누군가를 사무실에서 기다리는 눈치였다.

상준동이 공적이든 사적이든 약속을 잡는다면 맞은편 책상을 쓰는 황다온을 통했기에 항상 연부도 알 수 있었다. 회사의 중요한 결정을 할 때는 반드시 연부의 의견을 물었다. 말하자면 상준동의 생활은 업무로나 사적인 면으로나 모두 연부가 파악하는 범위 안에 들어와 있는 것이다. 그런데 어제 상준동은 굳이 연부 모르게 약속을 정하고 사람을 만났다. 연부는 뭔가 꺼림칙한 느낌을 받았다.

이런 경우라면 두 가지 가능성이다. 여자 문제거나 아니면 연부 자신에 관한 문제. 늙은 회장의 여자 문제에는 관심을 두고 싶지 않다. 하지만 만약 연부 자신에 관한 일이라면? 그렇다면 좋지 않다. 좋은 일을 그런 식으로 꾸미지는 않을 테니까. 그 가능성은 높지는 않다고 생각했다. 평판이 썩 좋지만은 않은 상준동이지만 연부에게는 늘 잘해주었으니까. 통속적으로 보면 은인과도 같은 존재였다.

하지만 상준동은 그 자리까지 운으로 올라온 사람이 아니다. 사람 좋은 웃음 뒤에는 철저한 계산과 안배가 깔려 있다. 연부에게만은 예외적으로 대하리라는 기대는 하지 않는다. 그의 행동을 가벼이 보고 지나쳤다가 뒤통수를 맞는 일도 생기지 말란 법은 없다.

연부는 자신의 눈앞에 비밀스런 장막이 드리워진 채 일이 되어가는 것을 멍하니 두고 볼 만큼 인생을 운에 기대는 여자는 아니었다. 어느 쪽이든 확인해야 했다. 굳이 자신을 배제시킨 채 상준동이 진행하고 있는 일을.

상준동의 책장에는 장식용 책이 절반, 나머지는 온갖 차 통과 다구가 자리를 차지하고 있다. 다도는 일자무식 상준동이 유일하게 즐기는 품격 있는 취미였다. 보이차, 서호용정, 철관음 같은 중국의 명차부터 국내산, 일본 녹차까지 종류도 다양했다. 비서실 황다온을 시켜 커다란 보온병에 뜨거운 물을 채워놓게 한 다음 하루에도 몇 리터씩 직접 차를 우려내 마셔댔다. 그것이 자신을 무병장수로 이끌 거라고 굳게 믿고 있었다.

연부는 책장에서 눈길을 돌려 책상 위를 살폈다. 손으로 가볍게 훑어 내리듯 이것저것 열어보았다. 일정표로 쓰이는 달력에는 띄엄띄엄 암호 같은 머리글자가 적혀 있었는데, 개인적인 약속을 표시해놓은 모양이었다. 하지만 어제 날짜에는 아무런 표시가 없다. 더 이상하다. 어제 오후 분명히 약속이 있었다. 표시

조차 없다는 건 흔적을 남기고 싶지 않다는 의미다. 연부는 탁상전화기 옆 검은 뚜껑을 들어 포스트잇 박스를 열었다. 노란 종이 뭉치가 두툼하게 채워져 있었고, 맨 위 종이엔 아무것도 쓰여 있지 않았다. 대신 앞 장 글씨가 눌린 자국이 연하게 보였다. 알아볼 수 없었다. 통에서 연필을 꺼내 살살 칠해보았지만 소용이 없었다. 연부는 이어 탁상전화기로 손을 뻗었다. 버튼을 꾹꾹 눌러 액정화면에서 통화내역을 띄우고 어제 하루 동안의 내역을 그대로 받아 적었다.

상준동도 평소보다 일찍 출근했다.

연부와 다온의 책상 사이를 지나며 상준동은 손을 가볍게 들었다.

"하이."

평소에도 마치 선거 출마 사진이라도 찍듯이 잇몸이 훤히 드러나도록 활짝 웃는 상준동이었지만 오늘따라 그 웃음이 다소 큰 듯해 보였다.

"안녕하세요."

황다온이 꾸벅 인사했다.

"안녕하세요, 회장님."

연부도 환하게 웃었다.

상준동은 회장실 안으로 곧 모습을 감추었다.

연부는 바로 미소를 지우고, 상준동의 전화기에서 적어 온 전화번호 메모를 펼쳤다. 전날 상준동이 탁상전화기로 직접 건 것은 모두 세 통화였다. 첫 번째 번호는 '02'로 시작되는 것이었다. 아마도 자기 집이 아닐까.

잠시 후 황다온이 "언니, 잠깐 은행 좀 다녀올게요" 하고는 자리를 비웠다.

연부는 업무용 전화 수화기를 들고 첫 번째 번호를 눌렀다. "여보세요" 하는 나이 든 여성의 저음이 들렸다.

"여기 신세계 백화점인데요. 선물 의뢰가 있어서 확인차 전화 드렸어요. 상준동 님 댁이죠?"

"네."

연부는 전화를 끊어버렸다. 뒷일은 알 바 아니다.

두 번째는 '010'으로 시작되는 휴대전화로 건 것이었는데, 연부에게도 익숙했다. 상준동의 아들, 상선기의 전화번호였다. 이건 패스.

마지막 '010'으로 시작되는 번호는 낯설었다. 연부는 주저 없이 버튼을 꾹꾹 눌렀다.

"여보세요."

연부는 움찔했다. 귀에 익은 목소리였다. 잠깐 들었지만 분명히 기억했다. 기억해야 한다고 마음먹은 건 문자든, 숫자든, 사람 얼굴이든, 목소리든 결코 잊지 않는다. 잊을 리가 없고, 잊을 수 없는 음성.

목소리의 주인은 진구였다. 연부의 얼굴이 서서히 굳었다.

"여보세요."

진구는 나른하게 한 번 더 말했다. 대답이 없자 두 번 응답한 것도 많다는 듯, 곧장 전화를 끊을 기척이었다.

"나야, 연부, 유연부."

연부가 재빨리 말했다.

"연부……? 근데 내가 전화번호를 가르쳐줬었나?"

물론 아니었다. 연부가 자기 명함을 진구에게 건네줬을 뿐이다. 진구도 그 사실을 기억했는지 더 이상 말이 없었다. 연부가 말했다.

"잠깐 만날까?"

연부의 모습이 멀리서 보이면서부터 진구의 가슴은 엇박자를 그리며 고동치기 시작했다. 진구는 무심코 찻잔에 손을 뻗다가 손가락의 가벼운 떨림을 깨닫고는 그만두었다. 마음의 동요를 들키고 싶지는 않았다. 연부는 카페 한가운데를 가르면서 다가와 진구 앞에 앉았다.

"안녕."

연부는 백을 옆 의자에 걸쳐놓고는 마치 어제 헤어진 친구처럼 인사를 건넸다.

"그래, 잘 지냈어?"

진구는 고개를 들고 눈을 잠시 맞추었다가 이내 시선을 피했다. 어색한 침묵이 흘렀다. 분명 반가운 마음도 일었다. 하지만 선뜻 다가서지 못했다. 연부도 느끼지 못할 리가 없다. 아마도 처음의 가벼운 인사는 연부로서도 연기였던 듯하다. 착잡한 표정에 사로잡힌 채 연부는 백을 열어 휴대전화를 꺼냈다. 하지만 그저 테이블 위에 놓았을 뿐이다.

종업원이 다가오자 연부는 카푸치노를 주문했다. 그녀가 고개를 돌리고서도 한참 후에 진구가 겨우 입을 열었다.

"그동안 어떻게 지냈어?"

"그동안이라니?"

"고등학교 올라가선 네 소식 못 들었어."

"고등학교?"

연부는 웃었다.

"꽤나 오래 거슬러 올라가는데?"

진구는 시선을 피했다. 연부가 다시 말했다.

"그때부터 말이지?"

그때.

진구는 대답을 하지 않았다. 떠올리고 싶지 않은 기억들이다. 눈을 들어 쳐다보니 연부는 덤덤하다. 역시 연부가 더 냉정하다. 적어도 예전엔 그랬다. 과거의 진구는 그녀 앞에서 순진한 수학 너드(nerd), 재밌는 장난감에 불과했다. 어느새 10여 년 전의 역학관계가 두 사람 사이에 재현되고 있었다.

연부는 혼자 무언가를 골똘히 생각하는 듯했다. 그러다 태도를 조금 바꿔보기로 결심한 모양이다. 이내 술술 말이 흘러나왔다.

"아빠가 돌아가신 담부턴 망했지, 뭐. 그런 경우엔 항상 그러듯이 어디선가 채권자, 친척들이 바람처럼 나타나선 야금야금 돈을 다 뜯어갔어. 엄마가 할 줄 아는 게 있어야 말이지. 너도 알

다시피 우리 아빠 카리스마가 장난 아녔잖아. 엄마는 그저 아빠 말에 네, 네 하고 고개를 끄덕여온 게 다였으니까. 세상 물정을 몰라. 재산을 지키지도 못했어."

"……고생했겠네."

진구는 텅 빈 눈으로 연부를 쳐다보았다. 연부는 더 말하려다 말고 고개를 가볍게 저었다. 그러고는 한 일자로 입을 굳게 다물어버렸다. 또다시 침묵.

진구는 입이 자꾸만 말라가는 느낌이었다. 아무래도 연부를 상대하는 법을 잊어버린 것 같다. 아니면 이제는 더 이상 예전의 연부를 떠올릴 수 없게 되었든가. 진구가 잠자코 있으려니 연부가 입을 열었다.

"넌 어떻게 지냈어?"

"대충 살았어."

"대충? 너, 꽤 변한 것 같다."

"내가…… 변했나?"

"넌 수학과 가서 대학교수 과정을 밟거나, 그렇게 살지 않을까 싶었거든."

"나도 아버지 돌아가시고 사정이 좀 나빠졌어. 고등학교도 중퇴했고."

"그랬구나."

연부가 주문한 카푸치노가 나왔다. 진구는 종업원이 멀어져가기를 기다려 말했다.

"검정고시로 대학 가서 조금 공부하다가 집어치웠어. 별로 재미가 없더라."

"수학에 흥미를 잃어버린 거야?"

"아니, 경제학과였고, 법학을 부전공했어."

"의외네."

하지만 연부는 진구가 다른 길을 택한 연유를 시시콜콜 묻지 않았다. 자신 또한 질문 받지 않은 보답인지 모른다.

"지금은 무슨 일 하고 있어?"

말이 막혔다. 남들이 걷는 길을 가고 있지 않은 것에 조금도 거리낌이 없었다. 해미에게는 심지어 자랑스럽고도 뻔뻔하게 큰소리치기까지 했다. 하지만 연부가 당장 이해할 수 있게, 진구에 대한 평가를 변질시키지 않게 말할 자신이 없었다.

"조사 업무 같은 걸 하고 있어. 의뢰받아서."

"그렇구나."

연부는 이해했다는 듯 고개를 끄덕였다. 어린 시절 진구를 아는 연부라면 의외라는 놀라움, 호들갑 그런 종류의 반응을 보여야 당연할 텐데, 가볍게 수긍하고만 있었다. 변하지 않았다. 그 강렬한 자존심. 아니, 변하긴 한 것 같다. 자존심은 더 세련되고 더 확고해졌다. 진구는 무언가 설명하고 싶었지만 왠지 구차한 변명이 되는 듯해 말을 삼켰다.

"여자 친구도 있더라."

침이 한 번 꿀꺽 넘어갔다.

"응."

"이름이 뭐야?"

"주해미."

"많이 신경 쓰는 것 같던데."

좋아한다는 말 대신 신경 쓴다고 표현한 연부의 어법에 진구는 왠지 서늘함을 느꼈다.

"여자 친구니까."

"여자 친구니까 아껴줘야 한다, 그런 것도 배웠구나."

연부가 희미하게 웃었다.

"그런 걸 배워야 아냐."

"넌 그럴 거라고 생각하는데."

"해미는 의리가 있어. 그런 여잔 많지 않거든. 잃고 싶지 않아서."

연부는 별다른 반응을 보이지 않고 무표정하게 카푸치노 잔을 들어 입가에 가져갔다. 진구는 혹시 연부를 빗대어 하는 말로 여겨지지 않을까 싶은 생각이 뒤늦게 들어 움찔했다. 감정을 드러내지 않으려 한 말이 오히려 연부를 자극했을까. 진구는 더 이상 화제가 해미에게 머무르지 않기 위해 무언가를 해야 했다. 진구가 서둘러 말했다.

"너도 의외다. 비서라니."

"왜?"

"연부 네가 다른 사람 커피를 타주는 모습이 상상이 가질 않거든."

연부가 웃었다.

"나도 마찬가지야. 커피를 잘 못 타거든. 그건 황다온 씨라고 따로 담당하는 사람이 있어. 난 회장님 바로 옆에서 투자 관련 업무 쪽 일을 맡아. 참모 같은 역할이지."

"그렇구나."

진구의 말이 끊겼다. 연부는 카푸치노 잔을 들었다. 진구가 또 질문을 궁리해냈다.

"하필이면 그 회사에 연부 네가 있다니 정말 놀랐어."

"사연이 좀 있었어."

연부가 카푸치노 잔을 내려놓았다.

"어떤 사연?"

"고등학교 졸업하기 전에 엄마가 돌아가셨는데……."

진구가 무어라 위로의 말을 하려는데 연부가 아무렇지 않게 다음 말을 이어가는 바람에 틈을 놓치고 말았다.

"그때 상준동 회장님하고 인연이 닿았어. 그 회사에서 마침 불우한 환경 때문에 공부할 기회를 놓치는 학생들을 후원하는 장학금을 주고 있었거든. 선생님 추천으로 내가 선정이 됐어. 장학금도 받았지만 회장님이 날 특별히 예쁘게 봐주셨어. 곧장 유학까지 보내주셨으니까. 회장님 아니었으면 대학 진학 따위 생각지도 못했을 텐데, 덕분에 미국 대학까지 졸업했으니 은인과도 같은 분이지. 난 어쨌든 수학을 계속한 셈이야. 수리통계학을 전공했어. 졸업하고서 월스트리트에 스카우트되었는데, 회장님이 자기 회사에서 일하자고 그러시더라. 하도 간곡하게 말씀하시기에 은혜도 입었고 물론 괜찮은 대우도 약속받고 해서 그냥 이리로 왔어. 잠시만 일하기로 했는데 지금까지 왔네."

진구는 연부가 말하지 않아도 알 것 같았다. 상준동이 그녀를 눈여겨보게 되는 때까지 많은 시간이 걸리지 않았을 것이다. 그가 아무리 장사꾼 기질이 앞서는 사람이고 장학 사업을 형식적으로 운영했다 해도, 조금만 관심을 두고 보았으면 연부가 얼마나 놀라운 아이인지 금세 알 수 있었을 것이다. 연부는 미국 대학에 진학해서도 뛰어난 성적을 거두었음에 틀림없다. 연부의 능력에 홀딱 반한 상준동이 그간의 은혜를 빌미로 적극 스카우트 한 모양이다. 하지만 어디까지나 자신의 참모로서다. 아들의 짝으로는 그 능력이 그다지 장점이 되지는 못했던 모양이다. 진구에게 연부와 아들과의 결혼을 막을 뒷조사를 의뢰하려던 걸 보면 그렇다. 어쩌면 연부보다 집안이 좋은 여자와 결혼시키겠다는 상준동의 말은 핑계에 불과한지도 모른다. 연부의 지성이 오히려 아들에게 독이 된다는 판단이었을 수 있다. 똑똑하고 야심만만한 며느리와 멍청하고 소비적인 부잣집 아들. 통속적인 구도지만 자칫하면 자신이 평생을 걸쳐 일군 기업이 뿌리째 흔들릴 수도 있다. 더구나 상준동 같은 세대의 남자일수록 반려자는 모름지기 어수룩하고 다소곳해야 한다는 관념에 갇혀 있기 쉬운 법이니까.

"회장님이 너한테 조사를 의뢰했던데."

이것이 오늘 연부의 용건인 모양이다. 어느 정도는 예상하고 있었다. 연부는 진구가 가르쳐주지 않은 전화번호를 알고 있었으니까.

"그래. 근데 거절했어."

"나에 대한 거야?"

"응."

진구는 불필요한 부인은 하지 않았다. 연부의 질문도 그게 끝이었다.

이미 그녀의 머릿속에는 상황파악이 끝나 있을 것이다. 하지만 진구는 상준동이 하려던 의뢰가 연부와 아들의 결혼을 무너뜨릴 단서를 찾아달라는 뒷조사라는 이야기는 하지 않았다. 연부가 많이 변하지 않았다면, 그 이야기는 예민한 그녀를 거의 공황에 가까운 상태로 몰아넣게 될 것이다. 그리고 진구 앞에서 뭉개진 자존심은 진구에게 화살이 되어 날아올지 모른다.

진구는 대신 그렇게만 말했다.

"넌 자존심이 무척 강했지……."

서로 견제하며 속내를 완전히 털어놓지 못하는 상황이 안타까웠다. 연부가 진구의 눈을 보며 말했다.

"진구, 너도 네 세계가 강했어. 나하곤 좀 다른 종류의 자존심 같은 게 있었지. 그게 좋았고……."

연부는 시선을 조금 아래로 향했다.

"어쩌면 그게 우리 사이를 이렇게 만들었는지도 몰라."

이것이 오늘 연부가 한 이야기 중 가장 진심이 담긴 말 같았다.

우리가 이렇게 된 건 나 때문이야.

진구가 말하고 싶었고, 어쩌면 연부도 알고 있었을 것이다.

하지만 진구는 같은 말을 마음으로 더듬거렸을 뿐, 아무런 대꾸를 할 수 없었다.

집에 돌아온 연부는 외출복을 벗고 샤워를 했다. 클렌징크림
으로 화장을 꼼꼼하게 지우고, 물기를 말린 얼굴에 스킨을 바르
고 끌레드뽀 보떼 크림을 듬뿍 발랐다. 크림은 얼마 전 상선기
가 선물해준 것이었다. 미국 대학교 로고가 찍힌 헐렁한 박스티
를 걸쳐 입고, 냉장고 문을 열었다. 오늘 저녁은 토마토와 오렌
지, 샐러리와 당근 몇 조각. 배가 고프지만 야식으로 보충할 예
정이다.

연부는 뱅앤올룹슨에 아이폰을 연결해서 조그맣게 음악을
틀어놓고 소파에 앉아 발 마사지기에 발을 얹었다. 하루 종일
하이힐 위에 올라서 있는 일은 고역이다. 잠시 후 마사지기를
끄고, 부엌으로 가 뜨거운 코코아를 만들었다. 마카롱 몇 개와
뜨거운 코코아 잔을 들고 다시 거실로 왔다. 거실 소파에 앉으
려니 상선기가 사준 하마 쿠션이 엉덩이에 깔렸다. 코코아 잔과
마카롱 접시를 탁자 위에 놓고 쿠션을 옆으로 던져버렸다.

저녁에 진구를 만났던 일을 떠올렸다.

진구에게 상준동이 맡긴 뒷조사의 내용에 관해서는 묻지 않
았다. 자존심이 허락하지 않았다. 어차피 짐작이 간다. 결혼상대
자의 이면을 캐려는 흔해 빠진 노인네들의 욕심.

상준동은 완전히 날 아들의 결혼상대로 생각하는 모양이야.
고등학교 때부터 봐왔으면서 굳이 뒷조사를 의뢰하다니. 워낙
의심이 많은 인물이란 걸 잘 알기에 그다지 놀랍지는 않았다.

아마 내 미국에서의 대학 시절이 그에게는 의문의 시발점이 된 게 아닐까. 그래 봤자지, 뭐.

연부는 영민한 두뇌에도 불구하고 깨닫지 못했다. 그녀의 높은 자존심이 설마 상준동이 자신을 며느릿감에서 탈락시키기 위한 조사를 의뢰했을지 모른다는 생각을 하도록 허락하지 않았다는 사실을.

따뜻한 코코아 잔에서 김이 올라와 코끝을 간질였다. 달콤한 음료가 목으로 넘어가자 조금씩 긴장이 누그러졌다.

그건 그렇고 진구는 꽤 변했던걸.

예전에는 그래도 반짝이던 열정이 있었는데…….

여자 친구도 있고 나름대로 하는 일도 있어 보이지만, 상식에서 완전히 벗어난 삶을 살고 있어. 어린 시절 혼자만의 꿈을 꾸는 것 같던 진구를 아는 사람이라면 모두 고개를 갸웃할 거야.

만약 아빠가 지금의 진구를 그때 보았다면 어땠을까. 평범한 가치에 대한 모든 추구를 상실한 듯한 이 모습을. 그렇게까지 경쟁상대로 경계했을까.

진구를 이겨라.

기억 속에서 아버지, 유상호 교수의 목소리가 메아리쳤다. 아버지는 진구의 아버지에게 무서울 정도로 경쟁의식이 강했다. 학회에서 논쟁을 벌이고 온 날은 분을 참지 못하는 모습도 여러 번 보였다. 자신의 견해에 반대하는 김민준 교수의 논문을 들고 부들부들 떨기도 했다. 무심한 자구 하나하나에도 자신을 향한 공격이라고 해석하며 화를 냈다.

그의 유별난 경쟁의식은 세대를 건너 이어졌다. 진구를 미워한 건 아니었다. 김민준 교수의 아들을 미워한 것이다. 자신의 딸이 김민준 교수의 아들만은 이겨주기를 바랐다. 하지만 진구는 어느 틈엔가 전면적인 공부 전쟁에서 퇴장해버렸다. 진구는 수학만 열심히 할 뿐 다른 과목은 관심을 갖지 않았다. 전 과목 평균 점수로는 연부가 압도적으로 앞섰다. 유상호 교수는 그게 불만이었던 듯했다. 김민준 교수가, 진구가, 경쟁의 장으로 기꺼이 나와주지 않는 것에. 라이벌이 버린 것에 이겨봤자 이겼다는 기분이 들지 않았을 것이다. 그 즈음 진구가 수학경시대회라는 경연장에서 좋은 성적을 거두며 두각을 보인 사실이 유상호 교수의 마음에 다시 불을 질렀다.

유상호 교수는 중학교 시절 책상 앞에 앉아 있던 연부에게 난데없이 수학 문제집을 던져주었다. 수학경시대회 기출문제집이었다. 어리둥절한 연부에게 유상호 교수는 말했다.

"진구가 이번에 금상을 탔다더라."

그날부터 연부는 유상호 교수의 부릅뜬 눈 아래 수학에 몰두해야 했다. 진구만은 이겨야 한다는 절대명령 아래.

하지만 연부는 진구가 좋았다.

하얗고 갸름한 얼굴, 서늘한 눈빛. 수학 말고는 매사에 관심 없는 태도. 주변에는 진구 외에 달리 없는 종류의 인간이었다. 중학생이 되면서 남자애들은 매사에 과장되고, 소란스러우며, 유치해졌다. 여자에게, 주변 사람들에게 자신의 존재를 어필하려 클리셰를 남발했다. 사춘기라 불리는 그것은 호르몬 분비의 변화가 일으키는 자연스런 생물학적 변이이며, 남자가 성장하는 한 과정일 것이다. 그 시기에도 진구는 어딘가 달랐다. 열광하지 않고, 마치 조용히 자신의 존재를 지워나가는 것 같았다. 초등학교 시절에는 다른 이들의 예상을 깨는 말과 행동으로 이목을 끌기도 했지만, 중학교에 들어와서는 이질감이 많이 사라졌고, 그럭저럭 남들과 섞였다. 김진구는 그저 조금 특이한, 공부 잘하는 아이 정도로 자리매김했고 본인도 만족하는 것 같아 보였다. 하지만 연부의 눈에는 맞지 않는 침대에 발을 맞추려는 것 같았고, 빈 깡통에 억지로 구겨 넣은 청춘 같았고, 뒤처진 사회성을 열심히 학습하고 있는 어린아이 같기도 했다. 진구가 여학생들을 대하는 태도도 서툴기 짝이 없었다. 진구에게 호감을 가진 여학생이 말을 걸어오면 어쩔 줄을 몰라 했다. 부끄러워서가 아니었다. 무엇을 말하고 어떤 표정을 지어야 할까, 머리를 굴리고 있었다. 그게 연부에게는 보였다. 그리고 그게 좋았다. 그런 진구도 연부에게만은 그러지 않았으니까. 진짜 웃음을 지었고, 자신의 생각을 편하게 드러냈다. 연부는 그렇게 느꼈다.

연부를 편한 상대로 생각하는 남자는 그 학교에서 진구밖에 없었던 듯하다. 연부와 진구가 친하게 지내는 모습을 보고서, 그들 사이의 화학반응을 이해할 수 없었던 다른 아이들은 그저 부모님들이 같은 역사학 교수라서 그렇다고 이해할 뿐이었다. 두 사람은 닮은 듯 다르지만 그건 양극단이 다른 이면에서 닿아버리는 것과 같은 이치가 아닐까. 같은 방향을 걷는 인간? 연부는 그렇게 느끼지는 않았다. 하지만 어딘가 비슷하다. 진구는 연부에게서 그런 종류의 동질성을 느낀 게 아닐까. 그건 연부도 아주 다르지는 않았을지 모른다.

그래, 지금 여긴 혼자만의 세상이다. 거짓말할 필요는 없지.

연부는 그녀만의 공간에서 코코아를 삼키며 생각했다.

맞아. 난 그때 진구를 좋아했어. 많이.

아버지는 알지 못했다. 아니, 전혀 관심이 없었다.

"여기 두부 좀 더 줘요."

"네, 분부대로!"

해미의 서비스 요구에 송치수는 싹싹하게 대답하고는 주방으로 향했다. 오늘따라 더 나긋나긋한 건, 해미도 인정하는 수준급 외모의 친구 두 명과 같이 온 덕분이리라. 건대입구역 뒷골목 지하의 민속주점. 아직까지 망하지 않고 그럭저럭 영업을 해온 걸 보면 가게 주인 송치수는 색마라는 사실과 무관하게 꽤 성실한 남자인지 모른다. 해미 친구들도 송치수의 멀끔한 허우대를 힐끔대며 은근히 관심을 보였다. 하지만 아무리 외모가 미끈하고 돈을 잘 번다 한들 해미는 자신의 친구들을 송치수에게 소개해주고픈 마음이 들지 않았다. 송치수는 해미로부터 색마라고 낙인찍힌 사실은 꿈에도 모르는 채 두부를 그릇에 듬뿍 담아내 왔다.

"해미 씨 친구분들도 다 미녀들이시네요."

해미는 친구분들 '도'라는 말에 약간 기분이 좋아졌다. 조금 전까지 송치수를 힐끔거리던 해미의 친구 이다연, 서현아 두 사람은 키득키득 웃었다.

"두부 잘 먹을게요."

이다연이 인사를 건넸다.

"해미 씨는 제 절친 김진구 군의 여친이시라 제가 오늘 특별히 신경 쓰고 있습니다."

송치수는 해미를 슬쩍 띄워주고는 말했다.

"서비스 하는 김에, 혹시 남자 친구가 필요하시면 그것도 제가……."

이다연, 서현아 모두 까르르 웃음을 터뜨렸다. 해미는 불길했다. 안 그래도 성격이 화끈한 친구들인데, 이미 술이 얼큰하게 취했다. 거기다 어느 정도 먹히는 저 송치수의 겉만 멀끔한 외모, 가게 주인의 특별대우를 내걸고 접근하는 저 야릇함…….

친구들은 벌써 반쯤 헤벌레했고, 그 틈을 놓치지 않고 송치수가 빈자리에 엉덩이를 들이밀었다.

"마음 놓고 드셔도 됩니다. 저희 가게는 원산지에서 직접 공수해오는 동동주부터 완전 국내산 식자재로……."

딱히 내치기 어려운 가게 영업 이야기부터 화제로 늘어놓고 있다. 이어 가벼운 신상 이야기, 농담으로 이어지고 송치수의 엉덩이가 무거워지려는 즈음 해미가 "많이 바쁘실 텐데 시간 빼앗아 죄송했어요" 하며 송치수를 내쫓아버렸다. 해미의 친구들을 보니 뿌루퉁해 있다.

동동주가 몇 병 더 들어왔다. 어느샌가 가게 안은 거의 비었다. 구석에 남녀 한 쌍이 앉아 칸막이 안에서 무언가 심각한 대화에 열중하고 있을 뿐이었다. 해미는 친구들이 남자 문제를 두고 혀 꼬부라진 말소리로 이런저런 실랑이에 빠져 있는 사이 슬쩍 자리에서 일어났다. 송치수는 부엌에서 정리를 하고 있다가 해미가 다가오는 걸 보고는 밖으로 나왔다.

"뭐 더 필요한 거 있으세요?"

"아뇨. 치수 오빠하고 이야기 좀 하려고요."

해미와 송치수는 바로 옆 깨끗이 치운 빈자리에 앉았다. 해미의 다소 굳은 표정을 보고서 송치수는 얼떨떨한 듯해 보였다.

"진구 오빠 이야긴데요."

해미가 입을 열자 송치수는 긴장이 풀린 듯 주절주절 너스레를 떨기 시작했다.

"왜, 또 속 썩입니까? 햐, 지 주제에 해미 씨 같은 여친을 얻었으면 고분고분 착실하게 살 것이지."

해미는 일단 송치수의 주접을 막았다.

"그건 그래요. 그렇긴 한데 오빠가 속을 썩여서는 아니고요."

"그럼?"

"예전 이야기를 좀 듣고 싶어서요."

"예전이면 언제?"

"고등학교 시절 친구셨잖아요. 제가 듣기론요, 오빠가 중학교 때보다 많이 변한 모양이더라고요. 고등학교 시절도 진구 오빠가 1년 만에 자퇴해버려 길게는 못 보셨겠지만, 그래도 치수 오빠가 그 시절에 가장 가까이에 있었으니까 뭐 좀 아시는 게 있나 싶어서요."

송치수는 고개를 갸웃했다.

"글쎄요. 진구가 그다지 변한 게 없었는데……. 처음부터 교실 뒷줄에 앉아서는 삐딱하더라고요. 공부에도 관심 없고 시간 나면 농구나 하고. 뭐 그랬어요. 그러니까 나하고 어울렸죠."

송치수가 건성으로 대답하는 것 같아 실망스러웠다.

"근데 해미 씨는 왜 갑자기 옛날 일을 물으세요?"

"그냥요."

해미가 얼버무렸지만 송치수는 입가에 비릿한 웃음을 띠었다.

"아닌데? 뭔가 있는데요? 해미 씨가 신경 쓸 만한 일이라면…… 진구의 여자 문제, 그렇죠?"

송치수는 역시 여자의 심리를 넘겨짚는 데에 정말 귀신같은 재주가 있다. 인정할 수밖에 없다.

"여자 문제라기보다는…… 그냥, 얼마 전에 진구 오빠가 중학교 동창이라는 여자를 만났는데, 꽤 친해 보여서."

"중학교 동창이면 난 잘 모르겠죠. 아무튼 진구가 뭐 여자 친구를 사귀거나 그런 건 없었는데……. 아, 중학교 동창!"

송치수가 가볍게 손바닥으로 탁자를 쳤다.

"뭐 생각나는 거 있으세요?"

"아, 아닙니다."

송치수는 얼버무렸지만 해미의 눈치는 송치수의 윗줄에 있다.

"하긴 뭐 별거 아니니까 그냥 얘기해도 되는데, 해미 씨가 하도……."

질투가 심해서, 라는 말을 생략한 게 틀림없었다. 해미가 재차 다그치자 송치수가 말했다.

"그때도 가끔 연락하는 여자애가 있긴 있었어요. 중학교 동창이라고 했는데. 해미 씨가 신경 쓸 만한 일은 아닌 게…… 뭐 깊은 사이인 거 같지는 않더라고요. 지금 만난다 해도 새삼스럽게 별일이 있을 만한 관계는 절대 아니었어요."

해미는 입을 샐쭉했다. 송치수의 말은 친구의 여자 문제를 흐리려는 남자들 간의 암묵적인 의리가 작용한 거라고 여겼다. 그리 탐탁지 않아 하는 해미의 표정에 송치수는 변명 삼아 이야기를 더 꺼냈다.

"그런 관계가 오래 가지 않았던 게…… 고1 가을 무렵이었을 거예요. 어떤 책이 하나 새로 나왔는데요, 진구가 그걸 보고는 충격을 먹었죠."

"책이요?"

해미는 의아함에 고개를 들었다. 관심을 돌리는 데 성공해 신이 난 듯 송치수가 말했다.

"교과서도 읽지 않던 진구가 뒷줄에 앉아 그 책을 펴들고 열중하더라고요. 읽다가 얼굴이 새파랗게 질리는 걸 봤어요. 뭔 책인데 그러냐고 물어도 그냥 좀 아는 사람이 쓴 책이라고만 대답하더라고요. 제목만 봐도 지루하던데. 그때도 지금도 이유는 모르겠지만…… 뭐, 원래 학교 공부엔 관심이 없던 녀석이었지만 왠지 그때부터 애가 더 삐딱선을 탔던 것 같아요. 워낙 엇나

가니깐 여자 친구하고도 뭐 흐지부지 됐던 것 같고."

"무슨 책인데요?"

"뭐더라…… '무슨 왕국을 찾아서'라는 제목 같았는데. 진구
가 하도 열심히 보니깐 뭐 재밌는 건가 싶어 뺏어서 조금 봤거
든요. 그래서 제목은 얼추 기억해요. 그래도 죽는 줄 알았어요,
지루해서. 하하하."

송치수의 기억에는 더 기댈 것이 없어 보였다. 해미는 고맙다
고 인사한 뒤 친구들에게 돌아갔다.

친구들과 헤어진 해미는 곧장 잠실에 있는 원룸으로 돌아왔
다. 송치수에게 들은 말을 얼른 확인해보고 싶었다. 진구에게
직접 물어볼 마음은 들지 않았다. 지금껏 사귀면서도 진구가 굳
이 입 밖으로 꺼내지 않았던 이야기들이다. 그것이 현재의 불편
을 가져오지 않는 한 먼저 추궁할 수는 없다. 해미가 아무리 진
구에게 군림한다지만 정서적으로 건드리지 말아야 할 것은 있
었다.

해미는 씻고 나서 책상 앞에 앉아 컴퓨터를 켰다. 검색 창에
'왕국을 찾아서'라는 제목을 넣어보았다. 책 항목에 여러 개가
떴다. 스크롤을 내리면서 그중에서 진구가 고1 때 해당하는 연
도의 가을 무렵에 출간된 책을 찾았다.

《누란 왕국을 찾아서》라는 제목이 눈에 들어왔다. 누란 왕국
이 뭔지는 몰라도, 시기적으로 일치한다.

책 소개를 클릭했다. 한국의 대학 연합 학술팀이 고대의 실크

로드를 따라 조사에 나섰는데, 실크로드를 따라 형성된 문명을 우리 학계의 시선으로 직접 규명하기 위함이 일차적인 목적이 며, 고대 한국과의 교류에 관해 난립하는 학설을 검증하기 위한 부차적인 목적도 있다고 장황하게 쓰여 있다. 이번 탐사에는 대원 모두 죽을 고생을 했으며, 사람이 둘이나 죽는 큰 사고를 겪은 초유의 탐사여행이었다. 이 책은 정식 학술문헌은 아니며 당시 탐사일지를 조금 손본 다음 그대로 출간하였고, 생생한 후일담을 후대에 전하려 한다는 내용도 적혀 있었다. 저자는 당시 조사단에 참여한 대원 중 하나였다.

이거다, 해미는 직감했다.

이번에는 신문 기사를 찾아보았다. 실크로드, 누란 왕국, 한국 조사단, 사망 등을 검색어로 했다. 10여 년 전의 일이지만 당시에는 꽤 충격적인 사건이었던 듯 기사가 여러 건 떴다.

〈한국 학술조사단 실크로드 탐사 대장정 돌입〉

이건 아마도 조사단이 처음 출범할 때 나온 기사인 모양이다.

문화체육관광부와 민간 기업인 T전자의 공동후원으로 출범한 이 프로젝트를 위해 한국사학, 고고학, 불교미술사 등 다양한 분야의 학술 연구자들 8인이 참가한 실크로드 탐사대가 구성되었다. 탐사대를 이끄는 사람은 역사학계에서는 이미 유명한 라이벌인 김민준, 유상호 교수인데, 이번에는 "협력해서 실크로드에 남은 한국전통불교문화의 족적을 밝혀내기 위한 공동 연구에 박차를 가할 것"이라고 밝혔다. 탐사팀은 실크로드

문명을 우리 학자들의 시선으로 조사하고, 한국고대문화와의 관련성을 집중 조사할 계획이다. 이번에 탐사할 사막남로와 초원길은 실크로드 가운데 특히 한국과 연관이 깊은 루트로 알려져 있으나 그동안 상대적으로 학술조사는 미흡했던 실정이며……

김민준 교수. 이분이 김진구의 아버지인 모양이다. 그리고 유연부라는 여자의 아버지도 조사단에 있었다고 했으니, 유상호 교수가 유연부의 아버지인가?

진구는 유연부와 같이 각자의 아버지를 따라 조사단에 합류했다고 했다. 중학생 두 사람이 먼 타국 땅에서 어른들 틈에 끼어 몇 날 며칠을 동고동락했을 생각을 하니 해미는 마치 지금 일어나고 있는 일인 양 생생한 질투심이 불끈 이는 것이었다.

다른 기사를 읽어보았다.

〈한국 실크로드 조사단, 2명이 사망하는 참사〉

눈이 번쩍 뜨였다.

지난 달 실크로드를 따라 역사 탐구의 대장정을 떠났던 한국 학술조사단을 이끈 두 교수가 불의의 사고로 사망한 것으로 확인되었다. 조사단은 타클라마칸 사막에서 한때 길을 잃었고, 열악한 환경 속에서 김민준 교수가 풍토병으로 목숨을 잃었다. 뒤이어 유상호 교수도 사막에서 실종되었는데, 역시 현지 경찰에 의해 사망 처리되었다. 팀을 이끌던 두 교수를 잃은 조사단은 탐사를 중단했고, 빈사상태에서 영국 탐사팀에 구조되어 인근 도시로 후송되었다. 김민준 교수와 유상호 교수의 자녀도 조사단에 동행했던 것으로 알려져 조사단의 비극은 더 깊어질 전망이다. 이들은 조사단과 함께 이달 말 귀국할 예정이다.

목숨을 잃은 두 사람. 김민준 교수와 유상호 교수는 각각 김진구와 유연부의 아버지가 분명하다.

'영원히 돌이킬 수 없는 길을 간 두 분을 기리며'라고 책 소개 말미에 적혀 있었다. 학술적인 책이 아니라 당시 혼자 기록한 탐사일지를 수기처럼 개작해서 발표한 책인 걸로 보면 아마 당시 조사단에 있었던 사고가 언론에도 보도되고 사람들의 관심을 끌었으니 이 이야기가 팔릴 거라고 생각했던 거겠지. 출간일이 진구가 고1이 된 가을 무렵이었으니 조사단이 한국에 돌아온 지 겨우 8개월 정도 만에 나온 책이다.

해미는 헌책 중개 사이트로 들어가 《누란 왕국을 찾아서》 중고 책을 주문했다.

상준동은 찌푸린 얼굴로 거대한 가죽의자에 몸을 묻고 있었다. 가을날 오후의 따가운 햇살이 비쳐 들어와 두툼하고 늙은 얼굴을 쏘아댔지만 상준동은 전혀 느끼지 못했다. 그는 사무실 문을 열면 곧바로 보이는 사람, 유연부를 생각하고 있었다.

능력이라면 한없이 신뢰하고 있다. 유연부의 조언 덕분에 큰 투자실패를 몇 번이나 막았다. 하지만 지금 고민하는 건, 아마도 자신의 아들 문제를 두고서 눈이 흐려졌기 때문일 것이다. 어떤 현명한 사람도 자신의 욕망이나 불안이 개입되면 절대로 객관적인 판단을 할 수 없다는 것을 지금껏 투자에 온몸을 던져 온 상준동은 누구보다 잘 알고 있다.

지금 유연부에게 드는 감정은 욕망보다는 일종의 불안이었다. 며느리로서 식구로 맞이하고 싶은 심정보다 왠지 거부하고픈 두려운 마음이 더 컸으니까. 김진구라는 사설탐정 비슷한 인간에게 뒷조사까지 의뢰하려 했던 건 유연부에 관한 사실을 알고 싶어서라기보다 거절의 이유를 찾아내려던 거였다.

잠시 후 문이 열리고 상준동의 운전기사 장효준이 들어왔다. 넉 달 전, 부리던 기사가 개인 사정으로 그만두어 큰 불편을 겪고 있었는데, 유연부가 기사를 급히 수배해왔다. 상준동은 다소 까다로운 조건을 요구했었다. 가족이 없거나 혼자 사는 사람으로 자기하고 나이가 비슷한 사람이었으면 한다고. 회사업무보단 주로 개인 기사 용도로 새벽이든 밤이든 수시로 불러내서 부릴 수 있는 사람을 원했기 때문이다. 영리한 유연부가 데리고 온 장효준은 아예 한국에 혼자 나와 사는 조선족이었는데, 상준동은 한눈에 마음에 들었다. 조그만 체구, 늙수그레한 얼굴에 말수도 적고 성품이 유순해서 기사로는 제격이었다.

"유연부 팀장님은 야심이 꽤 크던데요."

어느 날 운전대를 잡고 있던 그가 조용히 말했다. 상준동은 더 말을 시켜보았지만 그다지 많은 말을 보태지는 않았다. 다만 한두 번 상선기와 유연부를 그 차에 태우고 운전한 일이 있었는데, 그가 잠깐 지켜본 바로는 그렇다는 정도의 이야기였다. 유연부가 상선기를 완전히 장악하고 있으며, 그게 사랑 같은 감정은 아닌 것 같다. 상선기보다는 그가 가진 배경이 유연부에게 큰 의미가 있는 것 같아 보였다. 그런 이야기였다.

상준동도 그 정도는 눈치채고 있었다. 아들 녀석은 유연부에게 흠뻑 빠져 정신 못 차리고 있는 것 같지만, 그 반대는 전혀 아니다. 유연부에게 아들 정도는 버튼 몇 개로 손쉽게 다루는 장난감 정도에 불과할 것이다. 그리고 그런 상대에게 여자는 절대 사랑을 느끼지 않는다. 그 상대와 남녀 관계로 만난다면 이유는 오직 하나, 상대를 가짐으로써 따라오는 상대의 재산뿐이다. 장효준이 말하지 않더라도 상준동은 그렇게 인지하고 있었다. 하지만 그의 말을 듣고 상준동은 조금 더 서늘하고 꺼림칙한 생각이 들었다.

어떻게 보면 장효준에게 유연부는 고마운 존재다. 일자리를 찾던 그를 상당히 보수가 좋은 회장 운전기사라는 자리에 취직을 시켜주었다. 아무리 직접 고용주라지만 상준동보다 유연부에게 더 가까울 법도 하다. 그런데 그 장효준은 유연부에게 그다지 좋은 감정을 갖고 있지 않은 것 같다. 말 한 마디가 신중한 장효준이 그렇게까지 이야기하는 걸 보면 유연부는 자신이 은혜를 베푼 상대에게도 호감을 얻지 못한 여자란 이야기가 된다. 도움을 주면서도 마음을 얻지 못했다. 그런 사람은 곤란하다. 저 온화한 인물조차 적으로 돌리는 여자라면, 유능하고 강할지는 몰라도 아들의 짝은 아니다.

그렇지 않아도 아들 상선기는 제멋대로인 천둥벌거숭이 같은 녀석이다. 지나치게 야심이 강하고 똑똑한 여성보다는 후덕하고 감싸줄 줄 아는 여자가 배필로서 어울린다. 그래야 내가 세운 이 그룹도 건재할 수 있다. 상준동은 자신이 세운 제이디애셋의 시스템이 이제는 정착되었다고 판단했다. 비록 상선기가 좀 모자란다 하더라도 유능한 수하들에게 시스템 운전을 맡긴다면 재계에서 더 높이 비상하는 건 몰라도 그럭저럭 수성할 수는 있다고 믿었다. 하지만 여기에 간웅이 뛰어든다면, 그것도 가족이라는, 한번 들어오면 쉽게 내칠 수 없는 울타리를 몸에 두르고서……. 위험하다. 유연부라는 여자는 어디까지나 비즈니스에 국한해 쓸모가 있다. 아들과의 결혼은 터무니없다.

하지만 김진구로부터 조사 의뢰를 거절당하고 나니 굳이 다른 사람을 찾아볼 의욕이 생기지 않았다. 대신 상준동은 자신의 마음을, 결정을 확실히 알 수 있었다. 스스로 얼마나 며느리로 들이고 싶지 않았으면 뒷조사까지 하려 했을까. 확신보다 강한 자신의 본능적인 감이 위험을 알려온 것이다.

굳이 뒷조사를 해서 약점을 잡고…… 그런 번거로운 수를 쓰지 않아도 되지 않나. 버젓한 명분이 없어도 가능하다. 유연부라면, 저 영리한 아가씨라면 충분히 알아들을 거다. 어차피 아들을 사랑하겠는가. 유연부가 상선기를? 턱도 없는 소리다. 혹시 둘이 남녀로 깊은 관계를 가졌는지 모르지만, 아이를 가진 게 아니라면, 어떤 형태로든 금전적으로 만족할 만큼 보상을 해준다면 단념하지 않겠는가. 정 안 되면 회사 지분 일부를 주고서라도 설득할 자신이 있었다.

유연부도 나라는 사람을 알고 있다. 내가 그녀를 며느리로 받아들이지 않겠다고 결정했다면 어떤 일이 있어도 그러지 않을 거라는 걸 안다. 그렇다면 가망 없는 일에 지분지분 들러붙느니 깔끔하게 실질적인 이득을 챙기고 포기하는 쪽을 택할 것이다. 분명 그쪽이 더 낫다. 뒤를 캐니 어쩌니 하는 것보다. 그렇게 해결되면, 결혼도 막고, 유연부라는 회사에 꼭 필요한 인재도 잃지 않을 수 있다.

장효준은 상준동의 손짓에 따라 책상 앞 소파에 조용하게 앉았다. 상준동이 말했다.

"자네하고 그냥 몇 마디 이야기나 하려고 불렀어. 심심해서."

"예."

장효준은 주글주글한 얼굴을 누그러뜨렸을 뿐 더 말이 없었다.

"유 팀장, 밖에 있던가?"

"예."

"유 팀장하곤 어떻게 아는 사이였지?"

"제가 이전에 기사 일 하면서 오래 모셨던 어르신 한 분이 계셨는데요. 말하자면 현찰이 아주 많으셔서 돈놀이, 아니 개인 금융업을 하시는 분이셨습니다. 유 팀장님은 그분하고 잘 아는 사이였죠. 어르신이 돌아가셔서 한동안 쉬었는데, 유 팀장님이 갑자기 연락을 주셨어요."

"그랬군. 그럼 나하고는 다른 면에서 유연부 팀장을 많이 봐왔겠구먼."

"뭐 그리 자주 보지는 못했습니다. 아마 어르신이 유 팀장님 한테 저에 대해 좋은 이야기를 많이 해주신 것 같습니다. 그래서 절 추천도 해주시고……."

상준동은 대놓고 피식 웃었다. 이력을 포장하려 애쓰는군. 상준동은 장효준이 몇 년 전 관광비자로 한국에 들어왔다가 눌러 앉은 불법체류자 신분인 것을 알고 있었다. 여권과 서류를 챙겨본 김현욱이 곤란하다는 듯한 뉘앙스로 알려주었는데, 실은 그 점이 더 마음에 들었다. 원래 회장들의 운전기사란 비밀 누설의 뇌관이 되는 법이다. 기사 자신에게 약점이 있으니 오히려 상준동 입장에서는 더 안전할 거라는 판단이었다.

"어때?"

상준동은 장효준의 말을 끊고 곁눈으로 그를 보았다.

"자네라면 며느리로 얻겠나?"

"예?"

"유연부 팀장 말이야."

"제가 뭐 그런 말을 할 입장이 되겠습니까?"

상준동은 손을 휘휘 내저었다.

"뭘, 그럴 거 없어. 우리가 회장과 운전기사라지만 또 살 만큼 산 사람들이고 젊은 사람들에겐 없는 눈도 있고 그런 거 아닌가. 유 팀장도 나하고는 다른 인연으로 알고 있고. 그래서 믿고 물어보는 거야. 알다시피 우리 아들놈이 유 팀장을 좋아해. 그래서 노파심이 들어. 노인네 주책이라고 생각해도 좋아. 그냥 가볍게 말해보게."

상준동은 불법체류자라는 약점 문제가 아니더라도 장효준을 믿을 만하다고 판단했다. 얼굴을 보면 3초 안에 그 사람의 인생을 안다고 자부하는 상준동이 그를 넉 달이나 지켜보고 내린 결론이었다. 가끔은 그가 마치 만만한 친구처럼 여겨져서 이처럼 말 나갈 걱정 없이 마음 편히 이것저것 이야기를 꺼내기도 했다. 나이 차가 많이 나는 김현욱보다 이런 화제를 입에 올리기엔 더 편했다. 장효준은 찌그러진 눈을 빛냈다.

"그냥 제 생각입니다만……."

"그래. 가볍게 해봐. 뭐 그냥 이야기나 나눠보자는 거니까. 자네 말대로 하겠단 것도 아니잖아."

"이런 말씀은 송구스럽지만 아드님 상대로는 아니라고 생각합니다."

"왜 그런가?"

"원래 여자가 남자를 자기보다 아래라고 생각하게 되면 가정이 깨지는 법이죠."

상준동의 얼굴이 굳었다.

"유 팀장님은 아드님을 대수롭지 않게 여기고 있을 겁니다."

"우리 아들이 그렇게 모자란단 얘긴가?"

상준동이 음성에 노기를 담아 물었다. 비록 자신이 그렇게 생각한다 해도 남한테는 듣고 싶지 않은 말이었다. 그제야 퍼뜩 정신을 차린 장효준은 어쩔 줄을 몰라 하며 말했다.

"아, 아닙니다. 그런 말씀이 아니라 유 팀장님이 워낙에 똑똑한 분이라 왠지 그러지 않을까…….”

장효준은 만회하려 해보았지만 점점 더 늪에 빠져들고 있었다. 상준동의 얼굴이 술에 취한 사람처럼 불콰해졌다.

“됐네!”

상준동은 의자를 홱 돌렸다.

“나가보게!”

장효준은 더 말을 잇지 못한 채 힘없이 일어섰다. 뒷걸음으로 걸어 나가며 문을 살포시 닫았다.

상준동은 문이 닫히는 소리가 등 뒤에서 들리자 의자를 바로 했다.

괘씸한 놈. 감히 면전에 대고 그런 말을 하다니. 좋게 대해주었더니 주제도 모르고 기어오르고 있어.

그는 치밀어 오른 화를 참느라 책상 위에 놓은 물 잔을 들어 벌컥벌컥 들이켰다.

장효준은 방을 나가서 유연부와 가볍게 눈인사를 하고 문을 열고 복도로 나갔다. 그렇게 ‘회장실’이라고 적힌 표지판을 뒤로하고 복도를 걸으며 씹어 먹듯 중얼거렸다.

“육시럴 놈, 끝까지 반말이야.”

해미가 주문한 《누란 왕국을 찾아서》 책이 도착한 건 그로부터 사흘 뒤였다. 저녁에 편의점에서 택배를 찾아 포장을 뜯었다. 지금은 유행이 지난 꽤 큰 판형의 낡은 책자가 나왔다. 일단 얄팍한 두께에 마음이 놓였다. 하지만 책을 여는 순간 해미는 한숨을 쉬었다. 글씨가 잘았고, 그나마 옆으로 퍼진 낡은 글자체다. 다행히 사진이 많이 들어 있어 읽는 부담을 덜어주었다. 해미가 책을 휘리릭 넘겼지만 당장 글씨가 눈에 들어오지는 않았다. 해미는 냉장고에서 맥주를 하나 꺼내 왔다. 그제야 조금씩 읽을 수 있었다.

  ……로마인들은 BC 53년 파르티아인과의 전쟁에서 기묘한 전투를 경험하게 된다. 로마군은 쾌조의 스타트를 끊었다. 일거에 파르티아군을 격퇴했고, 앞 다투어 도망치는 파르티아 군대를 로마군이 뒤쫓았다. 여기까지는 순조로웠다. 그런데 돌연 파르티아인들이 뒤로 몸을 돌려 화살을 빗발치듯 쏘았다. 그들 특유의 전법이었다. 예기치 못한 공격에 로마군 대열이 무너지고 말았다. 로마군을 결정적으로 궁지에 빠트린 일은 그 뒤에 일어났다. 기세가 꺾인 로마군 앞에서 파르티아인들이 거대하고 얇은 깃발을 마구 휘둘러댄 것이다. 태양빛을 받은 깃발은 번쩍번쩍 눈부셨고, 찬란한 빛이 파르티아 군대 전체를 휘감았다. 처음 보는 '신무기'에 놀란 로마 군대는 결국 2만 명의 시체를 남기고 패주하고 말았다.
  후일 로마인들은 그것이 비단이라는 획기적인 섬유라는 사실을 알게 된다. 그리고 그것이 야만적인 파르티아가 아니라 훨씬 동쪽의 중국이라는 나라에서 건너왔다는 사실도 알게 된다. 로마인들은 비단의 신비로운 광택과 촉감에 매료되었다. 비단옷을 입는 것이 일대 유행이 되었고, 앞 다투어 비단을 사려는 바람에 가격이 폭등했다. 부녀자들 사이에서의 인기는 실로 선풍적이어서 국가 경제가 기울어질 정도였고, 티베리우스 황제는 퇴폐풍조를 조장한다고 하여 비단옷 착용을 금지하기도 했다. 가격은 점점 올라가 한때 금과 같은 무게로 교환되었다는 말이 돌았다.

막대한 이윤을 낳는 비단 무역이 번창하게 된 것은 당연한 결과였다. BC 1세기 중국 한나라의 장건이 처음 개척했던 실크로드는 이렇게 해서 비로소 역사에 선명한 인상을 남기며 등장하게 된다. 그리고 비단이 중국으로부터 수출되는 멀고 험난한 가시밭길은 훗날 어울리지 않게도 '실크로드'라는 몽환적인 이름을 갖게 된다.

로마인들은 비단이 자라는 나무가 따로 있다고 믿었다. 그리고 중국인들은 굳이 그 착각을 고쳐주려 하지 않았다. 중국에서 수입하는 것 외에는 방법이 없다고 믿게 해야 독점적인 판매가 가능했기 때문이다. 중국은 제조법을 철저히 비밀에 부쳤다. 훗날, 철저한 통제를 뚫고 비단 제조법이 유럽에 전해지게 되는데 그 경로는 결국 밀수였다. 기원후 6세기, 네스토리우스 교단의 승려가 속이 빈 나무 지팡이 속에 누에고치를 넣어 비잔티움으로 밀수하는 데 성공함으로써 이 천년의 비밀은 무너졌다. 문익점이 빈 붓통에 목화 씨앗을 숨겨온 일화를 연상시킨다.

실크로드는 비단을 비롯한 각종 교역품을 실어 날랐지만 더 중요한 다른 것이 이 길을 따라 전파되었다. 불교, 그리고 불교미술이었다. BC 3세기 굽타 왕조의 아소카 왕에 의해 인도 전역으로 퍼진 불교는 그 여세를 몰아 간다라 미술과 함께 중앙아시아로 들어왔고, 거기서 다시 실크로드를 따라 동쪽으로 퍼져갔다. 불교가 타클라마칸 사막의 오아시스 도시를 따라 전파되면서 수많은 사원과 석굴, 불교 벽화를 남기게 된다. 이 길을 따라 불교뿐 아니라 네스토리우스파 기독교, 마니교 등도 오아시스 도시 곳곳에 흔적을 남기며 중국으로 건너갔다.

실크로드를 통한 교역의 전성기는 당나라 시대였다. 수도 장안에는 실크로드를 거쳐 들어온 희귀식물, 향수, 포도주, 향신료, 서적, 카펫 등이 넘쳐났다. 무역상들은 한혈마, 공작, 앵무새, 타조, 표범 같은 진기한 동물도 선보였다. 당 왕조와 함께 번성한 실크로드는 당의 쇠퇴와 함께 활기를 잃었다. 오아시스 도시들에서 번성하던 사원, 불교미술 등도 같이 역사의 뒤안길로 사라져갔음은 당연한 일이다. 실크로드의 번영이 철저하리만치 종막을 고해버린 건, 오아시스 도시의 원천이 되던 만년설의 녹은 물이 서서히 말라버리게 된 것도 있지만, 결정적으로는 아라비아에서 출현한 신흥 종교, 이슬람 때문이었다. 타클라마칸을 휩쓴 이슬람의 위세는 실크로드를 결정적으로 파괴해버렸다. 사막의 도시 니야, 호탄, 롭노르의 누란, 미란은 이제 모두 모래 아래 묻힌 이름이 되어버렸다.

실크로드는 대부분 중국 영토 내에 있다. 하지만 탐험가들의 명단은 아이러니컬하게도 유럽의 고고학자들이 대부분을 차지하고 있다. 스웨덴의 스벤 헤딘, 영국의 오렐 스타인, 독일의 폰 르콕, 프랑스의 폴 펠리오, 미국의 랭던 워너가 그들이다. 일본의 오타니 백작도 아시아인으로서는 유일하게 한자리 끼어 있다.

오타니 컬렉션 중 일부는 구하라 후사노스케가 사들여 조선의 채광권과 교환하는 조건으로 조선총독에게 기증했고, 해방과 더불어 우리나라에 남아 현재는 우리나라 국립중앙박물관에 소장되어 있다. 이는 중앙아시아 타림 분지에 있는 고대 오아시스 도시들에서 수집된 것으로, 투르판, 쿠차, 미란 지역의 유물들과 불교를 주제로 한 대형 벽화가 대부분이다. 벽화가 60점, 조각, 공예품 등이 1,700여 점에 달하며, 중앙아시아 유물로는 세계 3대 컬렉션 안에 들어간다.

'어머? 우리나라 박물관에?'

해미는 이다음에 꼭 가봐야지, 생각했지만 1초 후 그 다짐은 기억 한구석으로 모래처럼 사라져갔다.

무슬림은 우상숭배를 암시할 만한 일체의 형상을 배격하고 혐오했다. 선지자 무함마드의 얼굴 그림이나 형상화도 불경스럽다는 이유로 금지했다. 그러니 부처의 형상을 그린 벽화를 닥치는 대로 파괴한 것은 그들에게 필연적이었다. 그나마 파괴되지 않은 벽화 속 인물의 얼굴에는 흉측한 상처들이

나 있다. 유럽의 고고학자들은 이런 무슬림들의 광신적인 문화재 파괴행위에서 불교유물을 구출한 공로를 인정받아야 한다. 하지만 그들은 실크로드의 약탈자이기도 하다. 두 얼굴을 가진 이들 탐사대를 통해 막대한 양의 불교미술품이 원래 있어야 할 자리를 떠나 서구로 흘러들어갔다. 일본의 오타니 백작이 수집한 불교미술품 중 3분의 1은 2차 대전 후 종적이 묘연해져 아직까지 소재를 밝혀내지 못하고 있다. 스벤 헤딘은 모래에 파묻힌 누란 유적에서 중요한 역사문서를 빼내가기도 했다.

결과론적인 이야기지만 그들이 보존했던 중앙아시아의 불교미술품 상당수는 비극적 결말을 맞이했다. 2차 대전 당시 연합군은 베를린을 7일간 맹렬하게 폭격했고, 옛 베를린 민속학 박물관에 소장되어 있던 수많은 실크로드의 미술 걸작품들이 먼지가 되어 사라졌다. 그 양은 무슬림들이 수십 년간 파괴한 것보다 더 많았다……

실크로드에 대한 소개가 주를 이루는 서론이 끝나고부터 본격적인 기록이 시작되었다. 탐사 일지 형식의 글이었다. 조사단은 김민준, 유상호 교수와 자녀들인 김진구, 유연부 네 사람에 대원으로 차형석, 이덕호, 심민기, 정연호가 있었고, 이들은 모두 젊은 역사학자들이었다. 거기에 현지 통역인인 조선족 리연화까지 더해 모두 9인의 부대였다.

책은 실크로드를 따라 조사단이 이동하는 경로대로 써나간 기록이었다. 비행기로 북경에 도착해 탐사를 시작했고 서안을 거쳐 난주, 가욕관, 맥적산 석굴, 하서회랑, 돈황까지, 해미는 이름만 들어본, 혹은 이름도 들어보지 못한 지명이 차례대로 나왔다. 도통 머릿속에서 그림이 그려지지 않았다. 저자인 차형석은 언제 누구를 만났고, 어떤 유적을 조사했으며, 현지의 어떤 음식을 먹었는지를 상세히 기록했는데, 이 부분은 지루했고, 관심도 없는 이야기라 해미는 사진만 훑어보고는 건너뛰었다. 다만, 조사단을 따라온 김진구와 유연부가 아버지들의 이야기와 관련해 약간 언급되어 있는 게 흥미로웠다. 해미는 그 부분을 뽑아서 읽었다.

탐사단의 주축은 김민준 교수와 유상호 교수였다. 그들이 기획한 프로젝트이기도 했고, 그분들의 명성 덕에 정부와 기업의 후원을 얻어낼 수 있었다. 나를 포함한 나머지 조사단원 네 사람은 대학에 재직 중인 젊은 교수와 강사들로 구성되었는데, 한국사학은 물론, 고고학, 불교미술사 등 다양한 전공을 가진 사람들이었다. 그중 내가 제일 나이가 많아 자연스레 중간 가교 역할을 담당하게 되었다.

김민준 교수와 유상호 교수는 오랜 친구사이지만 학계에서는 첨예하게 대립하는 것으로 유명하다. 친한 사이일수록 의견이 벌어지면 조율이 더 힘든 법이기도 하다. 조사단의 구성을 보아도 그렇다. 굳이 나누자면 나와 이덕호는 김민준 교수와 친한 인연으로 조사단에 합류했고, 심민기, 정연호는 유상호 교수와 인연이 깊었다. 원래 김민준 교수와 유상호 교수는 섞이기 힘든 학계에서의 입장을 고려하면 각각 탐사팀을 꾸려 떠나는 게 맞는지 모른다. 하지만 긴 여정에 참여할 수 있는 젊은 학자들이 거의 없었고, 일정한 규모 이상이 되어야 하는 조사단의 특성 탓에 두 교수와 젊은 학자들의 연합팀이 구성된 것이다.

김민준 교수는 온화하고 존재감이 약한 분이었다. 중키에 하얀 피부, 갸름한 얼굴, 도수 높은 안경, 전형적인 교수의 외모다. 안정적인 저음의 목소리는 신뢰감을 준다. 실제로도 믿을 만한 분이란 건 내가 잘 안다. 유상호 교수를 따라온 심민기, 정연호 두 사람은 처음에 은근히 김민준 교수를 견제했지만 이내 경계심을 풀었다. 급기야 술이 들어가면 형님이라고 부르기까지 했다. 그런 걸 보면 그분에 대한 호감은 나만의 독자적인 판단은 아닌 듯하다.

반면 김민준 교수와의 친분으로 조사단에 가세한 나와 이덕호는 그간 면식이 없었던 유상호 교수와 허물없이 어울리는 데에 다소 시간이 걸렸다. 유상호 교수는 한번 몰입하면 주변을 신경 쓰지 않았다. 학문에 대한 남다른 집념과 열정만은 우리의 존경심을 자아냈다. 다만 자기의견이 지나치게 강했고, 외골수 같은 면이 있었다. 좋게 말하면 천재의 괴벽이라 볼 수도 있겠지만, 집단 안에서 툭툭 불거지는 부담스러운 성격을 내비쳤던 점은 부정하지 못하겠다.

작은 해프닝이 일어난 건, 북경을 출발해 첫 번째로 탐사에 나선 도시 태원에서였다. 해발 1,700미터의 천룡산 정상 부근에는 중국 미술사의 중요한 유적인 천룡산석굴이 있다. 백색 사암이 600미터나 띠를 이루며 형성되어 있는 암벽에 34개의 석굴과 감실이 파여 있고, 주변에는 관목 숲이 형성되어 있었다. 불교미술사 전공인 심민기는 거의 정신을 잃을 정도가 되어 이곳저곳을 탐닉하듯 조사에 열중했다. 반면 미술사 쪽에 관심이 적은 나머지 대원들은 어슬렁거리며 유람하는 정도였다. 황량한 계곡 옆, 먼지가 풀풀 이는 메마른 땅이 듬성듬성 드러나 있어 묘하게 쓸쓸한 정취마저 깃든 곳이었다. 유상호 교수는 숲 한쪽에 멍하니 앉아 땅바닥을 바라보며 무언가를 골똘히 생각하는 눈치였다. 그는 가끔 이렇게 혼자만의 생각에 빠져 있을 때가 있다. 이덕호가 뒤로 다가가 어깨를 툭 짚었다.

"유 교수님, 혼자 뭐 하세요?"

유상호 교수는 화들짝 놀라 뒤로 엉덩방아를 찧었다. 우리는 그 모습을 멀리서 보고 웃었다. 그 웃음이 유 교수를 자극해버렸던 듯하다. 유상호 교수는 뒤돌아보더니 자기를 놀라게 한 존재가 이덕호인 걸 알고는 얼굴이 벌게졌다. 다음 순간 우리는 놀랐다. 그가 벌떡 일어나더니 다짜고짜 이덕호의 멱살을 잡는 게 아닌가.

"왜 사람을 놀래켜!"

심하게 흥분해 있었다. 우리가 곧바로 가서 뜯어말렸지만 유상호 교수의 화는 쉽게 풀리지 않았다. 졸지에 봉변을 당한 이덕호는 얼굴이 붉으락푸르락해서는 먼저 차로 돌아가 버렸다. 우리는 그때부터 혼자 무언가에 골몰한 유상호 교수의 모습을 보면 슬금슬금 피하기에 바빴다.

조사단을 이끄는 두 분의 스타일이 이렇듯 서로 너무 달라, 사이가 좋은 것 같으면서도 은근한 긴장감이 있었다. 하지만 두 교수가 은근히 견제관계에 있었다는 건 어디까지나 나의 예민하고 주관적인 관찰인 것 같다. 학계에서의 대립 탓에 가진 선입견인지도 모른다. 적어도 두 분끼리는 서로 한 번도 얼굴을 붉힌 적이 없었다. 가끔씩은 오성과 한음처럼 장난을 주고받기도 했다. 유상호 교수도 천룡산의 그 사건 외에는 화를 낸 적이 없었다.

김민준 교수와 유상호 교수는 제각기 자녀를 조사단에 데리고 왔는데, 이들은 조사단에 활기를 불어넣었다. 중학교 3학년 친구 사이인 김진구와 유연부는 겨울방학을 이용해 아버지를 따라 조사단에 합류했다. 두 사람 다 똑똑하고 인사성도 발라서 다들 좋아했다. 특히 연부는 얼굴도 깜찍하고 성격이 활발하고 싹싹하여 대원들의 귀여움을 독차지했다.

"연부 덕분에 우리 팀 분위기가 사는 것 같습니다"라고 내가 칭찬하면, 유교수는 "연부는 너무 제멋대로야" 하며 가볍게 받아넘겼는데, 흐뭇한 미소가 입가에 어렸고, 딸을 무척 자랑스러워하는 기색을 숨기지 못했다.

반면 김민준 교수는 아들과 마치 남처럼 데면데면하게 지냈다. 진구도 아버지의 무관심에 가까운 홀대에 그리 불만을 갖고 있지 않는 것 같아 보여 신기했다.

"너희 아버지는 이런 험한 데 데리고 와서는 모른 척하시네."

내가 말을 건넸더니 진구는 왜 그런 말을 하는지 모르겠다는 듯한 눈을 하고 "그게 편해요" 하고 대답했다. 진짜 그런 듯했다. 겨울방학을 게임 대신 아버지의 사막 여행에 동행하기로 과감한 결단을 내린 중학생으로서는 의외의 대답이다. 아무래도 이 부자 사이에는 남이 알기 힘든 일이 일어나고 있는 듯하다.

진구와 연부, 둘 사이는 무척 좋았다. 조사단 안에 또래가 둘 밖에 없는 탓이기도 하겠지만 원래부터 초등학교, 중학교를 같이 다닌 사이로 친했다고 한다. 늘 같이 다녔고, 둘만의 이야기를 속닥거렸다. 연부는 누구에게나 싹싹했지만 진구는 어른들 앞에서 거의 입을 닫았다는 점을 생각해보면 그 많은 대화가 둘 사이에 일어난 것은 전적으로 연부의 공이라고 해야겠다.

둘 다 공부를 잘했다고 하니, 혹시 라이벌은 아닌지, 아버지들의 은근한 견제 관계가 대물림되어 재현되고 있는 건 아닌지 우려했지만 아무리 예민하게 보아도 그런 눈치가 없다. 둘은 그냥 친했다. 라이벌 의식은 어른들의 마음속에서만 존재하는 것이었다. 둘이 같이 다니는 모습은 보기에도 좋았다. 중학교 3학년이지만 벌써 진구의 키는 우리하고 비슷했고, 연부도 겉으로만 보면 아가씨 티가 났다. 며칠 만에 풀기가 없어진 우리 피부와 달리 뙤약볕 아래서도 뽀얀 얼굴들을 보면 촬영 나온 한류 배우 커플 같아 보이기도 했다. 젊음은 정말 좋은 것이다. 남이 보기에도. 우린 농담으로 사막에 가면 낙타에 태워 둘의 결혼식을 올리자고 놀리곤 했다.

'보통 사이가 아녔던 모양인데?'

해미는 불뚝 성질이 나 책장을 찢듯이 휙휙 넘겼다. 종내는 자리에서 일어나 냉장고 문을 확 열고 얼음물을 벌컥벌컥 들이켰다.

본격적인 탐사여정의 출발은 고도 서안이었다. 도착한 첫날, 탐사대에 조그만 활력을 불어넣는 재미있는 일이 있었다. 아니, 결말의 페이소스를 생각하면 재미있는 일이라고 하는 건 어폐가 있겠다.

서안은 고저택과 현대적 건물이 뒤섞여 이국적이고도 고즈넉한 정취를 불러일으키는 곳이었다. 생각보다 깨끗한 도시여서 마음을 놓게 되었다. 그래서일까, 그 조그만 강아지를 우리 탐사대에 합류시킬 만한 마음의 여유도 있었던 것 같다.

가로수가 늘어선 장안로 끝에 높이 솟은 대안탑이 있었고, 그 뒤편에 우리가 묵을 호텔이 있었다. 오후에 체크인을 마치고 나와 길거리 카페에서 불을 쬐며 차를 한 잔씩 하고 있는데, 강아지 한 마리가 우리 쪽으로 슬금슬금 다가왔다. 시추 비슷하게 생겼는데, 종은 알 수 없었다. 행색은 꾀죄죄했지만 다듬어진 털을 보면 주인과 헤어진 지 얼마 안 된 듯했다. 주눅이 들어 눈을 굴리는 버릇이 몸에 밴 녀석이었다. 이덕호가 백팩에 가지고 있던 고구마를 조금 떼 주었다. 그랬더니 게걸스럽게 먹어치우고는 그 자리에 쭈그려 앉아 입맛을 다시며 우리를 쳐다보는 게 아닌가. 어디가 아픈 듯 더 이상 움직일 힘도 없어 보였다. 우리는 얼마 안 되지만 먹을 만한 건 다 던져 주었던 것 같다. 강아지는 그 뒤부터 우리가 가는 곳을 비칠거리면서 따라다녔다. 차를 마신 후 산책을 다닌 꽤 긴 코스를 내내 따라왔다.

시름시름하는 강아지의 상태를 생각하면 어떤 절실한 의지를 가졌던 것 같기도 하다. 타국 사람들을 알아보고 자기하고 비슷한 신세라고 느꼈던 걸까. 우리 일행에 붙은 약간의 온기나마 아쉬웠던 것일까. 강아지를 내쫓는 사람이 없었던 탓도 있었을 것이다. 우린 나중에 '둘리'라고 이름까지 붙여주었다. 특히 연부는 강아지를 안아주고, 길거리 음식을 사서 주기도 할 만큼 귀여워했다. 똑 부러지는 아이지만 이럴 때 보면 영락없는 소녀다.

밤에 호텔에 들어갈 때가 문제였다. 둘리가 우리를 떠나려하지 않는 것이었다. 손으로 내치고 을러도 보았지만 움찔해서 떠났다가는 다시 우리한테로 돌아왔다. 칼바람 부는 거리에 혼자 버려진다는 것을 본능적으로 깨달았을까. 가물가물

하는 몸 상태를 보면 우리 없이는 얼마 더 견디기 힘들 듯했다. 밤에는 기온이 많이 내려가기 때문이다. 혀를 쯧쯧 차고 있는데, 놀랍게도 연부가 둘리를 냉큼 안아 들었다.

"제가 방에 데리고 갈게요."

유상호 교수를 비롯해 우리 몇몇이 말렸지만 연부가 고집을 피웠다. 몸집이 작아서 가방에 넣어 가면 호텔 직원이 모른다는 거였다. 하긴 둘리는 잘 짖지도 않았다. 호텔 직원들 눈을 피해 방에 데리고 들어가는 것쯤은 어렵지 않을 듯했다. 우리는 두세 사람이 방 하나를 썼지만 연부는 독방이었다. 들키지만 않으면 룸메이트 삼아 데리고 있어도 나쁠 것 없어 보였다. 결국 이덕호의 백팩을 비워 둘리를 넣었고, 연부의 방에 데리고 들어가는 데 성공했다. 타국에서 방랑 중인 우리는 다들 그런 조그만 낭만에 빠져 있었던 것 같다.

사흘 동안 향적사, 흥교사, 대자은사, 섬서성박물관, 당대예술박물관, 당락궁, 화청지와 화청궁, 진시황릉, 흥경궁 등 서안의 유적과 명소들을 둘러보았고, 둘리는 내내 우리와 함께였다. 박물관이나 그밖에 개가 들어갈 수 없는 장소에서는 차 안에서 얌전히 기다리거나 연부와 진구가 둘리와 같이 있었다. 둘리는 눈치가 빨랐다. 그만큼 애먹이는 짓은 하지 않았다. 그래서 둘리를 귀찮아하는 사람은 별로 없었던 것 같다. 물론 연부가 둘리를 워낙 좋아하니 대놓고 내쫓을 생각을 하지 않았던 것 같기도 하다.

여행 내내 둘리를 데리고 다닐 순 없을 텐데. 나중에는 은근히 걱정마저 들었다. 그런데 그 고민은 의외로 쉽고 엉뚱하게 해결되어버렸다.

사흘째 되는 날, 우리는 서안에서 묵던 호텔을 떠났다. 체크아웃을 하고 호텔 현관 앞에 대기하고 있던 승합차에 올랐다.

연부가 차에 오르는데, 목에 살짝 핏자국이 보였다.

"이거 뭐야? 다쳤어?"

내가 물었다.

"아니에요."

연부가 생긋 웃었다. 하긴 하필 내 눈에 띄어서 그렇지, 대수롭지 않은 흔적이었다. 그러고 보니 문득 연부가 혼자란 사실을 깨달았다. 내가 다시 물었다.

"둘리는?"

"없어요."

"없다니?"

"아침에 일어나 보니까 없었어요. 딴 데로 가버렸나봐요."

연부가 말했다. 그런데 그 표정이나 말투가 너무 무심해서 오히려 기억에 남았다. 그렇게 좋아했던 둘리인데.

"호텔방에서? 어디로, 어떻게 나가지?"

나는 어리둥절해 혼잣말처럼 말했다.

"방문이 열려 있었을 수도 있고, 베란다로도 나갈 수 있지. 그거야 뭐, 네발 달린 놈이 어딘들 못 가겠어?"

정연호가 말했다.

"그래도……."

"원래 떠돌이 개였잖아. 그게 습성이야. 잘됐구먼, 뭐."

정연호가 귀찮다는 듯이 잘라 말했고, 나를 포함해 다들
그런가보다 하고 생각할 수밖에 없었다. 아무튼 먼 여행을
떠나려는 판에 둘리가 알아서 가버렸다니 솔직히 홀가분하
기도 했다. 연부 또한 그다지 섭섭해하지 않는다는 게 좀 의
외기는 했다. 요즘 아이들은 이렇게 기분 전환이 빠른가, 질
척질척한 정에 얽매여 사는 우리네하고는 다른가 싶어 내심
씁쓸한 기분도 들었다. 하지만 앞으로 남은 여행에 둘리가
거치적거린다고 내심 꺼려했던 내가 정작 둘리가 사라지자
정이니 뭐니 하며 아쉬워한다는 게 더 위선이 아닐까 하는
생각이 들어 바로 그런 느낌들을 지워버렸다.

서안을 출발해 함양에 도착했을 때였다. 함양은 서안에서
북서쪽으로 30킬로미터쯤에 있는데, 중국 최초의 통일제국
인 진의 수도다.

차를 함양박물관 주차장에 대고 다들 내리는데, 통역인 리
연화에게 전화가 걸려왔다. 리연화는 뭐라뭐라 한참 중국말
로 통화를 하더니 끊었다. 표정이 조금 뜨악하기에 무슨 일
이냐고 내가 물었다.

"호텔에서 전화가 왔네요."

"호텔이라니, 우리가 묵었던 호텔요?"

"네."

"혹시 뭐 계산이 잘못되기라도 했나요?"

"그게 아니라……."

리연화가 난감하다는 듯이 말을 끌기에 내가 재촉하듯 물었다.

"그게 아니라, 뭐요?"

"유연부 양 방에……."

"연부 방에 뭐요?"

"죽은 개가 있답니다."

"죽은 개요?"

"네. 베란다 구석에 죽어 있는데, 혹시 아느냐고, 같이 있던 개 아니냐고요."

"베란다에서요? 어떻게 죽었대요?"

"그거는 모르겠어요. 추워서 동사했는지, 어떤지 모르지요."

"그래서 뭐라고 했어요?"

"모르는 개라고 했습니다. 우리가 데리고 다니던 개라고 하면 귀찮아질 거 같아서요."

"아, 네. 잘하셨습니다."

대화를 마친 리연화가 민망한 표정으로 가려는데 퍼뜩 정신을 차린 내가 불러 세웠다.

"리연화 씨."

"네."

"다른 사람들한텐 이 이야기 하지 마세요."

난 일부러 딱딱한 표정으로 말했다. 리연화는 알겠다며 걸음을 재촉해 가버렸다.

난 먼저 간 일행들을 따라붙을 생각도 하지 못하고, 그 자리에 잠시 서 있었다. 기분이 착잡했다.

아마도 둘리는 열린 베란다로 나갔다가 문이 닫히는 바람에 다시 들어오지 못하고 얼어 죽은 모양이다. 연부는 잠이 들어 몰랐을 테고. 길거리였다면 차라리 추위를 피할 곳이 있었을 텐데. 사흘간 우리를 졸졸 따라다니던 녀석이었다. 아픈 몸을 이끌고 거리를 헤매며 이곳저곳에서 구박받던 신세. 그래도 자기한테 먹을 걸 주고 온정을 베푼 우리에게 기댔던 모양이다. 그런데 이렇게 끝이 나버렸다. 불쌍했다. 추운 날, 둘리가 며칠이나마 배불리 먹고 따뜻한 호텔방에서 지냈다는 걸로 위안을 삼아야 했다. 연부가 거두어주지 않았다면 어쩌면 더 일찍 거리에서 죽었을지도 모른다.

난 일단 아무에게도 이 소식을 전하지 않기로 했다. 특히 연부에게는 더더욱. 아침에 생긋 웃던 얼굴이 떠오른다. 연부는 둘리가 어디론가 가버렸다고만 알고 있다. 자신이 모르는 사이에 둘리가 베란다로 나갔다가 추위에 얼어 죽었다는 걸 알면 얼마나 마음이 아플까.

생각에 잠겼다가 고개를 드니 박물관 매표소로 향하고 있는 일행들의 뒷모습이 멀찍이 보였다. 나는 발걸음을 내딛었다.

해미는 책갈피를 끼워놓고 잠시 책을 치워놓았다.

'설마……'

해미는 자신도 모르게 주먹 쥔 손을 입에 댔다. 생각에 빠질 때의 버릇이었다.

'둘리가 우연히 베란다로 나간 게 아닐 수도 있잖아.'

호텔 직원이 어떻게 말했는지는 책에 정확히 기록되지 않았다. 얼어 죽었단 것조차 차형석의 추측이다. 해미는 그날 아침 유연부의 목에 핏자국이 있었다는 것에 신경이 쓰였다. 차형석은 대수롭지 않게 넘겼겠지만, 같은 여자로서 안다. 여자는 남자와 달리 면도를 하지 않는다. 그래서 목에 상처가 나는 일이란 거의 없고, 있다면 아주 특별한 사건이란 걸. 그래서 만약.

'만약 강아지가 목에 상처를 냈고, 유연부가 둘리를 어떻게 해버린 거라면? 베란다에서 얼어 죽은 게 설령 맞다 해도, 유연부가 일부러 그런 거라면? 그럴지도 모르는 거잖아. 아니, 맞아. 분명 그런 거야. 며칠이나 데리고 다니던 개를 찬바람 쌩쌩 부는 바깥에 내쫓아? 겨우 상처 좀 냈다고? 유연부 이거, 미친 거 아냐?'

하지만 해미의 '합당해 보이는' 분노는 차형석의 다음 서술에서 산산이 깨져버렸다.

둘리의 죽음에는 후일담이 있다. 함양을 떠난 우리는 난주의 하서회랑에 위치한 하서보라는 작은 마을에 멈추었다. 과거 실크로드 무역상들이 머물렀던 지역이고, 조사해봐야 할 몇 개의 사원과 무덤, 유적이 있었다. 발품을 팔아 찾아갔지만 무덤의 부장품이 대부분 도굴되고 썰렁한 토괴만 남아 있었다. 우리는 망연자실했다. 먼지가 풀풀 이는 메마른 땅에 오아시스의 흔적만 남아 곳곳에 풀이 성글게 자라고 있었다. 유상호 교수와 나는 하릴없이 유적지 돌무더기 한구석에 나란히 앉게 되었다. 화제가 없어 어색해지자 견디지 못하게 된 나는 괜히 천룡산에서의 일을 입에 올렸다.

"그때 이덕호 선생이 좀 놀랐나봅니다. 건방지게 굴려던 건 아니었다고 하네요. 별 뜻 없이 교수님한테 친한 체를 한 모양인데."

그가 후회의 빛을 띠며 말했다.

"내가 좀 예민해져 있었던 것 같아."

"아무래도 힘든 여행이니까요."

나는 위로했다. 하지만 겉치레였다. 난 유상호 교수의 과민반응으로 탐사대의 분위기가 냉랭해진 것에 내내 반감을 갖고 있는 상태였다.

그래서였을까, 그만 둘리의 이야기를 꺼내고 말았다. 어쩌면 딸인 연부의 실수를 거론해 유상호 교수의 코를 납작하게 눌러주려는 심산도 내게 있었던 것 같다. 나는 리연화가 호텔로부터 전화를 받았고, 개가 연부 방 베란다에 얼어 죽어 있었다는 소식을 들었다고 전했다. 아무래도 연부가 베란다 문을 닫아버린 탓에 얼어 죽은 것 같다는 이야기도 했다.

딸이 실수로 한 생명을 빼앗았으니 미안하고 민망했으리라. 이야기를 듣는 유상호 교수가 난감한 표정을 지었다. 꽤

나 당황스러운 소식이었던 듯 눈은 나를 보고 있지 않았다. 그런 때 받기엔 참 이상한 느낌이지만, 어떤 종류의 고민에 빠진 사람 같기도 했다. 나는 약간 미안해졌다. 그가 밉다는 이유로 연부의 실수를 물어뜯으려는 나 자신이 치사하게까지 여겨졌다.

교수는 고개를 조금 숙인 채 묵묵히 앉아 있었다. 잠시 후 고개를 든 그는 입을 열었다.

"얼어 죽어 있었다고?"

"예. 정확히는 못 들었습니다만, 그렇지 않겠습니까? 그 추운 베란다에 밤새 있었으니."

유상호 교수는 또 잠시 말이 없었다. 그러다 입을 열었다.

"실은."

"네."

"내가 그랬어."

"예? 교수님이요?"

그의 돌연한 말에 나는 놀라 물었다.

"그날 밤 연부가 나를 방으로 불렀어. 강아지가 곧 죽을 것 같은데 안락사시킬 수 없겠냐고."

"아……."

"보니까 연부 말대로였어. 눈꺼풀만 겨우 움직이고, 발을 파르르 떨고 있더구먼. 연부가 다가가니까 발톱으로 할퀴어 목에 상처까지 냈다고 했어. 약물 주사라도 할 수 있으면 금 방이겠지만 그런 것도 없잖아. 할 수 없이 젖은 수건으로 내가 처리했어. 내 방은 다른 사람하고 같이 쓰니까, 연부 방 베란다에 그대로 두고 몰래 덮어놓았었지."

"그랬군요."

"아무리 개라도 내 손으로 생명을 끊었잖은가. 그래서 아직까지도 좀 기분이 안 좋아."

"그럼요. 힘드셨겠습니다."

난 이번에는 진심으로 위로했다.

둘리는 역시 많이 아픈 개였다. 곧 죽을 것 같으니 주인에게조차 버림받았나보다. 유상호 교수도, 연부도 대단하다는 생각이 들었다. 주인이 아픈 둘리를 버린 건, 어쩌면 사랑하는 강아지가 눈앞에서 죽어가는 걸 보기 힘들어서, 그렇다고 자기 손으로 차마 숨을 끊지는 못해서였지 않았을까. 그런 인간적인 정 혹은 나약함 때문에. 하지만 그 탓에 둘리는 차가운 겨울 거리를 방황하며 고통을 연장해야 했다. 연부 부녀의 결정은 강아지를 위해 가장 냉정한 판단이었을지 모른다. 연부를 보면 위로해주어야 할 것 같은 기분이 들었다. 아무리 그래도 겨우 열여섯 살 소녀인데.

"연부도 얼마나 슬플까요. 며칠간이지만 그렇게 귀여워했는데……."

"그렇지……."

유상호 교수가 말끝을 흐렸다. 어쩐지 민망해하는 기색이다.

문득 말하고 보니, 그날 아침 너무도 멀쩡했던 연부의 표정이 생각났다. 나는 그만 머쓱해졌다.

해미도 머쓱해졌다.

비록 혼자만의 생각에 그쳤지만, 조금 전까지 유연부를 악랄한 여자로 몰아붙이던 중이었다. 그런데 저자인 차형석의 해석에 따르면 연부 부녀는 둘리를 위한 가장 냉철한 선택을 했던 건지도 몰랐다.

해미는 문득 주먹을 풀고 고개를 쳐들었다.

"이게 다 김진구 때문이야!"

해미는 소리 내어 혼잣말을 했다.

'김진구하고 하도 엮이다보니 그 인간 식으로만 사람을 보게 된 거야!'

해미는 머리를 가로저었다. 그러면서도 말끔하지만은 않은 기분이 또다시 드는 것이었다.

'아무리 그래도, 귀여워하던 개를 안락사시켰으면서 바로 다음 날 생글거린다는 게 정상이야? 나 같으면 펑펑 울 거 같은데……. 아무튼 뱀 같은 여자야.'

'아니야!'

해미는 다시 세차게 고개를 저었다.

'어느 틈엔가, 난 유연부가 못된 인간이었으면 하고 바라고 있어.'

해미는 나쁜 기운을 몰아내듯이 심호흡을 하고는 다시 책을 펼쳤다.

서안을 출발해서부터 천수, 난주, 무위 등을 거치는 여정에서는 별달리 시선을 끄는 내용이 없어 대부분 건너뛰었다.

책장을 좀 더 뒤로 넘기자, 조사단은 돈황에 도착해 바야흐로 서역으로 들어설 준비를 하는 중이었다. 이야기는 이제 막 사건이 벌어진 사막으로 접어들고 있었고, 해미는 정신을 집중해서 읽기 시작했다.

탐사여행을 떠난 지 8일째, 돈황에 도착한 우리는 숙소에 짐을 풀고 점심을 먹었다. 통역인 리연화에게 현지 가이드를 고용하고 차량을 새로 렌트해달라고 부탁을 해두었다. 지금까지 쓰던 차는 사막길이 시작되기 전까지만 쓸 수 있었고, 돈황 이후부터는 사용할 수 없었다.

실크로드라고 통칭하지만 실은 몇 가지 루트가 있다. 크게는 천산북로와 천산남로로 나뉜다. 서안에서 시작된 길은 감숙성을 통과하여 서쪽으로 연결되다가 돈황의 옥문관에서 타클라마칸 사막을 만나게 된다. 그 우회로로 위를 택할 것이냐 아래를 택할 것이냐에 따라 여정이 달라진다. 천산북로는 투르판, 카라샤르, 쿠챠, 툽슈, 카쉬가르를 통과하는 북쪽 길이다. 초원이 끝없이 이어지는 길이라 천산남로에 비해 지형적 위험은 덜하지만 유목민들의 습격을 받을 수도 있다. 옥문관에서 아래를 택해 미란, 니야, 케리야, 호탄, 야르칸드 등 산재한 오아시스 도시를 통과해 이어지는 길이 천산남로다. 천산남로는 사막의 위협에 직면해야 하는 험난한 길이며 그만큼 자연의 신비를 흠뻑 체험할 수 있는 경로다. 이 두 길은 타클라마칸 서쪽 끝인 카쉬가르에서 합류하게 되고, 다시 파미르를 넘어 지중해 연안까지 이어져 실크로드가 완성된다. 우리가 이번에 행선지로 잡은 곳은 천산남로다.

앞서 말했듯이, 돈황은 타클라마칸 사막이 시작되는 관문과도 같은 곳이다. 첫날, 양관에 가서 내다본 광막한 사막의 경관에 우리는 감개무량했다. 황토평원과 모래벌판이 끝없이 펼쳐져 있었다. 첫날은 바람이 잠잠했다. 사막은 조용하고 침착해 보였다.

하지만 다음 날 아침, 어제의 고요한 날씨는 거짓말처럼 변해 있었다. 모래바람이 아침부터 세차게 불어 얼굴이 따가웠고 모래는 허리춤까지 파고들었다. 우리는 이래서야 눈도 못 뜨겠다고 투덜거렸지만 이건 앞으로 겪게 될 본격적인 사막과의 대전을 위한 전주곡에 불과했다.

호텔 로비에는 리연화가 낯선 중년 남자와 같이 앉아 있었다. 남자는 황춘성이라는 이름의 조선족이었고, 리연화는 그가 이 일대 사막에 정통한 가이드라고 소개했다. 마르고 왜소한 체구지만 녹록치 않은 표정과 말투가 베테랑 같은 느낌을 주었다. 무엇보다 눈빛이 선량해서 마음에 들었다. 하지만 호텔 앞으로 나가 리연화가 수배해 온 차를 본 우리는 한숨을 쉬었다. 오프로드용 SUV 두 대를 요청했는데 기다리고 있는 것은 12인승 승합차 한 대였다. 우리의 실망한 표정을 보더니 황춘성이 보란 듯이 운전석에 올라 시동을 켰다.

엔진은 힘차게 돌았지만 보닛이 덜덜 떨렸다. 이 차량이 과연 험난한 사막 여행을 견딜 수 있을까 회의가 들었다. 고개를 설레설레 젓는 우리에게 황춘성은 "이거 아니면 낙타를 빌려야 합니다" 하고 단언했다. 다른 차량은 모두 임대되었고, 그나마 그것이 현지에서 구할 수 있는 전부라고 했다. 결국 받아들일 수밖에 없었다. 낙타를 앞세운 고대의 방법도 운치는 있겠지만 그래서야 시간은 둘째치고라도 목숨을 보장할 수 없지 않은가. 다들 체념하고 차에 오르려는데, 김민준 교수만은 신중한 입장이었다.

"며칠 기다렸다가 제대로 된 차가 나오면 그때 출발하는 게 어떨까."

우리는 주춤해서 막 차에 올리던 발을 내렸다. 유상호 교수가 반박했다.

"무슨 소리야? 안 돼. 일정도 제한이 있는데, 여기서 지체하면 서역남로 쪽 탐사는 어려워져."

"이 사람아, 연구도 좋지만 안전을 생각해야지."

김민준 교수도 이때만은 물러서지 않았다. 황춘성이 운전석에서 내려와 우리의 결정을 기다리며 멀거니 서 있었다. 차를 앞에 두고 잠시 옥신각신 언성이 높아졌다.

"우린 괜찮지만 아이들도 있어서 어떨지……."

나는 슬쩍 김민준 교수 측에 가세했다. 내 말에 유상호 교수가 진구를 보며 물었다.

"진구 넌 어때? 이런 차로는 못 가겠어?"

그러자 진구가 땅에 내려놓았던 배낭을 어깨에 둘러매고 말했다.

"지금 탈까요?"

진구는 가끔 보면 어린애가 세상에 미련이 적어 보이고, 겁은 아예 없는 것 같다. 아니면 친구인 연부 아버지 편을 드는 게 이 장면에서는 모양이 좋다고 생각했는지도 모른다. 아무튼 아들마저 등을 돌리자 김민준 교수는 어쩔 수 없다는 듯 슬며시 웃으며 어깨를 들썩했다. 이어 연부가 발랄한 웃음을 지으며 배낭을 들었다. 나잇살이나 먹은 우리가 불평할 여지는 없어졌다.

"걱정 마세요. 이 차가 이래 봬도 수없이 사막을 왔다 갔다 한 베테랑입니다."

운전석에서 황춘성이 웃으며 핸들을 툭 쳤다. 하필이면 우리가 탄 때에 탈이 나겠냐는 말로도 들렸다. 생각해보면 그건 마치 폭탄 돌리기 같은 일이었다. '설마' 하는 생각에 묻히지만 어느 때고 폭발할 가능성은 분명히 있는 것 아닌가. 지금껏 별 탈 없이 사막을 건넜다고 해서 이번에도 그러리라는 보장은 없다. 오히려 그동안 차가 많이 고생했으리라는 생각이 먼저였어야 했다. 우리는 너무 어설펐다. 그리고 사막을 몰랐다. 어차피 지구 일주를 할 것도 아닌데, 사막 변두리 길일, 이천 킬로미터 정도야 얼마든지 버티지 않을까, 현지 사정에 어두운 우리는 그렇게 순진하게만 계산했다. 그때까지 만난 사막의 인상은 돈 건네기 전의 사기꾼처럼 부드러웠던 것이다. 하지만 곧 맞닥뜨릴 기묘한 지형과 천변만화하는 기후는 우리가 상상한 테두리에서 아득하게 벗어나 있었다.

공간이 모자라 지붕 위에 텐트를 첩첩이 올려 끈으로 묶었다. 위태로운 짐을 이고 있는 차량의 모습이 어딘가 익숙하다. 다큐멘터리 채널이나 해외의 진풍경을 소개하는 사진으로 보던 장면이다. 이제는 우리가 그 이국적 풍경의 주인공이 되었다.

짐을 머리에 주렁주렁 인 승합차였지만 보기와 달리 기운차게 출발했다. 걱정을 날려버리는 굉음에 우리는 약간의 불안감을 곧 접었다. 탈이 날 가능성은 꿈에도 생각지 않았다. 다만 벌판에서 기름이 떨어질 경우를 대비해 휘발유를 여러 통 실었고, 스페어 타이어는 따로 점검했다. 바퀴 밑에서 자욱하게 먼지가 일었다. 이제부터는 황춘성이 우리 팀의 유일한 통역 겸 가이드 겸 운전수다. 그동안 우리 일행의 통역을 맡아주었던 리연화는 돈황에서 헤어졌다. 그녀는 우리가 시야에서 사라질 때까지 손을 흔들어주었다.

모래가 비처럼 부슬부슬 흩뿌리는 가운데 승합차는 돈황 시가지를 벗어났다. 콘크리트 잔해 같은 도로변 건물 몇 채가 지나가고, 곧 풍경이 일변했다. 막막한 벌판이었다. 아직 포장도로를 달리고 있지만 길가부터는 거짓말같이 끝없는 사구와 모래사막이 펼쳐졌다. 나무 한 그루도 품지 않은 메마른 땅이 지평선으로 길게 뻗어 있다. 모래바람은 문을 열어달라는 듯이 차창을 두드려댔다. 말을 몇 마디 나누었더니 어느새 입안이 모래로 버석버석해졌다.

타클라마칸 사막. 투르크어로 '들어가면 나오지 못하리라'는 뜻을 가진 이 사막은 곤륜 산맥, 카라코람 산맥, 파미르 고원, 천산 산맥 같이 아찔한 고지대가 삼면을 막고 있고, 나머지 한 면은 고비 사막과 롭 사막으로 이어져 있다. 접근성부터가 다른 사막들과는 궤를 달리 한다. 인도에서 출발한 여행자들은 카라코람을 넘다가 동사하거나 벼랑 아래로 떨어져 목숨을 잃었다. 티베트나 캐시미르, 러시아 쪽에서 오는 여행자들도 크게 다를 바 없었다. 우리가 이 험한 죽음의 사막까지 진입을 감행한 것은 미란, 누란, 니야, 호탄 같은 실크로드의 역사에서 빠질 수 없는 오아시스 도시들을 조사하기 위해서였다.

타클라마칸의 탐험가들은 이곳을 '세상에서 가장 위험한 최악의 사막'이라고 했다. 죽을 고비를 넘긴 그들은 '아라비아 사막은 타클라마칸에 비하면 길들여진 것이다'라는 감상을 남겼다. 폰 르콕은 타클라마칸 사막에 휘몰아치는 검은 모래바람, 카라부란(kara-buran)의 무서움에 관해 이렇게 쓰고 있다.

'순식간에 하늘이 어두워지고…… 잠시 후 폭풍이 무서운 힘으로 대상들 위에 휘몰아치기 시작했다. 엄청난 양의 모래가 자갈과 뒤섞여 공중으로 올라가 소용돌이치면서 사람과 동물 위로 덮쳤다. 더욱 어두워지면서 무엇인가 쾅 하고 부딪치는 소리가 폭풍의 으르렁거리는 포효 소리와 뒤엉켰다. 모든 게 마치 지옥의 한가운데서 일어나는 것 같았다. ……사람과 말은 몸을 엎드린 채 폭풍의 분노를 참아내는 수밖에 없었고, 이는 때로 몇 시간씩 지속되었다.'

우리는 드디어 이 무서운 사막 안으로 들어선 것이다. 지금껏 들렀던 곳은 고비 사막 언저리를 살짝 지나는 코스였고 우리가 답사를 위해 밟은 곳은 기껏해야 준사막이라 불릴 만한 불모지일 뿐이었다. 공항, 호텔, 레스토랑, 전화 등 갖가지 편의시설이며 문명이 있었다. 우리가 직접 맞닥뜨린 타클라마칸 사막의 맨얼굴에 비하면 초기의 답사일정은 어린아이의 장난에 불과했다. 천산남로의 오사시스 도시를 찾아가는 여정은 만약 관광 삼아 정해진 길을 따라간다면 순로가 될수 있겠지만 우리처럼 특정한 목적을 가지고 사막 길을 더듬어야 하는 여행자라면 늘 예측 못 할 위험에 맞서야 한다.

차창을 때리는 모래바람은 어느새 흙먼지가 섞인 검은 바람으로 변해 있었다. 나는 아무리 보아도 밋밋하기만 한 사막 풍경 감상을 포기했다. 의자를 눕히고 눈을 감았다. 그리고 기나긴 잠을 청했다.

해미는 잠시 눈을 감고 상상해보았다. 주변을 분간 못 할 정도로 모래바람이 거세게 불어오는 사막. 차 안에는 온통 흙먼지, 몸 안에는 구석구석 모래가 끼어들고……. 자신이 꼭 그 안에 들어가는 것 같아 진저리를 치며 눈을 떴다.

'쳇, 또 감정이입을 너무 해버렸어.'

해미는 괜히 자책하며 머리를 저었지만, 그곳을 생각하면 도무지 견딜 수 없을 것 같았다. 해미는 자신이 편안한 방 안에 있다는 사실에 새삼 안도하며 다시 책장을 넘겼다.

얼마쯤 지났을까, 눈을 떠보니 모래바람은 잦아들어 있다. 왼쪽으로 호수가 나타났다. 오른쪽으로는 산이 보였는데, 황춘성은 아얼진 산맥이라고 알려주었다.

"지름길이 있는 것 같은데 왜 이 길로 갑니까?"

유상호 교수가 운전대를 잡은 황춘성에게 의심스럽다는 듯 물었다. 바깥을 내다보니 산 쪽으로 붙어서 따로 길이 나 있는 것 같다. 그리고 우리가 달리는 길은 그보다 돌아가는 것 같은 느낌이 들었다. 황춘성은 당연하다는 듯 대답했다.

"재생 타이어라 험한 길은 좀 그렇거든요. 그나마 지나가는 차를 붙들고 도움을 받을 수 있는 포장도로 쪽이 안전합니다."

김민준 교수의 제안에 차를 세우고 관광객처럼 사진을 몇 장 찍었는데 지금 펼쳐 보아도 그림엽서 같다. 내가 그곳에 있었나 싶은 절경이다. 얼음이 덮인 것 같은 착시를 일으키는 냉호와 만년설의 대비가 일품이었다. 우리는 사막의 심장부로 접어들고 있다는 걸 잠시 잊어버렸다. 여담이지만, 우리가 흔히 생각하는, 고운 모래로만 뒤덮인 사막은 '에르그'라고 해서 약 20퍼센트에 지나지 않는다. 사막은 자갈과 암

석평원은 물론 곳곳에 이런 비경을 숨겨두기도 한 신비한 장소인 것이다.

도중에 김민준 교수가 열이 나더니 식은땀을 흘렸다. 오아시스 마을에 잠시 머물렀지만 달리 약을 구할 수 없어 그저 아스피린을 먹이고 차량 뒷자리에서 쉬게 했다. 그것 말고는 비교적 순조로운 여정이었다. 날이 저물었고 우리는 하룻밤 노숙할 장소를 찾았다. 가이드는 노풍구(老風口)란 곳에 차를 세웠다. 이름처럼 바람이 엄청나게 강한 곳이었다. 망망대해처럼 사방에 아무것도 보이지 않는 평평한 지대다. 나무 한 그루 없는 황폐한 땅이었고, 바람이 거칠 것 없이 불어와 음산한 기운마저 스며들었다.

"굳이 이런 데서 자야 합니까?" 내가 불만스레 물었더니, "바람이 세게 불기 때문에 여기에는 모기가 없습니다"라는 황춘성의 답이 돌아왔다. 나는 불만을 가질 수 없었다. 지독한 사막의 모기에 시달렸던 끔찍한 밤이 떠올랐기 때문이다. 그 즈음 김민준 교수가 몸이 어느 정도 회복된 듯하여 다행이었다.

텐트를 4개 나누어 치고, 저녁식사를 했다. 식사라고 해봤자 밥을 지을 형편은 안 되었으니, 기껏해야 라면을 끓여 옹기종기 모여 앉아 나눠 먹는 참담한 수준이었다. 우리는 목적이 있어 왔다지만 어린 진구와 연부는 사서 고생이다.

"진구 너 후회되겠다. 괜히 따라와서 고생하고."

라면을 앞에 놓고 유상호 교수가 물었다. 김민준 교수에 대한 놀림도 은근히 섞여 있다. 하긴 진구는 연부와 달리 처음부터 이 여행에 그다지 큰 흥미를 보이지 않았다. 내내 시큰둥했다. 아마 김민준 교수가 같이 가자고 강요한 게 아닐까, 우리는 짐작했다.

"괜찮아요. 재밌어요."

"재밌다고? 허허."

유상호 교수는 실소를 했다. 평소의 진구를 아는 우리에게도 그 대답은 조금 의외였다. 하긴 속을 알 수 없는 질풍노도의 시기 아닌가. 어쩌면 밋밋한 표정과 달리 실제로는 역사에 큰 흥미가 있는지도 모를 일이다. 내가 물었다.

"너도 아버지처럼 역사학 공부할 거냐?"

"아뇨, 전 수학을 공부할 건데요."

"수학?"

그렇다면 이번 여행은 김민준 교수의 강요가 분명하다. 덜렁덜렁 따라오기엔 너무 혹독한 환경이다. 김민준 교수는 이럴 줄 몰랐다고 하겠지만 관광으로 올 만한 곳도 아니다. 나도 결국 웃어버렸다.

"연부 넌 어때?"

내가 물었다.

"저도 재밌어요."

"아빠가 억지로 데리고 온 게 아니고?"

이번엔 김민준 교수가 물었다. 유상호 교수의 표정이 이때부터 조금 안 좋아진 걸로 기억한다. 연부는 생긋 웃었다.

"진구만큼은 아니에요."

김민준 교수가 너털웃음을 지었다. 우리도 웃었다. 이런 대화는 여기서 끝났어야 했다. 심민기가 괜히 연부에게 또 물었다.

"연부 넌 뭐에 관심 있냐? 수학? 고고학?"

"다 좋아해요. 지금은 이것저것 다 공부해보려고요."

"일찍 목표를 정하는 것도 괜찮아. 우리나라는 교과과정에서 필요 없는 걸 너무 많이 가르쳐."

이덕호가 말했다. 분명 별 뜻 없이, 가볍게 한 말이었다. 그런데 문득 옆에서 유상호 교수의 단호한 말이 튀어 나왔다.

"그 나이에는 아직 아니야!"

대화의 흐름을 깰 정도로 큰 음성이었기에 우리는 놀랐다. 유 교수의 말이 이어졌다.

"어린 나이에 벌써 학문 분야를 정해서 그것만 판다는 게 말이 돼? 어리석은 짓이야."

팽팽하고 신경질적인 어조였다. 설마 천룡산에서 자신을 놀라게 한 이덕호에게 아직 감정이 남았던 건가? 유상호 교수가 예민하게 굴자 분위기가 급격히 어색해졌다. 우리는 다들 입을 다물었다. 그때 김민준 교수가 말했다.

"그건 사람마다 다른 거지. 나이가 어리다고 무조건 전부를 공부해야 한다는 것도 파시즘이야."

우리는 안절부절못했다. 유상호 교수의 히스테리는 이미 천룡산에서 한번 겪은 적이 있기에 다들 적당히 넘어가려 했다. 그게 그 장면에서 우리들의 암묵적인 금기사항이었다. 그런데 몸도 아픈 김민준 교수가 굳이 상대하고 나설 줄은 몰랐다. 유상호 교수의 성격을 우리보다 더 잘 알 텐데, 왜 그러셨을까 싶다. 아니나 다를까, 유상호 교수의 이마에 쌍심지가 켜졌다.

"파시즘이라니, 나 참, 어이가 없군."

유상호 교수의 억누른 목소리에서 떨림이 묻어 나왔다. 화를 참고 있다는 증거다. 다들 난감해서 어쩔 줄 몰라 하는데, 그나마 털털한 성격의 정연호가 끼어들었다.

"매사에 관심을 갖는다는 건 그만큼 긍정적이란 이야기지. 연부 넌 나중에 뭘 해도 잘할 거야."

정연호는 유상호 교수를 보며 사람 좋게 웃었다. 좀 더 화가 나 보이는 유상호 교수를 달래려는 말이라고 여긴 나는 몰래 피식 웃었다. 다행히 긴장감은 그걸로 끝이었다. 두 분다 왜 그렇게 예민하게 반응했나, 그땐 의아하기도 했지만, 생각해보면 그럴 법도 하다. 다들 지쳤으니까.

밤이 되자 깜짝 놀랄 만큼 기온이 떨어졌다. 낮의 열기를 아는 우리는 같은 장소에 있다는 걸 거의 믿을 수 없을 정도였다. 바람은 갈수록 거세게 불었다. 텐트가 금방이라도 날아가버릴 것만 같았다. 우리는 차를 끌고 와 텐트 앞에 바람막이로 세워놓고서야 겨우 안심하고 텐트에 들 수 있었다. 그렇지 않아도 깜깜한 사막의 밤이다. 강추위에 바람까지 겹치니 그야말로 고역이 아닐 수 없었다. 제대로 잠을 잔 사람이 있기나 했을지 지금 생각해도 끔찍하다.

　하룻밤 만에 우리는 추위와 불면에 시달리며 거의 모든 체력을 잃었다. 다음 날 아침 퉁퉁 부은 우리 눈앞에는 다시금 광막한 황토의 평원과 끝없는 벌판이 펼쳐졌다. 저 멀리 낙타의 봉처럼 솟은 모래언덕이 겨우 몇 개의 굴곡을 만들 뿐이었다. 기진맥진한 우리의 눈에 그건 무덤을 연상시켰다. 심하게 한기를 느꼈고, 입술은 타들어갔고, 지긋지긋한 모래바람은 또다시 불어오기 시작했다. 우리는 텐트를 접고 세수도 하지 못한 초라한 몰골로 또다시 차에 올랐다.

얼마나 힘들었을까. 〈Man vs. Wild〉 같은 프로를 보면 그저 사서 고생하는구나 싶었다. 베어 그릴스 같은 사람이나 할 일이라 치부했다. 그런데 16세의 진구가 직접 겪었던 일이라 생각하니 반쯤은 직접 경험한 것 같은 기분에 몸이 부르르 떨리기까지 하는 것이었다. 진구가 그런 데를 다녀왔다니 도무지 어울리지 않는다는 생각이 들었다. 진구는 왜 이런 극한체험 같은 걸 한 번도 입 밖에 꺼내지 않았을까.

　해미는 피로해진 눈을 비볐다.

　'조금만 쉬었다가 마저 읽어야지…….'

　책을 들고 침대로 가서 누웠다.

　잠시 후 해미는 책 쪽으로 두 손을 뻗은 채 곯아 떨어졌다.

상준동은 내선 전화에 입력된 '유연부 팀장' 버튼을 꾹 눌렀다.

"네, 회장님."

문을 사이에 두고 연부가 전화를 받았다. 한결같은 목소리다.

"잠깐 들어오지."

잠시 후 문이 열리고 연부가 들어왔다. 상준동은 책상 뒤 안락의자에서 일어나 소파 상석에 옮겨 앉았다. 연부는 뒤따라 앉으며 가지런하게 다리를 모았다.

"유 팀장, 요새 어떻게 지내?"

"잘 지내죠. 회장님 덕분에."

상준동의 뜬금없는 말에도 연부는 마치 준비된 것처럼 매끈하게 답했다.

"잘 지낸다니, 다행이구먼. 유 팀장에게 일이 생기면 우리 회사 큰일 나지."

"별말씀을요."

"내가 유 팀장을 얼마나 믿고 의지하는지 알 거야."

"회장님이 잘 봐주신 덕분이죠."

"아냐. 유 팀장 덕분에 그동안 여러 건 돈 날릴 뻔한 일을 막았어. 사실 공격적 투자는 누구나 할 수 있는 거거든. 위험 생각하지 않고 이윤만 보고 돈 넣는 일이야 누가 못 해. 내가 그랬어. 항상 리스크를 안고 투자를 하자는 쪽이었지. 유 팀장이 그걸 적절하게 제어해주는 역할을 해왔어. 정확하고 냉정했지. 감시받는 게 싫어 상장을 안 해서 그렇지, 코스닥에 올리면 바로 투자사 중에 시가총액 탑일걸. 우리 회사가 이만큼 하고 있는 것도 다 유 팀장이 투자대상을 철저히 가려준 덕분이야."

"과찬이세요. 그것도 회장님이 결단해주신 덕분이죠."

유연부는 싹싹했고 빈틈이 없었다. 과하게 아부하는 기색도, 겸손으로 쭈뼛쭈뼛하는 자세도 없다. 자로 잰 듯한 말투. 각도기처럼 정확해 허술함이 없다. 그리고 정(情)도 없다.

"그건 그렇고."

상준동은 본론으로 들어갔다.

"우리 아들놈이 유 팀장을 무척 좋아하는 것 같던데."

"네, 잘해주세요."

비로소 유연부에게 약간의 수줍음이 떠올랐다. 하지만 상준동에게는 그마저도 계산된 것처럼 보였다. 지나치게 뻔뻔하지 않은 이미지.

"아니, 그냥 잘해주는 건 아냐. 우리 아들이 비록 모자라지만 바람둥이는 아니거든."

"네, 그럼요. 진실하고 성실한 분이라고 생각하고 있어요."

내 아들이 진실하고 성실한 놈이라고? 세상에 이런 입에 발린 말이 어디 있나. 무슨 꿍꿍이야? 예의를 갖춘 연부의 말에 상준동은 혼자 흥분지수를 높여가고 있었다.

"아들은 결혼까지 생각하고 있는 모양이던데."

"글쎄요. 전 처음 듣는 말씀인데요."

처음 들을 리가 없다. 아니, 처음 듣는다 해도 그런 눈치를 채지 못했을 리가 없다. 결혼이라는 인생의 중대사에 조금도 머쓱해하거나 주저하지 않고 답변이 줄줄 흘러나오는 걸 보면 뻔하지 않은가 말이다. 상준동은 또 혼자서 살짝 흥분했다. 아무래도 빈틈없고 자존심 강한 연부를 상대로 낯 뜨거운 이야기를 꺼내려니 나이와 경험이 무색하게 조금씩 평정심을 잃는 건 어쩔수 없었다.

"유 팀장은 어때?"

"뭐가요?"

"우리 아들과의 결혼에 대해 생각해본 적 있나?"

"글쎄요."

연부는 그제야 상준동이 자기를 부른 용건이 그다지 우호적이지 않다는 걸 깨달은 것 같았다. 표정이 서서히 식어갔다.

"유 팀장도 우리 아들을 좋아하나?"

"회장님 앞에서 감정을 이야기하는 건 외람된 것 같고요. 좋은 분이라고 생각하고는 있어요."

정말 한 치의 오차도 없는 대답. 그래서 넌 내 아들의 짝으로, 내 며느리로 안 되는 거야. 상준동은 괜히 연부가 얄미웠다.

"아들놈은 아직 순수해서 결혼에 환상을 갖고 있어. 하지만 결혼이란 건 감정만으로 되는 게 아니지. 유 팀장도 똑똑하니까 그런 정도는 알 거야."

연부는 말이 없었다.

"그래서 얘긴데."

상준동은 상체를 앞으로 조금 숙였다.

"다시 말하지만 난 유 팀장을 우리 회사의 중추로서 절대적으로 믿고 있어. 유 팀장의 능력 덕분에 회사가 많이 성장했고.

별생각 없이 시작한 장학 사업 덕분에 유 팀장 같은 사람을 스카우트하게 돼서 정말 행운이라고 생각해. 하지만 그건 어디까지나 회사 사람으로서야. 다시 말해서, 능력은 정말 인정하지만 우리 가족으로서는 또 다른 문제란 거지. 다시 말하면……."

상준동은 말이 중언부언 쏟아져 나오고 있다는 걸 깨달았다. 내가 왜 이 어린 여자 앞에서 자세를 낮추어야 하지? 상준동은 순간 울컥했다. 그는 자신에게 반발하듯 곧바로 단정적으로 말했다.

"아들하고 결혼은 안 돼."

상준동은 연부를 바라보았다. 본인도 의식할 만큼 표정이 딱딱하게 굳어졌다.

"내가 점찍어둔 다른 며느릿감이 있어. 아들놈이 지금 잠깐 방황하는 거야. 내가 알아. 원래 유 팀장 같은 사람은 우리 아들하고 맞지 않아."

연부는 말이 없었다. 뭔가를 생각하는 것 같았는데 그게 어떤 것일지는 도무지 짐작이 가지 않았다. 상준동은 조금 불안해졌다. 그래서 더 강하게 말했다.

"헤어져줘, 당장. 내가 유 팀장 어려운 시절 공부시켜줬잖아. 나한테 받을 걸 생각하지 말고 받은 걸 생각해봐. 이건 아냐. 만에 하나 내 아들을 만나 팔자를 고치려는 생각이라면 버려. 혹시라도 돈이 필요하면 줄게. 하지만 결혼은 안 돼."

순간, 연부의 안색이 변하는 것을 상준동은 똑똑히 보았다. 그게 드디어 나온 돈 이야기에 반가워하는 반응이었는지, 아니면 그 반대쪽이었는지 경험 많은 상준동으로서도 판단하기 어려웠다. 하지만 이내 전자라고 생각했다. 어차피 헤어지는 일, 돈을 준다는데 싫어할 이유란 있을 수 없다. 더구나 연부는 실리가 무언지를 아는 여자다.

하지만 혹시라도 이 여자가 헛꿈을 꾸고 있다면? 연부는 아들이 자신한테 눈이 멀어 있다는 걸 잘 알고 있다. 어리석은 아들의 마음을 이용해 결혼이라는 뜻을 관철시키려 한다면? 이미 결혼을 전제로 몸을 섞었다며 길길이 뛰고 나온다면? 그땐 어쩔 수 없다. 아들조차 내칠 수밖에 없다. 그런 이야기를 하려 했다. 유연부는 알 것이다. 내가 그런 말을 한다면 정말 그럴 사람이라는 것을.

상준동은 연부의 말을 기다렸다. 어떻게 나올 것인가.

몇 초가 흘렀다.

연부의 입이 조그맣게 열렸다.

"알겠습니다, 회장님."

연부는 생긋 웃었다.

"상 실장님이 저한테 잘해주었다고 해서 그런 생각 한 적 없어요. 걱정 마세요."

상준동의 굳었던 얼굴이 확 펴졌다. 그는 반가움에 연부의 양손을 잡았다.

"역시 유 팀장이야. 내 마음을 알아주는군. 고마워. 혹시 오늘 내 말 서운했더라도 잊어버려. 내가 유 팀장 좋아하는 거 알지? 하하하."

"전혀 서운하지 않아요, 회장님. 당연한 말씀인걸요."

연부는 한 번 더 생긋 웃었다. 세련된 미소였다.

"곧 퇴근시간인데 그만 들어가보지."

"네. 알겠습니다."

연부는 일어서서 문을 닫고 나갔다. 상준동은 연부가 닫고 나
간 사무실 문을 바라보며 가슴을 쓸어내렸다.

다행이다.

역시 내 판단이 옳았어. 이것저것 에둘러 말할 필요가 없었던
거야.

잘 해결되었어.

역시 똑똑한 여자야.

한편으로는 연부가 왜 돈을 받겠다는 이야기를 하지 않았을
까 의아했지만 상준동은 이내 궁금증을 접었다. 돈을 일시금으
로 더 받고 회사를 그만두느니 계속 회사에서 높은 연봉을 받으
며 붙어 있는 쪽을 택한 거겠지. 그뿐이야.

연부는 백을 챙겨 사무실을 나섰다. 지하 주차장으로 내려가
승용차에 올랐다. 시동이 걸리면서 음악이 흘러나왔지만 버튼
을 눌러 껐다. 선글라스를 꺼내어 썼다. 퇴근 루트는 지는 해를
바라보며 운행하는 길이다. 도로는 많이 막히지 않았다.

30여 분을 달려 반포에 있는 아파트에 도착했다. 지하 주차장
에 차를 대고, 백을 챙겨 엘리베이터를 탔다. 1층에서 엘리베이
터 문이 열리자 연부네 아래층에 사는 중년 남자가 탔다. 연부

와 남자는 조용히 눈인사를 나누었다. 선글라스 때문에 남자 쪽에서는 연부의 눈빛이 보이지 않았으리라. 7층에서 남자가 내렸고, 연부는 9층에 내렸다. 오른쪽이 자신의 아파트 현관이다.

연부는 번호 키패드를 꾹꾹 눌러 현관문을 열고 안으로 들어갔다. 센서 등이 켜졌다. 하이힐을 벗고 거실로 올라갔다. 스위치를 올려 불을 밝혔다.

거실 한 면에 놓인 전신거울이 연부의 모습을 비추었다.

연부는 거울 앞에 섰다.

선글라스를 벗어 옆 탁자에 툭 내려놓았다.

가려졌던 눈이 드러났다. 상냥한 웃음기가 사라진 눈빛이었다.

연부는 조용히 자신의 모습을 비춰보았다.

다음 순간, 얼굴은 순식간에 일그러졌다. 이를 꽉 물었고 턱 근육이 팽팽하게 당겨졌다. 귀기 어린 형상이었다.

연부는 들고 있던 백을 거울로 거칠게 집어 던졌다.

쨍.

백 안에 딱딱한 무엇이 들어 있었던 듯 거울은 산산조각 나며 깨졌다.

"버러지만도 못한 것들이 감히!"

귀를 찢는 음성은 마치 짐승의 울음 같았다.

"원숭이보다 못한 대가리 주제에! 구제해주려던 건 나였어!"

수십 개의 금이 간 거울 조각 사이로 수십 개의 얼굴이 핏발 선 눈으로 노려보고 있었다.

다음 날 상준동은 비교적 일찍 출근했다. 그의 뇌리에는 다 씻겨가지 않은 불안이 있었다. 모름지기 여자의, 사람의 마음이란 하룻밤을 지나봐야 안다. 일단 납득하고 넘어갔다가도 혼자 곰곰이 생각하면 분통이 터져 나중에 폭발하는 일도 있다. 다음 날 싸늘하게 변한 여자의 얼굴, 얼마나 많이 봐왔던가. 내버려 두면 후환이 되기도 한다.

운전기사 장효준이 엘리베이터까지 동승했다. 21층에 엘리베이터가 서고, 장효준은 먼저 밖에 나가 열림 버튼을 누르고 상준동이 내릴 때까지 기다렸다. 상준동이 엘리베이터를 나온 다음 장효준은 인사를 꾸벅하고 다시 엘리베이터에 들어가 문을 닫았다. 아래로 길게 내려가는 기계음이 울렸다.

상준동은 복도를 걸어 자신의 방으로 향했다. 문은 열려 있다. 향긋한 커피 향이 흘러나왔다.

연부가 있었다.

연부는 상준동을 보더니 일어섰다.

"회장님, 안녕하세요."

생긋 웃고 있었다. 늘 보던 그 미소였다.

상준동의 마음속에 남아 있던 우려가 깨끗하게 씻겨 나갔다.

이걸로 됐다.

상준동은 안심했다. 또 한 번 나의 저돌적인 전략이 먹혀들었다. 인생은 이렇게 사는 거야. 내가 이런 말 하면 기분 상하지 않을까, 다른 이에게 부담이 되니 어쩌니……. 그런 어정쩡한 태도가 결국 일을 그르친다. 남의 사정 봐주고 착한 척하면서 언제 내 목표를 달성할 것이냔 말이다.

상준동은 이어 들려온 황다온의 인사를 뒤로하고 기분 좋게 사무실로 들어가 문을 닫았다.

그날 오후, 진구는 왕십리 아파트 거실에서 빈둥거리다가 전화를 받았다.

발신자는 '연부'였다.

"여보세요."

진구는 조금 긴장했다.

"나야."

연부의 목소리가 메말라 있다.

"응, 알고 있어."

"한 가지 물어보려고."

"뭔데."

"지난번 우리 회장님이 너한테 내 조사를 의뢰했었잖아."

"그랬지."

"그게 내 약점을 잡아달라는 거였어?"

나서서 이야기할 건 없지만 연부가 확인하는 데 굳이 부정할 이유는 없다.

"……아는 거야?"

진구는 질문으로써 연부의 물음에 대답을 했다.

"알았어. 다음에 연락할게."

연부는 전화를 끊었다.

진구는 휴대전화를 쥔 손을 늘어뜨린 채 그대로 앉아 있었다.

연부가 어떤 경로로든 알게 된 것 같았다. 상준동 회장이 자신을 며느리로 탐탁지 않게 여기고 있단 것을. 게다가 뒷조사를 의뢰할 정도면 그 정도가 보통은 아니라는 것도. 수화기를 통해 건너온 건조한 목소리는, 그 일이 감정 컨트롤에 능한 연부에게도 상당히 큰 손상을 입혔음을 짐작케 했다.

"누구야?"

해미가 부엌에 있다가 다가왔다.

"어. 친구."

"그 여자지? 유연부."

해미는 진구 바로 옆에 바짝 다가앉아서 물었다. 다른 건 몰라도 이런 건 해미의 눈치를 당해낼 수 없다. 진구는 고개를 끄덕였다.

"왜 자꾸 연락해? 그냥 옛날 동창이라며?"

해미가 다그쳤다. 진구는 상준동 회장으로부터 뒷조사를 받은 일에 관해 물었을 뿐이라고 변명했지만 해미의 짜증은 쉽게 가라앉지 않았다. 급기야 해미가 버럭 소리를 높였다.

"오빤 대체 날 어떻게 생각하고 있는 거야?"

"뭘 어떻게 생각해. 좋게 생각하지."

"여자 친구로 진지하게 여기고 있냐, 이거야."

"새삼스럽게 왜 그래. 내가 해미 너 좋아하는 거 알잖아."

해미는 심통 난 표정을 풀지 않았다.

"나 지금 그 책 읽고 있거든. 다 읽기 전에는 말 안 하려고 했는데 말야."

성질이 난 해미는 결국 말했다.

"무슨 책?"

"누란 왕국을 찾아선가 하는 그거."

진구는 일순 말문이 막혔다. 과거의 비밀을 열어젖힌 책. 해미에게서 그 이름을 들을 거라곤 생각지 못했다.

"그 책을 어떻게 알았어?"

"송치수한테 들었어."

"하여간 송치수 그 자식 정말……."

"자식이고 부모고, 송치수가 뭔 잘못이야? 그땐 꽤 고생 많았던 모양이더라? 유연부 걔도 같이 가서 사이좋았다고 하구. 근데, 내가 꼭 그걸 책으로 읽어야 해? 왜 그때 이야기는 안 해줘?"

속사포 같은 해미의 공격에 진구는 속수무책이었다. 한편으로는 다행이라는 생각도 들었다. 해미는 연부하고의 일에만 관심이 있다.

"그 책 재미없지?"

"어? 어……."

"여행이 재미없었거든. 그래서 얘깃거리가 없어."

해미는 반박할 말이 궁한 듯 우물쭈물했다. 그러다가 눈을 번뜩이며 말했다.

"유연부 그 여자, 되게 못되고 독한 여자 같아."

"연부가 어때서."

"하여튼 가까이 하지 마."

"왜?"

"책에서 개 이야기 읽었거든."

"개?"

"왜 그 둘리라는, 주인 잃은 개 있잖아."

"그랬었나?"

진구는 고개를 갸우뚱거리다가 "아" 했다.

"맞아. 그런 개가 한 마리 있었던 것 같긴 해. 근데 왜?"

"오빠도 책을 읽었으니까 알 거 아냐. 강아지가 유연부 방에서 죽었어. 나중에 유연부 아빠가 자기가 안락사시켰다고 털어놨고."

"뭐 그렇게 쓰여 있었던 것 같기도 해."

진구는 기억이 가물가물했다. 관심이 없는 부분에 대한 기억은 모래밭에 쓴 편지처럼 지워져 있는 진구였다.

"첨엔 나도 그런가보다 싶었는데, 더 생각해보니간 아무래도 유연부가 죽인 거 같아."

"연부가 왜?"

"강아지가 목을 할퀴니간 화가 나서. 유연부 아빠는 그 얘길 듣고 딸을 감싸주려고 자기가 안락사시켰다고 말을 지어낸 걸 거야. 틀림없어. 얼마나 독한 여자야?"

휴우, 진구는 한숨을 내쉬었다. 이어 "해미야……" 하며 답답하다는 듯 해미의 이름을 되뇌었다.

"왜!"

해미가 버럭 소리를 질렀다. 진구가 머리를 가로저었다.

"연부가 개를 죽일 애는 아니야."

진구는 '차라리 사람을 죽인다면 몰라도'란 말을 덧붙이려다 그만두었다. 그러고는 자신도 모르게 놀랐다. 왜 그런 말이 튀어나오려 했을까.

"오빠가 어떻게 장담해? 그렇게 착해?"

"착하다기보단, 그런 건 연부의 취향이 아냐."

그럼 '사람'을 죽이는 건? 진구의 머릿속에서 또 스스로 묻는 울림이 있었다.

해미가 한 발 물러섰다.

"그래도…… 개가 그냥 죽었다 해도, 다음 날 아무 일 없었다는 듯이 아침에 나오더래. 며칠이나 귀여워해놓고, 그런 것도 사람이 너무한 거 아냐?"

"사막에선 늘 보는 게 낙타 시체 같은 거야. 그런 거에 일일이 반응하지 않게 된다고. 그리고 있을 때 잘해주었다며. 죽은 뒤에 울지 않았다고 비난할 건 없잖아."

해미는 끝끝내 연부를 편드는 진구의 태도가 마음에 들지 않았다. 그렇다고 추리의 근거를 델 수도 없으니 침묵할 뿐이었다. 어차피 억측이었다. 미워하는 마음에서 뻗어 나온 억측.

"하여튼 유연부 조심해."

"조심하고 말 것도 없어. 중학교 시절 동창일 뿐이라고 몇 번을 말했냐."

"자꾸 거들 거야?"

"내가 해미 너보단 연부를 더 잘 아니깐."

"그래도 이 인간이?"

진구는 그제야 해미의 상태가 심상치 않다는 걸 깨닫고 입을 다물었다.

"난 알아?"

해미의 다그침에 진구가 되물었다.

"응?"

"나에 대해서는 아냐구!"

"그야 잘 알지."

"누가 내 뒷담화 까면 지금처럼 속속들이 변명해줄 만큼?"

진구는 입을 다물었다.

"유연부는 뭐야, 취향도 다 알고, 아주 착한 여자란 것도 알고. 같이 사막 여행도 갔으면서, 나한테는 사막의 모래 한 톨 얘기 해준 적 없고. 오빤 날 대체 어떻게 생각하는 거야?"

"그게 뭔 말이야. 해미는 내 여자 친구지."

"여자 친구? 흥, 영화나 보고 밥이나 먹고, 그런 사이인 여자 친구?"

"아니야."

진구가 양팔로 X 자를 만들며 부정했지만 해미의 목청은 더 올라갔다.

"옛날 여자를 가슴에 꼭 품고 있는 거야, 뭐야? 그 여자하고의 추억이니까 얘기도 하기 싫다, 이거야?"

"아, 아니 그런 게 아니라……."

진구는 딱히 변명할 말이 떠오르지 않았다. 어쭙잖은 말 몇 마디를 더 꺼내보았지만 한번 돋워진 해미의 화는 좀처럼 식지 않았다.

결국 해미는 골이 난 상태로 주섬주섬 짐과 옷을 챙기더니 진구의 아파트를 나가버렸다.

"오늘 이 몸이 특별히 저녁을 베풀어줄까 했는데 관둘 거야. 혼자 햄버거나 먹어. 잘해주니깐 겁이 없어! 오빠가 날 어떻게 대했는지 잘 생각해봐!"

진구는 뒤따라 나가다가 해미에게 제지당했다.

해미의 지독한 질투는 가끔 사랑스럽기도 하지만, 오늘처럼 감당할 수 없을 때도 있다.

낭패스러웠다. 해미는 쉽게 화를 내는 만큼 쉽게 풀어지기도 하지만 자꾸 그 일을 캐묻는다면……. 해미와의 만남을 가볍게 여기고, 그저 밥 같이 먹고 술 같이 마시는 사이 정도로 생각하는 건 아니다. 예전 이야기를 하지 않은 게 그런 이유는 분명 아니었다. 해미에게 어떻게 이해시켜야 할까…….

진구는 부엌으로 가서 커피를 한 잔 내렸다.

커피를 한 모금 홀짝이고는 잔을 내려놓고 작은 방으로 들어갔다. 오래된 책 무더기를 한참 뒤져 책을 찾아냈다. 해미가 어디선가 구해 읽고 있다는 《누란 왕국을 찾아서》. 탐사 대원이었던 차형석이 쓴 그 책은 고등학교 1학년 여름이 다 지났을 무렵 출간되었었다.

진구는 해미가 이야기한 강아지 이야기 부분을 찾아보았다.

'이 이야기였군.'

그제야 강아지를 만난 일도, 연부가 귀여워했던 일도 선명하게 기억났다. 유상호 교수가 안락사시켰다고 고백했다는 내용은 두 번째로 읽는 거겠지만, 새로웠다. 그리고 그 사건의 의미가 비로소 이해가 갔다. 물론 아무리 좋게 보아도 연부가 휴머니스트는 아니다. 하지만 작고 힘없는 개 한 마리를 상대로 살의를 발동할 친구는 아니다. 그런 진구의 인식 아래에서라면, 그 사건에는 다른 해석이 가능했다. 그건 해미가 파악한 진상과는 미묘하게 달랐다.

진구는 책을 덮었다. 나머지는 더 읽을 필요가 없다. 직접 겪었으니까. 돈황을 출발하던 무렵 처음 맞닥뜨린, 막막한 사막이 되살아났다. 진구의 기억은 늘 그때부터였다. 모래 속에서 아버지가 죽고, 유상호 교수도 죽었다. 시커먼 바람이 망막을 뒤덮었다. 한치 앞도 보이지 않았다.

덜덜거리는 승합차에 실려 돈황을 출발하던 날은 바람이 세차게 불었었다. 그건 앞으로 만날 검은 폭풍의 전주곡이었다. 진구와 연부는 차량 맨 뒤 칸에 나란히 앉았다.

"이 차 겁나지 않아?"

연부가 진구에게 물었다.

"아니, 뭐 때문에?"

"고물이잖아. 너희 아빠도 아까 걱정하셨는데."

"아저씨는 괜찮다고 하셨잖아."

연부는 진구 아버지를 '너희 아빠'라 했고, 진구는 유상호 교수를 '아저씨'라 불렀다.

"우리 아빠는 원래 앞뒤를 좀 안 가리는 편이거든."

"오면서 보니깐 다른 SUV들도 다 이 차보다 상태가 심각했어. 기다린다고 제대로 된 차가 걸렸을까?"

"그렇기는 해. 이런 기후에 무슨 멀쩡한 차가 있겠어."

"그렇다고 우리 팀이 여행을 포기하고 돌아갈 리는 없고. 탈 수밖에 없지, 뭐."

그땐 진구가 별생각 없이 내뱉은 말이었지만, 어쩌면 그날 이후 일어났던 일은 이처럼 '그럴 수밖에 없었던 일'이었는지 모른다.

흙먼지가 차창을 거세게 노크했다. 차가 붕 떴다가 떨어졌다. 도로 위에 만들어진 조그만 사구를 바퀴가 밟고 지나간 모양이다. 연부는 창밖을 내다보았다.

"와, 경치 멋지다."

그러고는 진구를 돌아보았다. 진구는 심드렁하게 대꾸했다.

"좋은지 모르겠는데. 시커멓기만 해서."

"그래도 이런 거 재밌지 않아?"

"재미?"

연부는 비밀스럽게 웃었다.

"난 너하고 와서 좋은데."

진구의 귀 쪽에 대고 조그맣게 말했기 때문에 진구의 뺨과 목덜미는 벌게지고 말았다.

겨울방학을 앞둔 무렵 아버지가 돌연 실크로드 탐사단에 끼면 어떻겠냐고 권유했다. 원래 진구를 데리고 갈 계획은 없었지만 유상호 교수가 연부를 데리고 간다니 아버지도 은근히 진구를 데리고 가고 싶어진 눈치였다. 겉으로 드러내지 않았어도 유상호 교수와 경쟁하는 마음이 있었던 게 아닐까. 진구에게도 넓은 세상을 보여주고 싶다는 마음? 진구는 처음에 거절했다. 수학올림피아드를 대비해 겨울학교 입교를 준비하려 했다. 세대차 나는 학자들 사이에 껴서 얼마나 지루한 여행이 될지 뻔했다. 그러다가 연부가 같이 간다는 말에 마음을 바꾸었다. 연부가 있다면 괜찮을 것 같았다.

그렇게 따라왔어도 진구는 이 여행이 재미있다는 느낌까지는 들지 않았다. 그런데 연부는 이번 여행이 재밌는 모양이다. 그러고 보니 이왕 이곳까지 온 거, 그렇게 생각하지 않을 이유도 없을 것 같다. 진구는 생각을 고쳐먹기로 했다. 이 여행을 그나마 견딜 수 있게, 나아가 사고가 일어나기 전까지는 재미있었다고까지 여기게 만들어준 건 전적으로 연부의 긍정과 활기 덕분이었다. 그날 저녁 노풍구에서 텐트를 치고 라면을 끓여 먹었을 때, 고생스럽지 않냐는 유상호 교수의 질문에 재밌다고 대답한 것도 연부와의 이날 대화 덕분이었으리라.

탐사대가 택한 루트는 현대에 새로 만들어진 비교적 평탄한 루트가 아니라 실크로드를 왕래하던 옛길로, 훨씬 사막 안쪽으로 들어선 루트라고 했다. 그만큼 길은 더 험할 것이고, 물자보충도 힘들 것이었다.

돈황을 떠나 사막의 황량한 언덕을 지나쳐 도로를 3시간쯤 달리던 승합차는 자그마한 오아시스 마을에 멈추었다. 냇물이 협곡을 관통해 흐르는 저지대였다. 이곳에 차를 세운 이유는 돈황을 떠날 때부터 열이 조금 있던 김민준의 몸 상태가 더 나빠졌기 때문이었다. 조수석에 앉은 김민준은 이마에 땀이 흥건했고, 기운이 하나도 없었다. 오아시스 마을에 병원 따위는 없다. 구급약으로 가져온 아스피린을 두 알 먹었다.

"돈황으로 돌아갈까?"

그토록 탐사에 열의를 보이며 전진을 외치던 유상호 교수가 걱정스레 말했다. 김민준은 고개를 저었다.

"그저 감기 기운이 좀 있는 거 같아. 이제 괜찮으니까 출발해."

톱밥이 낀 것 같은 목소리였다. 김민준은 승합차 맨 뒷좌석에 눕기로 하고 진구와 연부가 앞쪽으로 옮겨 끼어 탔다.

이날 저녁 7시가 다 되어 도착한 곳은 사막 여행의 변곡점이라 할 만했다. 이후 여정은 급격히 하향곡선을 그렸다. 그래서이기도 하겠지만 노풍구라는 특이한 이름이 지금도 기억에 남아 있다. 다행히 김민준은 거의 컨디션을 회복해 있었다.

탐사대가 대규모가 아니라 다행이었다. 처음에는 제각기 교수를 따라온 대원들 간의 미묘한 알력이 보였는데, 이내 물에 물감이 풀리듯 잘 섞여갔다. 오히려 김민준 교수와 유상호 교수의 오래 묵은 자존심 대결이 어린 진구의 눈에는 보였다. 연부도 의식했으리라. 하지만 다른 대원들은 감지하지 못한 것 같았다. 돈황을 출발하기 전 승합차를 두고 잠깐 논쟁을 벌인 것도 그런 기운의 연장선이었는지도 모른다.

이날 노풍구에서 모래바람을 맞으며 라면을 끓여 먹다가 진구의 아버지와 유상호 교수는 또 신경전을 벌였다. 연부더러 일찍부터 목표를 가지라고 권하는 이덕호의 말에 유상호 교수가 버럭했다. 차형석은 이덕호가 천룡산에서 놀라게 한 일 때문에 감정이 남아 있었나 하고 책에 썼지만, 두 교수의 뿌리 깊은 자존심 대결의 역사를 몰라서 하는 말이다. 그건 유상호 교수의 경쟁심, 자긍심을 깊숙이 건드리는 말이었을 수 있다. 일찌감치 수학자의 길을 정해놓고 다른 과목을 제쳐두고 수학만을 파는 김진구, 아니 김민준 교수의 방식에 깊은 반감을 가진 그였다. 이덕호의 말은 김민준의 방침을 지지하고, 자신이 키운 보물이자 올라운드 플레이어인 연부의 가치, 나아가 자신의 가치를 깎는 말이었다. 적어도 유상호 교수는 그렇게 받아들인 것이다. 진구는 전 과목을 골고루 공부해야 한다는 사고방식이 파시즘이라며 아버지가 굳이 강경하게 나선 심정도 이해할 수 있었다. '수학만 파는 너드'인 진구가 혹여 상처를 받을까, 자신의 인생길에 회의를 품을까 방어막을 쳐준 것이다. 너의 길은 옳다고.

진구는 그곳에서 보낸 밤을 잊을 수 없었다. 사막의 쓸쓸함과 고통을 뼈저리게 맛본 첫날이었다. 발을 디딜 땅 말고는 아무것도 없는 불모지였다. 바람이 끝없이 불었다. 세찬 바람 덕에 모기의 습격은 면했지만 나머지는 최악이었다. 오들오들 떨며 한숨도 자지 못했다. 영원히 끝나지 않을 것 같은 혹독한 밤이 지나고 겨우 아침이 밝았지만 몸은 찢어진 비닐처럼 축 늘어졌다.

다른 사람들도 크게 다르지 않았다. 김민준은 하룻밤 만에 다시 컨디션이 나빠졌다. 그 생기 넘치던 연부마저 눈두덩이 퉁퉁 부었고 눈 밑이 거뭇해졌다. 허름하나마 도시의 숙소를 옮겨 다녔던 탐사대가 처음으로 혹독한 추위의 사막 한가운데서 밤을 보낸 날이었다. 몸과 마음의 준비가 안 된 상태에서 맞이한 고생은 탐사대의 활기를 일거에 앗아갔다.

다시 승합차에 올라타고 미란으로 향했다. 다음 맞닥뜨린 난코스는 아얼진 산의 험로였다. 초입부터 오르내리는 모래언덕 길이 이어졌고 주위 풍경은 시시각각으로 변했다. 사구들이 탑처럼 늘어섰고, 모래를 품은 회오리바람이 하늘로 날아올랐다. 이런 도로에서는 30분 정도 차를 타는 일이 3시간처럼 길게 느껴진다.

하지만 진구는 가혹한 기후나 지형보다 아버지의 상태가 걱정되었다. 차 안에서 내내 눈을 감고 있었고, 졸다가 그랬는지 힘없이 몸이 양옆으로 픽픽 쓰러지기도 했다. 원래 그다지 건강한 몸이 아니었던 데다가 급격하게 변한 환경이 그에게서 회복력을 빼앗았는지 모른다. 가끔씩 진구를 돌아보며 웃어주었지만 힘이 없어 보였다.

"우리 아버지 안색이 좀 안 좋아 보이지 않아?"

"그러게. 좀 힘들어 보이시네. 빨리 마을에 도착해야 할 텐데."

연부는 걱정된다는 듯 이맛살을 찌푸렸다.

하지만 마을은 멀고도 멀었다. 아직 길은 시작도 하지 않은 지점이었다. 아얼진 산길은 풀 한 포기 없었다. 이곳을 경계로 여기서부터는 신장성(新疆省)이라고 했다.

조금 더 가자 넓은 습지대가 나왔다. 황춘성은 산에서 만년설이 녹아 흘러내린 지하수로 이루어진 곳이라고 설명했다.

"저거 봐!"

이덕호가 창밖을 손으로 가리켰다. 양과 말이 무리지어 풀을 뜯고 있는 평범한 모습이었는데, 그 정도로 수선을 떨 만큼 다들 마음이 지쳐 있었다. 가도 가도 모래뿐인 땅이었으니까.

사막 한가운데 있는 검문소를 통과해 계속 나아갔다. 사구들은 점점 더 높아졌고, 산은 바위덩어리 자체였다. 고갯길은 구불구불 한이 없다. 굽이진 길에서 양 떼를 몰고 낙타에 짐을 싣고 어디론가 가고 있는 현지인들을 만나기도 했다. 그들은 흙먼지에 정면으로 맞서 걷고 있었다. 그나마 고물 차에라도 타고 있는 게 천만다행이었다.

식사는 라면이나 참치, 김 같은 간단한 음식들이었다. 다들 식욕이 떨어져 많이 먹지는 않았다. 먹고 나면 앞 다투어 물을 마셨다. 조금 걱정되기도 했다. 오아시스 마을이 언제 나타날지 모르는데 앞으로 보충하지 못한다면?

40여 분을 고갯길을 돌며 산을 내려가자 마침내 협곡을 벗어날 수 있었다. 차는 암산 어귀에 잠시 멈추어 섰다. 뒤돌아보면 지나온 아얼진 산이었고, 눈 아래로는 광막한 사막이었다. 산을 벗어나도 기다리고 있는 건 사막이라는 엄연한 사실에 다들 맥이 빠지는 모습이었다.

차는 곧 산더미 같은 모래 산을 만났다. 이제는 길이 있는지 없는지 모를 지경이었다.

"이런 데는 모래를 치워도 계속 쌓이기 때문에 어쩔 수 없어요."

황춘성이 변명하듯 말했다. 아무도 길 탓을 할 마음은 나지 않았다.

"이런 사막에 이만한 길이 온전히 모습을 유지하는 게 오히려 기적이겠지. 도대체 누가 이 모래를 치우겠어?"

차형석이 말했다. 그 모래를 치울 사람은 탐사대원들이라는 사실이 곧 판명났다. 차가 모래언덕에 빠져버린 것이다. 가이드를 제외하고 모두 내려 큰 승합차 꽁무니에 매달리듯 붙어서 차를 20분간 밀어댔다. 하지만 차바퀴는 모래를 튕겨내기만 했다. 나쁜 예감이 모두에게 드리워졌다. 도시에서라도 바퀴가 진창에 빠져 헛돈다면 공포감이 인다. 하물며 고립무원의 사막 한가운데다. 대원들은 열심히 차를 밀면서도 서로 입을 다문 채 불안한 눈빛을 주고받았다. 그때 연부가 옆에서 머리를 빠끔히 내밀며 말했다.

"한 가지 해볼 만한 방법이 있어요."

"뭔데?"

차형석이 기대감 없이 물었다.

"땅과의 마찰력이 부족해서 그런 거잖아요? 그러니까 타이어 바람을 빼서 접지 면적을 높여보면 어때요?"

아, 그래, 해보자, 여기저기서 맞장구를 쳤다. 대원들은 모래에 박힌 타이어가 납작해질 때까지 바람을 뺐다. 그리고 모래를 더 팠다. 황춘성이 운전석에 올랐고, 다른 사람들은 뒤를 밀었다. 황춘성이 저속 기어로 바꾼 다음 액셀을 밟자, 세찬 회전 소리가 들리면서 차가 모래구덩이에서 불쑥 기어 올라왔다. 사람들은 환호성을 질렀다. 저마다 연부를 칭찬하고 추켜세웠다. 진구도 그때만큼은 기분이 좋았다. 차가 모래구덩이에서 빠져나왔다는 사실도 좋았고, 그걸 가능케 한 연부의 냉정한 판단도 좋았다. 차가 길 위에 올라선 다음 황춘성은 펌프를 꺼내 타이어에 다시 바람을 주입했다.

저녁 느지막이 차르클릭이라는 마을에 도착했다. 우리나라 시골 마을 정도인 이곳은 차르클릭 현의 행정수도이며, 신장성 서역남로의 출발점이자 천산남로의 기차 종착역인 쿠알라 시로 가는 간선도로의 기점이라고 했다.

자갈이 섞인 땅은 메말라 있었지만 지하로 숨어든 물은 잡초와 관목을 키워냈다. 외부인이 묵을 숙소가 있었고 더운 물도 나왔다. 간신히 몸을 씻었다. 100년 만에 하는 샤워같이 개운했다. 저녁을 먹고는 다들 바로 곯아 떨어졌다. 다른 방은 모두 조용한 가운데, 진구와 한 방에 누운 김민준 교수는 뒤척였다. 진구가 이마를 짚어보니 열이 있다.

"괜찮겠어요?"

"별거 아냐. 아까 아스피린 먹었어."

"내일 사람들한테 이야기하고 병원 있는 도시로 나가요."

"탐사 일정이 있는데 이런 걸로 발목 잡으면 안 되지."

김민준 교수는 진구의 걱정스런 얼굴을 외면하고 슬쩍 돌아누웠다.

다음 날 아침은 쾌청했다. 죽 비슷한 위구르식 식사가 나왔는데 입맛에 맞지 않아 대부분 먹지 못하고 직접 가지고 온 음식으로 밥을 지어 먹었다.

출발하기 전 일행들은 전날 모래구덩이에 빠졌다 나온 타이어가 불안하다며 새 타이어를 샀다. 여기서 새 타이어란, 신제품이 아니라, 마을의 다른 차에 붙은 비교적 멀쩡해 보이는 앞바퀴를 말한다. 승합차의 앞바퀴와 교환하기로 하고 웃돈을 얹어주었다. 스페어타이어도 멀쩡했으니 타이어 걱정은 당분간 없다.

이날 일정은 미란과 누란 유적지 방문이었다. 어제 온 길을 거슬러 가는 여정이 시작됐다. 마을 입구에 보이던 홍류나무 관목이 금세 사라지고 자갈밭 사막이 시작됐다. 전날 들어올 때는 어두워서 몰랐는데 들판에 큰 바위들이 몇 백 개인가 늘어서 있었다. 홍수의 흔적이라는 황춘성의 설명이었다. 그는 역사는 대원들보다 약할지 몰라도 이 일대의 지리에는 누구보다 해박했다.

아얼진 산 어귀로 다시 되돌아가 미란을 향해 다른 루트를 취했다. 풀 한 포기 없는 산이나마 아쉬웠다. 굴곡진 곡선이 대지에서 사라지고, 좌우로 황량하고 평평한 사막이 끝없이 펼쳐졌다. 본격적인 타클라마칸 모래사막의 시작이었다. 과거 이 일대에 미란이라는 오아시스 왕국이 번창했다는 게 도무지 믿어지지 않는 풍경이었다. 산에서 흘러내린 물이 말라버린 이유도 있지만 기록상의 추측으로는 기원 후 800년경 타클라마칸 모래의 습격으로 묻혀버렸을 거라고 한다. 이 '모래사태'야 말로 이 땅에서는 가장 무서운 재앙인 것이다. 사막의 한 도시, 한 나라를 별일 아니란 듯이 집어삼켜왔다.

야트막한 모래언덕을 수없이 넘어 도착한 미란 유적지는 폐허나 다름없었다. 남은 건물의 잔해는 흙덩어리처럼 보였고, 성채의 유적이란 곳도 유사에 가려 어렴풋하기만 하다. 깨진 토기들이 곳곳에 묻혀 있었다. 탐사대원들은 눈빛이 변해서는 여기저기 사진을 찍고 조사를 진행했다. 미술사학자들은 불교미술이나 벽화에 큰 관심을 보였다. 전문가들의 눈에는 연구의 보고(寶庫)겠지만, 진구는 연부와 같이 이곳저곳을 서성이는 걸로 시간을 때워야 했다. 김민준 교수는 잠깐 둘러보고는 쉬어야겠다며 승합차 안으로 들어가버렸다. 다른 이들은 김민준 교수의 상태에 신경 쓰지 못했다. 진구는 아버지가 걱정되었다. 그렇다고 차에 같이 올라타봤자 휴식에 방해만 될 터였다.

탐사가 끝난 후 대원들 사이에 김민준 교수의 상태를 두고 작은 토론이 벌어졌다. 원래 이날의 일정은 미란을 답사하고 그 북쪽에 있는 누란까지 가는 것이었다. 누란은 사막 깊숙이 위치했고, 그만큼 막대한 체력과 시간 소모를 요한다. 또 사막에서 텐트를 치고 야영해야 하는 부담도 있다. 반면에 누란을 포기하면 이날 열심히 달려 차르클릭으로 되돌아갈 수도 있다. 김민준 교수가 숙소에서 몸조리를 할 수 있게 된다.

차형석, 이덕호는 누란을 포기하고 차르클릭으로 되돌아가 김민준 교수를 쉬게 해야 한다는 입장이었고, 나머지는 그래도 누란까지는 가야 한다는 의견이었다. 김민준 교수는 미안한 얼굴로 자기는 괜찮다며 누란행을 주장했지만 아픈 당사자라 별 힘은 없었다. 심민기, 정연호는 고대의 작은 미스터리로 남은 미란과 누란과의 관계를 밝히는 데 관심이 컸고, 거기에는 두 도시의 거리와 이동성이 중요한 요소였기에 학자로서의 욕심을 보였다.

원래 누란 왕국 유적탐사는 실크로드 여정의 중요한 관문이기도 했고 이날의 정해진 일정이었기에 반대할 명분은 약했다. 여기까지 와서 코앞의 누란을 보지 않고 간다면 너무 허무하다는 정서도 크게 작용했다. 진구와 연부는 마을로 돌아가서 쉬었으면 했지만 이 문제에서는 발언권이 거의 없었다. 김 교수를 늘 걱정하던 유상호 교수지만 이때는 아쉬움을 드러냈다. 차형석, 이덕호도 내심은 가보고 싶을 것이었다.

결국, 차는 사막 안쪽의 누란을 향해 머리를 돌렸다. 먼지 이는 사막 길을 차창 밖으로 내다보며 진구는 암울한 기운을 맛보았다. 아버지의 건강 때문만은 아니었다. 한 가지 일이 마음에 걸렸다. 하지만 지금의 일과 연관을 맺을 생각은 거의 하지 못했다. 어렴풋한 그 생각을, 불길한 그 느낌을, 내가 이 땅의 역사에 관심이 없는 탓이겠지, 하고 가볍게 지워 넘길 뿐이었다.

길가의 홍류관목들도 이내 끝나고 완연한 모래사막이었다.

끝없는 지평선은 바다를 연상시켰다. 일체의 생명을 품지 않은, 죽음만이 남은 바다. 멀리 뿌옇게 이는 모래바람은 가끔씩 하늘로 말려 올라가 간담을 서늘케 했다. 우리 차가 저기에 끼어드는 일은 없겠지.

"서둘러야 해요. 저녁이 되면 바람이 더 세게 붑니다."

황춘성은 걱정하며 액셀을 세게 밟아 속도를 올렸다.

미란에서 누란까지는 약 180킬로미터. 고속도로라면 두 시간도 안 되는 거리지만 사막의 길을 낡은 승합차로 출렁대며 달리는 여정은 몇 배나 길어질 수밖에 없다. 나중에 안 사실이지만 운전대를 거머쥔 황춘성은 그때 급한 마음에 잘못된 선택을 하고 말았다. 자갈길을 따라가는 보통의 루트를 버리고, 모래사막을 가로질러 가는 지름길로 방향을 잡은 것이다.

2시간쯤 달렸을까. 주변의 색이 문득 변해 있었다. 날이 저문 탓인가 싶었지만 하루 종일 청명하던 하늘이 보이지 않는 게 이상했다. 기분 나쁜 강풍이 간헐적으로 불어왔다.

"다 왔어요?"

"거의 다 왔습니다."

유상호 교수의 걱정스런 물음에 황춘성이 자신 있게 대답했다. 하지만 이마에는 비지땀이 흐르고 있었다. 그가 갑자기 외쳤다.

"흑풍(黑風)입니다!"

'카라부란'이라고 불리는 타클라마칸 특유의 모래폭풍이었다. 창문을 두드리던 바람이 드디어 본색을 드러냈다. 엄청난 강풍이 불어왔다. 자욱한 먼지를 동반한 바람이 시야를 완전히 가렸다. 온통 모래천지였다. 검은 흙먼지가 섞인 모래알이 차창을 무섭게 때렸다. 검은 폭풍이란 이름이 붙은 건 이유가 있었다. 실제로 검었다. 마치 개기일식이라도 일어난 것 같았다. 작은 자갈이 뒤섞여 날아왔고, 쨍쨍 하며 유리를 때리는 소리가 연이어 들렸다. 차창이 깨지는 게 아닐까 겁이 났다. 창틈으로 모래가 새어 쏟아져 들어와 차 안이 뿌옇게 변했다. 다들 입을 막고서 말을 하지 않았다. 홍수 때의 탁류를 연상시켰다. 모래 폭풍, 아니 모래강물. 그런 중에도 가이드가 용케도 길을 찾아 운전을 해낸다는 사실이 신기할 정도였다.

모래바람은 지독했다. 윈도우 세정액이 바닥난 지 오래여서 와이퍼를 작동시켜봐야 서걱거리는 소리만 들릴 뿐이었다. 차는 흡사 뙤약볕에 바싹 말라비틀어져 바스러지기 직전의 딱정벌레가 기를 쓰며 집을 찾아 기어가는 모습이었다. 운전대를 잡은 황춘성이 악전고투했지만 결국 한계가 왔다. 돌연 쿵 소리와 함께 몸이 급격하게 앞으로 쏠렸다. 차가 길 옆의 모래언덕을 들이받고 만 것이다. 아찔했다. 몸이 앞으로 기울었다. 구덩이에 빠져버린 게 분명하다. 어제도 한 번 경험했지만 상태는 더 심각한 것 같았다. 이 정도면 결코 쉽게 빠져나오지 못할 것이다. 가이드가 기어변속을 해가며 액셀을 밟았지만 엔진만 울어댈 뿐 차는 옴짝달싹하지 못했다. 가망이 없었다. 이 모래폭풍 속에서 차를 밀어야 한다? 끔찍했다. 차 문을 열자 모래가 쏟아져 들어왔다. 급히 문을 닫았다. 다들 망연했다.

김민준은 맨 뒷좌석에 비스듬히 누워 있었다. 이마가 식은땀으로 흠뻑 젖어 있었고, 뜨거웠다. 눈을 감은 채 신음마저 힘겨워 보였다. 연부가 걱정스러워하며 수건으로 연신 땀을 닦아냈다. 모래에 온 신경을 빼앗겼던 다른 이들도 그제야 김민준의 상태를 보았다.

"교수님, 이 정도로 심하신데 왜 말씀 안 하셨어요?"

"그래요. 이 정도이실 줄 알았으면 마을로 돌아가는 건데."

심민기, 정연호가 각각 한 마디씩 했는데, 누란행을 강력히 주장했던 책임을 은근히 김민준에게 전가하는 투로도 들렸다. 그들은 미안했던지 모래바람이 잠시 사그라지는 틈을 이용해 차에서 내렸다. 김민준과 연부를 제외하고 나머지 사람도 뒤이어 차에서 내렸다. 그들은 차 뒤꽁무니에 달라붙어 밀기 시작했다. 잦아들었다고는 해도 모래바람에 여전히 눈을 뜨기 어려웠다. 그저 있는 힘을 다해 차를 밀 뿐이었다. 하지만 소용없었다. 가이드가 열심히 액셀을 밟아대고, 후진을 해보고, 기어를 왔다 갔다 했지만 바퀴는 헛돌기만 했다. 마치 땅에 코를 박은 두더지처럼 모래 속으로 깊이깊이 빠져 들어가기만 했다. 바퀴 아래에 종이상자에서 뜯은 판지를 여러 장 대고 다시 시도했지만 건져 올릴 수 없었다. 또다시 바퀴의 바람을 빼야 하나. 이번에는 그 방법도 통하지 않을 것 같았다. 다들 망연해하고 있는데, 끼익 끼익 하며 차 어딘가에 모래가 끼는 소리가 들렸다. 그러더니 결국 회전이 멈추어버렸다. 가이드는 시동을 여러 번 껐다 켜고 액셀을 미친 듯이 밟아댔지만 엔진은 다시 살아나지 않았다. 다들 절망감에 그 자리에 털썩 주저앉았다. 차의 죽음은 일행의 최후 의지마저 빼앗아버린 것이다.

사막의 외딴 곳, 누가 언제 찾아줄지 아무런 기약도 없는 이곳에 그들은 철저히 버림받았다.

밤이 내렸다. 바람이 계속 불었다.

사방은 온통 모래뿐이었다.

***

선기는 요즘 안달이 나서 속이 터질 지경이었다. 연부가 통 만나주지 않았고, 전화도 잘 받지 않았다. 아버지 사무실에 들러도 본 체 만 체였는데, 거기서 옥신각신하다간 아버지의 호통이 들려올 것이기에 길게 말을 나눌 수 없었다. 혼란스러웠다. 확실한 내 여자 친구라고 믿었고, 갑자기 마음이 변할 만한 이유는 생각할 수 없었다. 그런데 분명히 요즈음 연부는 변심한 여자의 전형적인 패턴을 보이고 있다. 무수한 여자들을 만나온 선기다. 바빠서라든가, 개인적인 사정 탓이 전혀 아니란 것쯤은 분명하게 안다.

어떻게 내 연락을 피할 수 있을까. 설마 진심으로 나 같은 남자를 놓쳐도 된다고 생각하는 걸까. 그럴 리 없다. 보통 사람들은 몇 번의 생을 살아도 가질 수 없는 엄청난 부의 상속자이며, 젊고, 잘생겼으며, 미끈한 몸매의 소유자다. 어차피 가질 수 없단 걸 알고 적대적인 태도를 보이는 몇몇 여자를 제외한다면 선기는 자신을 진심으로 원하지 않는 여자가 있다고는 생각하지 않았다. 부자란 걸 알면 여자는 갑자기 엉겨붙어왔고, 그건 선기에게 비웃음의 대상이 되었다. 여자가 욕심을 보일수록 싱겁게 보였고, 그래서 오히려 거만하게 굴었다. 그러지 않아야 하는 게 사람의 덕목이라지만 그렇게 살아도 되는 인생인데 굳이 그래야 하나? 하지만 연부는 처음부터 사무적인 예의만 갖추었을 뿐이었다. 선기가 가진 돈을 아예 평가하지 않는 듯한 무심한 태도를 보였다. 부드럽고 상냥하지만, 자존심이 상당히 강했고 의지는 어마어마하게 강했다. 닿는 대로 뻗는 포도넝쿨처럼 마구잡이로 사는 자신과는 다른 종류의 인간이었다. 의지하고 살 수 있을 것 같은 느낌을 처음으로 준 여자였다. 그런 연부에게만은 선기도 특별한 관심과 열정을 쏟아왔다. 자신의 여자라고 생각하게끔 성의를 보였다. 그동안의 바람기도 죽였다. 이남자를 '독점'했다는 인식을 분명히 주었고, 연부도 분명히 선기의 마음을 알고 있었다. 말하자면 연부 입장에서는 손만 뻗으면 자신을 가질 수 있는 위치에 있었다. 그런데 손을 다시 휙 거두어버렸다. 왜? 혹시 조금 복잡했던 여자관계가 걸려서? 설마, 이제 와서 과거의 여자관계를 문제 삼을 리 없다. 더구나 연부는 그런 성격의 여자가 아니다.

도대체 무엇을 믿고, 어떤 자신감에서 자신에게 이렇게 오만하게 군단 말인가. 머리가 좋다는 것 때문에? 인정한다. 연부는 아버지가 반할 만큼 보기 드물게 똑똑한 여자다. 하지만 골방에, 고시원에, 만화방에, 길거리에 공부 잘하는 수재들은 수북이 쌓여 있다. 미켈란젤로를 메디치 가문에서 선택했기에 미켈란젤로가 되었듯이, 수재들은 자본가가 간택했을 때 수재로 인정받는 것이다. 그러지 못하면 기껏해야 보따리 들고 이곳저곳 강의실을 기웃거리는 신세가 될 뿐이다. 그 머리 좋고 공부 잘하는 친구들이 선기, 정확히는 선기 아버지 밑에서 월급을 받으며 일하고 있다. 그리고 그들은 평생을 일해도 선기와 같은 부를 거머쥘 가능성은 없다. 선기가 가진 것은 비록 그가 일구어 낸 건 아니지만 이 사회에서 극히 희소한 부(富)라는 가치다. 선기는 물려받았다는 사실에 조금도 위축되지 않았다. 어차피 얼굴도, 재능도 다 물려받는 거 아니던가. 선기는 눈에 보이는 형태의 유산을 물려받았을 뿐이다. 그것도 나를 이루는 것이며 나의 징표다, 나 자체다. 그렇게 생각했다. 그런데 자신이 손을 내밀어주는 여자 중 하나에 불과해야 할 유연부가 도대체 왜 그렇게 당당한 건지. 그저 당당하려 애쓰는 게 아니었다. 압도적인 자부심으로 무장한 채 오색 깃털을 교만하리만치 펼쳐 보이는 공작새처럼 그녀는 화려했다. 오히려 은근히 자신이 무시당하고 있다는 느낌마저 든다. 그녀 앞에서 자신의 재산이 보잘것 없게 느껴지는 굴욕감도 맛보았다. 입생로랑 사첼 백을 선물했을 때 돌아온 건 "고마워" 한마디였다. 이 가방은 취향을 좀 탄다 싶어 다음엔 샤넬 클래식 백을 사다 주었다. "역시 샤넬쯤 들어줘야 친구들 만날 때 안 쪽팔리지." 선기의 말에 연부는 차분하게 고개를 들고 되물었다. "오빠 내 자존심을 그런 걸로 봤어?" 어떻게 대꾸해야 할지 알 수 없어 입술만 우물거렸다. 일찍이 만나본 적 없는 거대한 자존심의 성 앞에서 선기는 어쩔 줄을 몰라 했다.

연부는 급기야 연락을 피하고 있다. 이해할 수 없었다. 그냥 마음이 식은 걸까. 아니다. 주가가 내리는 것도 그냥 내리는 것 같지만 다 배경에는 이유가 있듯이 연부가 변한 데에도 이유가 있을 것이다.

선기는 달리 생각해보았다. 연락을 받지 않고 식은 태도를 취하는 건 조금 다른 방향의 이유일지 모른다. 그저 평범한 여심의 이야기일 수도 있다. 혹시 결정적인 의사표현, 말하자면 결혼 이야기가 없어서일까.

선기는 필시 그렇다는 쪽으로 생각이 기울어갔다. 사귄 지 몇 달이 지났다. 인정을 받든 않든 선물도 많이 했다. 전화는 하루에도 몇 통씩 하며, 새벽까지 통화를 하는 일도 다반사였다. 그렇다면 여자는 기대하리라. 지금쯤이면 프러포즈를? 그런데 남자 쪽에서 아무 말이 없다. 그러니 기분이 상한 것이다. 이 남자가 나를 그 정도로 생각했나, 하고.

상대가 연부라면 당장 결혼도 할 수 있을 것 같았다. 평소에도 그런 생각을 하지 않은 건 아니다. 연부는 너무 쉽지 않았고 그렇다고 너무 어렵지도 않았다. 지나치게 가까이 오면 세련되게 남자를 밀어내 안달 나게 했고, 그렇다고 완전히 떠나가지도 못하게 만들었다. 아마도 그녀의 천성 같지만, 어떤 때는 그 좋은 머리로 상황을 계산하고 통제한다는 생각도 들었다. 그러면서도 벗어나지 못했다. 선기의 심장에는 어느새 보이지 않는 갈고리가 꿰어져 있었던 것이다. 연부는 늘 침착했지만 한 번씩 화를 낼 때면 마치 미친 사람처럼 굴어 가슴을 서늘하게 만들기도 했다. 상선기가 '지랄발광'이라고 부르는 그 난리를 칠 때마다 질려서 다시는 안 본다고 마음먹지만 결국 또 홀린 듯 먼저 연락하고 만다. 여자에게 금방 싫증 내며 살아온 그가 처음으로 초조해하고 있었다. 그런데 그게 행복했다. 연부는 평생 동안 자신을 긴장시키며 살게 해줄 것 같았다. 여자로서 매력을 언제까지고 잃지 않을 능력이 있을 것 같았다. 시간이 지나면 또 다른 여자가 좋아질 수도 있겠지만 그건 그때 문제다. 지금 눈앞에, 마음에 들어와 있는 건 유연부, 한 명뿐이다.

그런데 연부가 연락을 받지 않고 자신을 외면하니 결혼해준다는 생각에서 나아가 자신 쪽에서 더 간절해지는 것이었다. 이 여자를 놓치면 안 된다, 내 돈을 사랑하지 않는 여자를 만날 마지막 기회다, 그런 생각마저 들었다.

프러포즈를 해야겠다.

선기는 휴대전화로 손을 뻗었다.

상선기와 연부는 대학로의 한 극장 객석에 나란히 앉아 있었다. 그들 앞에는 연극무대가 펼쳐져 있었다. 선기는 오랜만에 들떴다. 옆자리에 연부가 있다. 며칠 안 되었지만 실로 오랜만에 만난 듯한 기분이었다. 오늘 이 여자를 되찾는다. 완전히. 그런 생각을 하며 흐뭇한 미소를 지었다.

이날 아침 상선기는 아버지 상준동의 부재를 틈타 사무실을 찾았다. 연부의 책상 앞에서 대학로 연극표를 펼쳐두고 거의 사정하다시피 했다.

"갑자기 웬 연극이야?"

"꼭 너하고 같이 보고 싶은 연극이라서 그래. 한 번만."

선기가 거듭 조르자 연부는 마지못해 승낙했다. 그리고 이렇게 오랜만에 같이 대학로까지 외출했다. 연부의 눈치를 보면 무언가 다른 생각을 하고 있는 것 같았지만 어차피 조금 있으면 모든 생각을 접고 감동의 눈물을 흘리며 나한테 안겨 올걸. 선기는 자신만만했다.

연극은 무언가 종잡을 수 없는 로맨틱 코미디로 진행됐다. 도중에 배우 한 사람이 흐름을 끊고 불쑥 나섰다. 선기는 그게 어떤 맥락이었는지 정확히 알 수 없었다. 어차피 연극 내용을 보고 있지 않았기 때문에. 다만 지금이 그 타이밍이란 것만은 분명히 알았다.

"자, 그럼 오늘 오신 관객분들 중에 한 커플을 모셔볼까요. 어디……."

그는 손차양을 이마에 만들어 대고 객석을 휘휘 둘러보았다.

"아, 저기, 가운데 앉아 계신 훈남 훈녀 커플."

배우는 선기와 연부를 지목했다.

선기는 싱긋 웃으며 일어섰고, 연부는 주변을 두리번거리다 자신을 가리키는 것임을 알고 선기보다 조금 늦게 자리에서 일어섰다.

두 사람은 다른 배우의 안내를 받아 무대 위로 올라섰다.

"우리 같이 여기 서서 잠시 영화나 감상해볼까요?"

배우의 손짓에 따라 정면 스크린에 영상이 비쳤다. 선기와 연부는 돌아서서 화면을 바라보았다. 화면에는 선기와 연부의 다정한 사진들이 시시각각 바뀌어가며 떠올랐다. 포맨의 〈고백〉이 배경음악으로 흘러나왔다.

객석에서 "와아" 하는 탄성이 곳곳에서 솟았다. "부럽다" 하는 여자의 말소리도 들렸다. 남자 친구의 팔을 주먹으로 마구치며 좋아하는 여자도 있었다. 대부분 젊은 커플인 그들은 입가에 잔뜩 미소를 머금고 잠시 후 벌어질 흐뭇한 사건을 기다리고 있었다.

선기는 연부의 옆얼굴을 힐끔 보았다. 아무 생각이 없어 보이기도 하고 조금 굳어 있는 듯도 보인다. 조명이 어둡고 빛이 사선에서 내리쬐고 있어 더 그런 듯하지만 아무래도 많은 관객 앞이니까 연부도 긴장한 모양이다. 문득 그녀가 귀여워 보였다.

노래가 거의 끝나갈 무렵, 배우가 선기에게 눈짓을 보냈다. 그와 동시에 다른 배우 몇몇이 꽃다발을 가득 품에 안고 두 사람을 둘러쌌다. 선기는 주머니에서 조그만 정사각형의 상자를 꺼냈다. 연부는 선기를 돌아보았다. 선기는 연부 앞에 왼쪽 무릎을 꿇었다. 풀빛의 보드라운 천으로 감싸인 상자를 열어 보였다. 베어버릴 듯 날카로운 빛이 번득였다. 이 순간을 위해 선기가 사흘 전 구입한 반클리프 아펠의 다이아 반지는 조명을 받아존재감을 과시하듯 빛나고 있었다. 그 알의 크기에 옆에 선 배우의 눈이 휘둥그레졌다.

노래가 거의 끝나고 화면이 여운을 남기며 정지했다. 선기가 연부를 쳐다보며 말했다.

"나랑 결혼해줄래?"

이 연극은 기획부터가 다소 상업적이었는데, 자체 스토리의 흐름 안에 자연스레 관객을 등장시켜 한 공연에 한 커플씩 프러포즈를 하게 해주는 구성이었다. 관객은 연극 무대를 즐기면서 막간에 다른 연인들의 실제 프러포즈를 보며 대리만족을 하곤 했다. 선기는 돈을 더 지불하고 다른 커플의 순서까지 빼앗아 이날을 예약했다.

선기의 목소리는 마치 수십 번 같은 말을 해본 남자의 그것처럼 매끄럽게 흘러나왔다. 선기는 자신의 세련된 프러포즈가 자랑스러웠다. 그는 연부를 그윽한 눈으로 올려다보았다. 자신만만했다.

와아, 객석은 한 번 더 크게 술렁였다. 벌써 박수를 칠 준비를 하고 있는 여자도 있었다.

선기는 연부의 반응이 조금 느리다고 느꼈다.

아, 그렇군.

선기는 상자에서 반지를 꺼내 들고 연부의 왼손을 가볍게 쥐었다. 연부의 손가락을 수평으로 들고 반지를 가져갔다. 연부의 입술이 열린 건 그때였다.

"아니."

연부는 잡힌 왼손을 뺐다.

그러고는 무심한 얼굴로 뚜벅뚜벅 객석을 걸어 내려갔다. 자리에 가서 백을 챙겨들고 한 번도 뒤돌아보지 않은 채 공연장 계단을 걸어 올라가 극장을 나가버렸다. 꽃다발을 들고 만면에 웃음을 띠고 있던 배우들은 낭패스런 얼굴로 그 자리에 얼어붙었다. 아마 한 번도 경험하지 못한 사태인 듯했다. 객석은 찬물을 끼얹은 것처럼 조용했다. 어머, 어째, 하는 조그만 탄식이 몇 번인가 들렸다. 키득키득 웃는 이들도 없지 않았다. 알이 굵은 다이아 반지의 주인이 되지 않기로 한 그녀의 선택에 마음이 놓였는지도 모른다.

선기는 한참이나 멍하니 무대에 한쪽 무릎을 꿇은 채 앉아 있었다. 믿을 수 없었다. 거절? 실감이 나지 않았다. 더구나 부끄러워하거나 조심스러운 의사표현이 아니었다. 그녀의 얼굴 표정은 거리낌이 없었고, 대답은 확고했고, 너무나도 신속했다. 마치 처음부터 준비하고 있던 것처럼.

잠시 후 깨어난 선기는 황급히 일어나 허겁지겁 연부가 사라진 방향으로 객석 사이의 계단을 뛰어올라갔다.

"도대체 왜 그래!"

선기는 연부를 극장 앞에서 붙잡아 돌려세웠다. 극장이 위치한 곳이 큰길 뒤편의 오붓한 골목길이어서 지나다니는 사람은 많지 않았다.

"싫어. 오빠하고 결혼 안 해."

말은 차분했지만 싸늘했다.

"왜!"

"그게 이유가 필요한 거야?"

"이해가 안 되잖아!"

"진심이야?"

"물론!"

"지금처럼 소리 지르는 쪽이 진심이면, 아까 달콤한 척했던 게 가식인 거네."

마침 지나던 여대생 두 명이 힐끔힐끔 그들을 쳐다보았다. 하지만 선기는 지금 그런 시선을 신경 쓸 여유가 없었다.

"알았어. 목소리는 낮출게. 하지만, 이유가 뭐야? 아무 일 없이 잘 지내다가 요 며칠간 연락도 안 받고, 만나도 모른 척하고. 난 그래서 네 맘을 돌리려고 프러포즈까지 준비했어. 근데 왜?"

"결혼할 생각 없어. 그래서 연락 안 받았어. 오늘도 따라 나온 건 사실 헤어지자는 말 하러 나온 거였어."

"왜? 이유가 뭔데?"

"이유가 그렇게 중요해? 내가 결혼할 마음이 없단 사실, 그게 중요한 거 아냐?"

"그니까 이유가 뭐냐고!"

"이유는 없고, 있다고 해도 말할 생각 없어. 내겐 결론만이 중요하니까."

연부는 당당하고 차가웠다. 이럴 때 연부의 눈빛은 항상 선기의 마음을 가라앉혔다. 선기는 연부의 말을 생각했다. 그리고 애써 동의했다. 이유를 아는 것도 중요하지만 이 상황에서 가장 중요한 건 아니다. 이유를 알고 헤어지는 것보다 이유를 모르고 만나는 편이 백번 낫다. 연부의 말이 맞다. 아니, 지금은 그녀의 말이 무조건 맞다고 해야 했다.

"마음을 바꿔줘."

"어떻게."

"나하고 결혼해."

"조금 전에 싫다고 했어. 그런데 몇 분 만에 사람 마음이 바뀌어?"

조금도 흔들리지 않았다. 선기는 연부를 늘 가냘프다고 생각했지만 이 순간만은 마치 바위덩어리를 마주한 느낌이었다.

"제발. 난 너 없으면 안 돼. 다른 여잔 눈에 들어오지도 않아."

급기야 애걸조로 변했다. 지금껏 그가 여자를 상대로 한 번도 취한 적이 없었던 말투였다. 남자를 상대로도 아버지를 제외하면 거의 없는 일이었다. 별수 없었다. 연부를 가지고 싶었다. 이도 저도 안 되면 빌어서라도. 나 정도의 남자가 이렇게 애걸까지 하는데, 그래도 거절?

"아니."

그래도 거절이었다.

그렇다면 이건 연부의 분명한 의지다. 남자로 하여금 애걸까지 하게 만들고는 그게 소위 '밀고 당기기'의 한 과정이었다고 할 수는 없는 일이다. 적어도 연부는 그런 수준의 돌머리는 절대로 아니다.

그때 문득 선기의 머릿속에서 불길한 생각이 스쳤다.

혹시 아버지가?

연부는 바람에 치마 뒤집히듯 괜히 마음이 변하는 여자는 아니다. 그리고 자신이 최근 연부에게 책잡힐 일을 한 기억도 없다. 그렇다면 연부가 갑작스레 변할 이유란…… 그렇다, 아버지뿐이다. 선기는 다급하게 목소리를 높였다.

"아버지 때문이야? 아버지가 뭐라고 한 거야?"

연부는 선기를 빤히 쳐다보다가 말했다.

"아냐. 무슨 소리. 내가 그런다고 마음을 바꿀 여자야? 날 그렇게밖에 안 봤어?"

연부가 그렇게 나오니 선기는 할 말이 없었다. 하지만 선기는 왠지 확신했다. 미세하지만 연부가 약간은 더 과민한 반응을 보였다. 그리고 아버지의 방식은 누구보다 잘 안다. 어떤 식으로든 관철하고 만다.

"왜 아버지라고 생각해? 아버지가 오빠 인생을 결정해? 정말 그렇다면 그런 파파보이하고 어떻게 평생 같이 살아?"

연부가 덧붙인 말이 선기의 의심을 잠재웠다. 선기의 의심은 확신으로 바뀌었다. 아버지가 분명하다.

선기의 얼굴은 서서히 일그러져갔다. 분노 때문이었다. 아버지에 대해. 새삼스레 화가 치밀었다. 그래, 아버지는 늘 이런 식이었어. 내 인생을 자신의 장기판 안에 갇힌 장기짝 정도로 여기는 독재자. 선기는 자신도 모르게 손가락 관절이 새하얗게 되도록 주먹을 꼭 움켜쥐었다.

연부는 등을 돌렸다. 선기의 발은 더 이상 떨어지지 않았다.

연부는 또각또각 힐 소리를 울리며 멀어져갔다. 뒷모습에는 한 점의 미련도 묻어 있지 않았다.

***

해미는 침대에 엎드려 《누란 왕국을 찾아서》를 펼쳐 들었다. 왼편 조그만 탁자 위에서 전기스탠드가 빛을 뿌리고 있다. 좀처럼 속도가 나지 않아 그새 여러 번 나눠서 읽은 데다 책갈피를 해놓지 않아서 읽던 부분을 찾느라 한참 뒤적여야 했다.

어디까지 읽었더라? 맞다. 탐사대가 돈황을 출발했고, 그때부터 진구 아버지가 컨디션이 안 좋아졌다고 했고, 미란을 들렀다가 누란인가 뭔가 하는 유적지를 찾아 떠나는 중이었지. '흑풍, 카라부란을 만나다'라는 챕터였는데, 정말 다들 생고생이야. 그건 그렇고 진구하고 연부 이야기가 좀 더 나왔으면 좋겠는데…….

누란 유적을 앞두고 카라부란을 만난 우리는 돌연 조금 전의 한가로움이 거짓말 같은 상황에 봉착했다. 모래에 깊숙하게 빠져버린 승합차 바퀴는 다시는 움직이지 않았다. 우리가 모두 내려 한마음으로 차를 밀어보았지만 꿈쩍도 하지 않았다. 종내는 차 어딘가에 모래가 잔뜩 껴서 엔진이 멈춰버렸기 때문에 이번에는 바퀴에 바람을 빼는 방법도 쓸 수 없었다. 우리는 일제히 그 자리에 주저앉았다. 절망이었다.

곧 밤이었고, 모래바람은 극성이었으며, 추위는 살을 덜덜 떨리게 했다. 어디를 봐도 광막한 사막뿐. 우리는 지구의 가장 야생적인 환경에 버려진 것이다.

야영을 할 수밖에 없었다. 승합차가 조금이나마 바람을 가려주는 쪽의 평평한 지대를 골라 텐트를 쳤다. 세찬 바람을 맞은 캐노피는 벌새가 날개 치듯 덜덜 떨렸다. 이 바람에 텐트가 모양이나마 남아난다면 다행이다. 김민준 교수는 앓아누웠고, 성한 사람도 내일을 보장 못 할 판이다.

도로 같지 않은 도로지만 그때까지 차가 한 대도 지나가지 않았다는 사실에 나는 문득 두려움을 느꼈다. 황춘성에게 물어보았다.

"다른 차들이 왜 하나도 안 보입니까?"

그는 변명조로 말했다.

"이런 사막에서 제 길을 찾아가는 건 원래 불가능해요. 차들이 저마다 자국을 남기거든요. 지름길도 찾고 우회로도 찾아내요. 그러면서 또 타이어자국으로 길을 엉망으로 만들어버리는 겁니다. 길이 제멋대로 나버리죠. 미안합니다. 우리도 그렇게 길을 만들며 달린 거예요. 다른 사람들이 이쪽으로 온다는 보장이 없어요."

나는 그 말에 아득해졌다. 역시 이 길은 관광객들이 다니는 길이 아니었다. 이곳으로 오는 동안 단 한 대의 차도 보지 못했었다. 이 겨울에 사막의 심장부로 뛰어든 사람들이 우리 말고 더 없기도 할 것이다.

"원래 이 지역은 차량 이동이 어렵긴 해요. 낙타를 끌고 와서 한 사흘쯤 야영을 하기도 하거든요."

황춘성의 말은 우리를 더 낙담시켰다. 그가 첫인상과 달리 상당히 태평한 사람이라는 걸 깨달았다. 그런 오지라면서 차 한 대의 성능을 믿고 달려왔단 말인가.

구조대를 기다릴 수도 없다. 베이스캠프 따위도 없다. 우리가 이곳에 표류한 사실을 이 타국 땅 어느 누구도 알지 못한다.

흙모래 섞인 식사를 해서인지 그날 밤 우리 중 대부분이 설사를 했다. 이어 여기저기서 기침 소리가 들렸다. 김민준 교수뿐 아니라 우리 일행은 거의 모두 앓기 시작했고 텐트는 야전병동처럼 변해버렸다. 멀쩡한 사람은 젊은 진구와 연부, 그리고 나와 유상호 교수 그리고 황춘성 정도였다. 우리는 내일도 이곳을 벗어나기 힘들지 모른다는 불안감을 안고 제각기 텐트 안에 웅크리고 잠을 청했다. 밤새도록 끙끙대는 소리가 옆 텐트에서 들렸다.

아침에 다소 시야가 개었다. 간밤에 앓던 이들도 김민준 교수를 제외하고는 거의 회복한 듯했다. 하지만 막막한 건 여전했다.

멀찍이 떨어져 텐트를 나오던 이덕호가 갑자기 으악, 하고 비명을 질렀다. 전갈이 신발 안에 들어 있었던 것이다. 신발 안에서 전갈이 툭 떨어지는 장면을 본 우리는 소름이 끼쳤다.

"사막에서는 아침에 신발을 신기 전에 항상 확인해야 합니다. 안에 벌레가 들어 있을 수 있거든요."

황춘성이 뒤늦게 조언했다.

아침을 모래 섞인 라면으로 때우고 모여 앉아 의논을 했다. 일단 차를 고쳐보기로 했다. 유일한 희망이었다. 시동은 걸리지 않았다. 작동을 멈춘 지 몇 백 년이 지난 기계 같았다. 엔진 룸을 들여다보았다. 안타깝게도 우리는 엔진오일조차 직접 갈아본 경험이 없었다. 보닛을 열어도 그저 흙모래가 잔뜩 낀 모습을 들여다보는 것 외에는 할 수 있는 일이 없었다. 그나마 간단한 정비를 할 수 있는 황춘성은 보닛 안을 들여다보더니 고개를 절레절레 흔들었다.

우리는 다시 모여 의논을 했다. 어떻게 할 것인가.

황춘성이 말했다. 북서쪽으로 20킬로미터쯤 가면 지도에 나오지 않는 조그만 오아시스 마을이 있다고 했다. 거기에 가면 통신도 가능하고 외부에 도움을 구할 수 있을 거라고 했다.

"걸어서라도 가볼까요?"

이덕호가 말했다.

"날씨만 좋다면 충분히 가능합니다. 곧장 걷기만 하면 돼요. 사람은 적게 살지만 마을이 넓게 퍼져 있어 찾기가 쉽거든요."

가이드인 황춘성이 부추기듯 말하자 기대감이 솟았다. 하지만 이내 유상호 교수가 찬물을 끼얹었다.

"안 돼. 언제 카라부란이 불어닥칠지도 모르는데."

분위기는 다시 가라앉았다. 아무도 그 말에 반대할 수 없었기 때문이다. 오아시스 마을 이야기를 해준 황춘성도 하긴 지금 사막 길을 걷는 건 너무 위험하다며 손을 저었다. 아침부터 산들바람에 가는 모래가 조금씩 실려 오고 있었다. 위험을 알리는 징후 같았다. 이 조그만 바람은 언제 마각을 드러내고 폭풍으로 돌변할지 모른다. 마을과 경작지를 초토화시킨다는 무시무시한 흑풍으로. 미란이든 누란이든 호탄이든 니야든 한때 실크로드의 요충지로 번성했던 도시들을 집어삼키고 역사에서 지워버린 악마도 이 흑풍이 아니던가. 사막을 걷다가 카라부란을 만난다면 우리의 목숨은 없는 것이었다. 어제 저녁 그 무서움을 질리도록 맛보았다. 실크로드 탐사를 대비해 우리가 준비한 것은 기껏해야 렌트카, 텐트, 손전등 정도였다. 오지탐험대가 아니기에 이런 비상시에 대비한 물품은 없었고, 지식도 없었다. 그건 가이드 황춘성도 크게 다르지 않았다. 그는 운전과 언어를 담당했고 약간의 지리 지식을 가졌지만 기본적으로 도시 사람이었다. 사막을 맨몸으로 체험한 적이 없었고, 그 역시 우리만큼이나 사막을 잘 모른다는 게 서서히 드러났다.

"일단은 기다려봅시다. 오늘은 바람이 덜하니 지나가는 차가 있을 수도 있잖아요."

심민기가 말했고 다른 이들도 동의했다. 아니, 동의하는 것 말고는 다른 수가 없었다. 도무지 움직일 수 없었으니까.

우리는 바람에 텐트가 날아갈까봐 하나만 세워두고 나머지는 걷었다. 대부분의 시간에는 승합차 안에 들어가 죽은 듯이 늘어져 있었다. 바람이 덜하면 답답해서 바깥에 나가보기도 했지만 사방이 모래뿐이니 맥이 빠져 다시 들어오곤 했다.

김민준 교수의 상태는 오후가 되면서 급격히 나빠졌다. 거의 눈을 뜨지 못했고, 사람의 얼굴을 알아보지도 못했다. 가쁜 숨을 몰아쉬었고, 때때로 의식을 잃기도 했다. 걱정스런 얼굴로 아버지 옆에 꼭 붙어 있는 진구를 보면 마음이 짠했다. 그러면서도 서글픈 생각에 사로잡혔다. 곧 내가 저 지경이 될지도 모르는데…….

문제는 물이었다. 원래대로라면 어제 누란 근처에서 일박하고 오늘 체르첸으로 향해 거기서 묵을 예정이었다. 그래서 하루치를 조금 넘는 식량과 물을 챙겨왔을 뿐이다. 수명을 다한 우리 승합차엔 더 실을 공간도 없었다. 식량은 아껴먹는다지만 물은 큰 문제였다. 어제 승합차가 모래에 처박히기 전까지만 해도 저마다 목이 타서 경쟁적으로 물을 들이켜는 바람에 생수가 몇 통 남아 있지 않았다. 그나마 전날 저녁 몽롱한 정신으로 라면을 끓이면서 물을 많이 써버렸고, 밤에 다들 설사를 하는 통에 물을 더 찾았다. 아침에 라면을 끓이려다 뒤늦게야 사태의 심각성을 깨달았다. 낭패였다. 남은 생수병을 세어보던 우리는 하얗게 질려버렸다. 우리는 사막을 너무 몰랐다. 지금 생각하면 우리한테 경고를 하지 않았던 가이드 황춘성도 지나치게 게으르거나 태평한 성격이었던 것 같다.

기나긴 하루였다. 길은 모래로 덮였고, 차는 한 대도 지나가지 않았다. 이런 오지까지는 누구도 올 것 같지 않았다. 길 같지 않은 길을 아무리 노려본들 헛일이었다. 한겨울 밤 12시 강남역에서 빈 택시를 기다리던 짜증은 애들 장난에 불과했다. 결코 오지 않는 차를 기다리다가 나중에는 엔진 음이 환청처럼 들릴 지경이 되었다.

목이 말랐지만 쉽게 물통으로 손을 뻗을 수 없었다. 물은 얼마 남지 않았고, 그마저도 아픈 김민준 교수에게 우선 주기로 암묵적으로 합의가 되었다. 오후가 되자 입술은 모래바람에 타들어간 것처럼 거칠게 말라버렸다.

날이 저물었다. 우리는 텐트를 다시 폈다. 어제보다 흑풍이 덜했다는 것에 위안을 삼으며 또다시 밤을 맞이했다. 새카만 밤하늘에 따뜻한 빛을 뿌리며 별이 총총 떠올랐지만 아름다움을 감상할 여유를 가진 사람은 그곳에 없었을 듯하다. 땅은 지독하게 춥고 바람이 불었으니까.

자는 둥 마는 둥, 끝나지 않을 것 같은 기나긴 밤이 지나고 다시 아침이 밝았다. 상황은 훨씬 나빠졌다. 김민준 교수는 병색이 완연했다. 밤새 고열에 시달린 모양이었다. 온몸이 땀 범벅이었고, 가끔 콜록거리는 기침을 할 때 말고는 거의 의식을 차리지 못했다. 진구는 심각한 얼굴로 아버지 옆에 찰싹 붙어 있었다. 유상호 교수와 우리들이 번갈아 들렀지만 별 방법이 없었다. 사실 김민준 교수뿐 아니라 이제는 우리 대부분이 환자였다. 황춘성도 쓰러져 누웠다. 이덕호, 심민기, 정연호도 고열과 무기력증에 늘어졌다. 가혹한 환경과 마음의 절망이 우리 몸의 저항력을 빼앗았기 때문인 것 같았다. 비교적 건강한 상태를 유지하고 있는 사람은 나와 유상호 교수, 그리고 진구와 연부뿐이었다.

단체로 덮친 병마 말고도 우릴 힘들게 한 건 익숙해지지 않는 갈증이었다. 밥을 먹으면 목이 마를까봐 식사를 하지 않았는데, 허기까지 겹쳐 고통은 배가 되었다. 남은 물은 마지막을 위해 아껴야 했다.

내심 나는 사막 길을 떠날 마음의 준비를 하고 있었다. 오늘 하루 더 기다려보고 차를 만나지 못한다면 내일은 누군가가 부근에 있다는 오아시스 마을로 목숨을 걸고 구조를 요청하러 가야 할 판이었다. 그리고 그 일을 할 사람은 그나마 몸 상태가 멀쩡한 나밖에 없었다. 나는 모래사막을 걸어야 할 일을 대비해 야영지에서 조금 외곽으로 나가서 걸어보았다. 멀리서 보면 평탄하지만 가까이 가면 모래언덕투성이였다. 모래언덕을 올라가는 건 마치 물엿 위를 걷는 것처럼 힘들었다. 모래가 진창처럼 느껴졌다. 한 발짝 올라가면 두 발짝 미끄러졌다. 올라갈 땐 20분 걸린 모래언덕을 내려갈 땐 5초 만에 내려갔다. 바람이 이는 것 같아 몸을 뒤로 젖히고 힘 풀린 다리로 모래언덕을 구르듯 뛰었다. 지평선에는 모래

147

구름 같은 것이 뭉게뭉게 일어나고 있었다. 더 나아갈 엄두는 나지 않았다. 나는 체력을 아끼기로 하고 일행에게로 돌아왔다. 하루가 또다시 덧없이 저물어가고 있었다.

그날 저녁, 김민준 교수와 진구를 제외한 우리는 한자리에 모였다. 초췌해진 몰골로 어떤 중대한 결정을 내려야 했다. 이대로는 죽음이 예정되어 있을 뿐이었다. 우리가 기다리는 차는 여전히 한 대도 지나가지 않았다. 이틀 동안, 아니 첫날에 우리가 오면서도 마주 오거나 지나치는 차량이 없었으니 사흘 동안 한 대의 차도 보이지 않았다. 즉 이곳에 다른 차는 없다는 말이다. 도움의 손길을 기대할 수 없다. 생각해보면 그건 확률이 아주 낮은 요행수에 불과했다. 황춘성도 그러지 않았던가. 우리는 우리만의 길을 만들면서 온 거라고. 모래바람이 심하게 이는 기간에 이렇게 깊숙한 오지에까지 들어오는 건 자살행위란 걸 사막을 조금이라도 아는 이는 모두가 알고 있으리라. 우리는 그렇지 못했다. 우리는 이제 앉아서 지나가는 차를 기다리는 일을 포기하고, 내일 아침 한 명이 채비를 하고 길을 떠나 20킬로미터 북서쪽에 있다는 오아시스 마을로 가서 구조를 요청하기로 했다. 물론 길 떠나는 사람에게는 위험한 과업이었다. 하지만 이 상황에서 누군가는 해야 했다. 그러지 않으면 모두가 죽을 것이 뻔했으니까. 나는 성한 사람들을 둘러보았다. 어린 진구와 연부를 제외하면 나와 유상호 교수 정도가 비교적 건강을 유지하고 있다. 역시 예감대로, 내가 갈 수밖에 없다는 판단을 했다.

"제가 가겠습니다."

내가 먼저 말했다. 나머지 사람들은 잠시 말이 없었다. 유상호 교수가 갈라진 입술을 열었다.

"아뇨. 내가 갑니다. 차형석 씨는 여기서 아이들을 돌봐요."

"무슨 말씀이세요. 교수님은 여기 계세요. 제가 가야죠."

"아뇨. 내 말에 따라주세요. 내가 그래도 등산으로 단련된 몸입니다. 나이는 들었어도 지구력은 차 선생보다 나을 거예요. 갈증도 조금은 더 버틸 수 있고요."

유상호 교수는 완강했다. 그저 겸양의 말이 아니라, 정말 자신을 희생하려 하는 의지가 엿보였다. 그의 메마른 얼굴에 꺾기 어려운 결연한 빛이 떠 있었다. 친구 김민준 교수의 절망적인 상태가 그에게 결단을 재촉했는지도 모를 일이다. 탐사대의 공동 책임자로서 사태를 이렇게까지 몰고온 데에 크나큰 책임을 느끼고 또 시달려온 듯해 보였다. 나는 결국 뜻을 꺾을 수밖에 없었다.

쓸쓸하기 이를 데 없는 밤을 보냈다. 이런 곳에도 아침은 꼬박꼬박 찾아왔다.

동이 텄지만 우리는 처연한 심정이었다. 다행인 것은 모래바람이 사라졌다는 점이다. 시야가 탁 트였고, 대기는 깨끗했다. 사막의 기후는 변덕이 이루 말할 수가 없다. 당분간은 흑풍이든 산들바람이든 불어오지 않을 것만 같았다. 그래도 유상호 교수를 보내는 내 마음이 편할 리는 없었다. 유상호 교수도 불안하기는 매한가지인 듯했다. 텐트 앞에 서서 "내 신발 어딨어?" 하며 신경질적으로 소리를 질렀다. 하지만 사막에서 신발이 어디로 가겠는가. 그의 신발은 텐트 바로 뒤쪽 아래에 접혀 있었는데, 모래의 흐름에 빨려 들어갔던 모양이다. 어이없는 일로 화를 내고 만 유상호 교수는 겸연쩍은 표정으로 탈탈 털어 모래를 걷어내고 신발을 신었다. 우리는 모두 이해했다. 목숨을 건 여정을 앞둔 사람이라면 그만큼 예민해지지 않는 쪽이 오히려 이상하지 않을까.

남은 물은 조그만 페트병 3분의 2 정도가 전부였다. 우리는 먼 길을 떠나는 그에게 남은 물 절반을 수통에 나눠주었다. 유상호 교수는 생 라면으로 아침을 먹고 물 조금으로 목을 축였다. 이것이 언제 모래바람이 집어삼킬지 모르는 사막 길 20킬로미터를 행군하는 사람의 준비라고 생각하니 씁쓸했다. 그래도 이게 우리가 해줄 수 있는 최대한의 채비였다. 그도 아마 순교자 같은 심정이었으리라. 머리를 싸매고 앓아누워 있던 황춘성이 텐트에서 빠져나와 해를 보고 방향을 잠깐 가늠해보더니 팔을 들어 먼 곳을 가리켰다.

"저쪽 모래언덕을 넘어 똑바로만 가세요. 마을이 꽤 커요. 이대로만 걸으면 찾기 어렵진 않을 겁니다. 다행히 모래바람이 많이 줄었어요. 20킬로미터 정도는 생각보다 쉬울 수도 있습니다."

나도 부디 그러길 바랐다. 아무리 사막이라지만 바람만 없다면 그 정도 거리쯤 반나절이면 걷지 않을까. 지금 몸이 곤

죽이 되었을 만큼 체력이 저하되었고 정신도 말짱하지 않지만 유 교수 본인과 딸의 생명이 걸려 있다. 마지막 힘을 짜낸다 생각하면 의외로 간단할지도 모른다. 그리고 보면 처음부터 이덕호의 말대로 조난을 당하자마자 오아시스 마을로 떠났더라면 김민준 교수도 살았을지 모른다. 뒤늦게, 그때는 알 수 없었던 앞날을 알게 되자 크나큰 아쉬움이 드는 것이었다.

유상호 교수는 떠났다. 모래 위에 폭이 좁고 긴 그림자를 드리우며 지평선을 향해 발걸음을 옮겼다. 아득히 멀리서 모래바람이 일고 있었다. 연부가 아버지를 향해 손을 흔들었다. 나도, 다른 이들도 손을 흔들었다. 멀리서 유 교수가 되돌아보고 우리를 향해 마주 손을 흔들었다. 지금도 그 장면을 떠올리면 너무나 죄송하고 고맙다. 그리고 마음이 아프다. 그것이 유상호 교수의 마지막 모습이었기 때문이다.

그날 오후, 우리에게는 큰 비극이 기다리고 있었다. 김민준 교수의 상태는 이미 참혹한 지경까지 가 있었다. 손을 쓸 도리가 없었다. 고열에 시달리며 시름시름 앓던 김민준 교수는 마침내 돌아올 수 없는 길을 떠났다. 진구는 자기가 마실 물을 아버지의 입에 모두 쏟아부으며 정성을 다했지만, 가는 순간까지도 김민준 교수의 의식은 끝내 회복되지 않았다. 고통에 몸부림치지 않으며 조용히 숨을 거두었다는 게 그나마 다행이었다. 숨을 거둔 그의 창백한 얼굴에는 고행하는 방랑

자처럼 턱수염이 수북이 자라 있었다.

우리는 숙연한 기분에 사로잡혔다. 솔직히 그분의 몸 상태와 우리가 처한 극단적인 곤경을 생각하면 아무도 입 밖에 꺼내지는 못했지만 어느 정도 결말을 예감하고 있기는 했다. 그래도 비통함은 이루 말할 수 없었다. 생각만의 비극과 눈 앞에 닥친 비극은 달랐다. 진구는 아버지의 주검 옆에서 하염없이 눈물을 흘렸다. 연부도 같이 울었다. 그 모습을 보자 우리 모두 뒤늦게 울음이 터졌다. 아무래도 우리도 곧 그의 뒤를 따를 것 같은 서글픔이 겹쳤던 것 같다. 눈물이 끝없이 흘렀다. 물 한 잔 마시지 못했는데 어디서 그 많은 눈물이 흘러나오는지 신기할 정도였다. 김민준 교수의 유체는 텐트 안에 고이 모셨다. 진구가 아버지 옆을 지켰다. 아무것도 해줄 수가 없는 우리는 미안함에 고개를 들 수 없었다.

해미는 책에서 눈을 뗐다. 진구의 아버지, 모래폭풍 이는 사막 한가운데서 이름 모를 풍토병으로 사망. 진구는 아버지의 죽음을 바로 옆에서 목격했다. 그러면서도 전혀 손을 쓰지 못했다. 얼마나 안타까웠을까. 무심하고 무엇에도 열광하지 않는 성격은 천성 탓도 있겠지만 아버지의 이런 죽음을 곁에서 무기력하게 지켜본 탓도 있지 않을까.

유연부 아버지 유상호 교수의 죽음도 안타까운 건 마찬가지였다. 유연부는 밉상이지만, 유상호 교수는 탐사대를 이끄는 책임감으로 사막 모래바람을 뚫고 모두를 위해 구조를 청하러 떠났다가 목숨을 잃었다. 해미는 거의 처음으로 연부에게 마음이 기울었다.

'그리고 보니 유연부도 좀 안되었네.'

독수리가 창공을 휘이 돌더니 우리 일행 근처에 내려앉았다. 죽음의 냄새를 맡은 걸까. 우리는 힘없이 그저 노려보기만 했다. 진구가 일어서서 돌을 던져 쫓아냈다. 독수리는 유유히 날아올랐다. 멀리 가지 않고 우리 머리 위 하늘을 맴돌았는데 곧 다시 내려오겠다는 뜻 같았다. 김민준 교수의 주검을 본 이후 우리는 말이 없어졌다. 죽음은 내 것일 수도 있었다. 성한 사람은 이제 거의 없다. 우리 중 누군가는 죽었어야 했을 것 같았다. 김민준 교수가 우연히 걸려든 것뿐이다.

유상호 교수를 기다리는 우리는 시간이 갈수록 초조함에 젖어들었다. 하루 이상은 걸릴 거라고 예상했지만 오후가 저물 무렵에는 성급한 불안감이 머리를 하얗게 비게 했다. 그리고 물, 문제는 물이었다. 죽음 때문에 잠시 잊었던 갈증이 하루 종일 우리를 괴롭혔다. 일단 살아야겠기에 물을 조금씩 목 뒤로 넘겼다. 아픈 사람이 대부분이었으니 물을 조금이라도 마시지 않으면 당장에 죽어버릴 것만 같았다. 생수는 저녁 무렵 바닥났다.

배고픔이란 건 대단한 것이어서 한 끼를 참는 데에도 굉장한 인내를 필요로 한다. 끼니를 몇 번 완전히 걸러본 일이 있는데 도무지 견딜 수 없었다. 다이어트를 해본 사람들이라면 그 고통을 잘 알 것이다. 하지만 목마름은 그 고통을 아득히 뛰어넘는다. 갈증은 시시각각 목을 조른다. 침을 아무리 삼켜도 소용없다. 음식은 먹지 않고 수 주일까지도 버틸 수 있지만 물 없이는 24시간도 버틸 수 없다. 황춘성이 한 모금을 머금은 후 조금씩 목을 축이듯이 뒤로 넘기라고 알려주었지만 별 도움이 안 되었다. 음식도 조금씩 여러 번 나누어 먹어야 한다. 한꺼번에 먹으면 소화하면서 물을 많이 소모하기 때문이다.

사막에 어스름이 찾아오고 낮의 더위와 교대하듯 추위가 밀려오기 시작했다. 조급한 마음에 이번엔 그나마 성한 내가 마을을 찾아 떠나볼까 싶었지만 유상호 교수가 돌아오지 않는 상황에서 이러지도 저러지도 못 했다. 황춘성도 말렸다. 원래 사막에서 조난당했을 때는 그 자리에서 기다리는 게 제일 낫다면서. 다행히 마을이 있어 한 사람이 간 거지만 두 사람은 길이 엇갈릴 수도 있어 더 위험하다는 것이었다. 나도 분명히 알고 있다. 하지만 마음이 바짝바짝 타들어갔고, 목은 그보다 더 심하게 타들어갔다. 물 한 방울이면 내 계좌 전부와도 바꿀 것 같았다.

우리 몸에서 물이란 어떤 것인지 생각해본 적이 있는지. 몸무게가 70킬로그램인 사람이라면 약 0.4리터만 잃어도 탈수증세가 찾아온다고 한다. 1.6리터를 잃으면서부터 위장이 수축되어 물을 마시는 것 자체를 거부하는 자발적 탈수증세 단계로 접어든다. 3.2리터를 잃으면 열이 나고 맥박이 올라가며 극도의 피로감에 사로잡힌다. 또한 두통, 호흡곤란이 찾아오고 발음이 어눌하게 변한다. 6.4리터를 잃으면 제대로 걷지 못하고, 10리터를 잃으면 혀가 붓고 입이 감각을 잃으며 무언가를 삼키는 일조차 불가능해진다. 이 상태가 반나절 정도 지속되면 목숨을 잃는 것이다.

난 그때 어느 정도 탈수상태였는지 모르겠지만 살가죽이 뼈에 달라붙고, 눈이 잘 보이지 않았으며 소리도 잘 들리지 않던 걸로 보아 막바지까지 가지 않았나 싶다. 오줌을 누고 싶어도 나오지 않았다. 하반신이 침으로 찔린 듯 아플 뿐이었다. 겨우 나왔나 싶더니 커피색 액체여서 질겁했다.

다른 사람들도 마찬가지였을 것이다. 그나마 어린 진구와 연부가 상태가 좋은 편이긴 했다. 특히 진구는 놀라운 생존능력을 보여줬는데 자기 마실 물을 아버지한테 준 것도 모자라 남은 몇 방울을 연부에게도 나눠주었다. 정연호는 진구가 전생에 낙타 아니었을까, 때아닌 농담을 했지만 아무도 웃을 여유는 없었다. 그런데 진구가 전생에 낙타는 아니었더라도, 곧 마실 물이 생긴다는 예감 같은 것은 갖고 있지 않았나 싶다.

모래 위에 앉아 낙조를 멍하니 바라보던 진구가 불쑥 나를 돌아보며 말했다.

"물이 있어요."

"응? 물이 있다니."

난 혹시 진구가 아버지의 죽음과 갈증 앞에 헛것을 보았나

싶었다. 불쌍한 녀석. 그런데 진구는 또렷한 눈빛으로 재차
말했다.

"물을 구할 수가 있어요."

"어떻게."

난 아무런 기대 없이 물었다.

"차에 냉각수 있잖아요?"

"응? 냉각수? ……아!"

난 부지불식간에 감탄사를 내뱉었다. 맞다. 차에는 라디에
이터에서 출발해 엔진룸을 돌며 식히는 냉각수가 있다. 그걸
생각지 못했다.

다른 사람들도 다들 반색을 하며 눈동자에 빛이 돌았다.
오래 돼서 더러울 거라는 생각은 아무도, 조금도 하지 않았
다. 우리는 아마 내일쯤이면 가솔린이라도 마셨을 것이다.

나와 진구는 같이 일어나 차로 갔다. 보닛을 열고 라디에
이터를 살폈다. 아래쪽에 냉각수가 나가는 비닐파이프가 있
었다. 나는 커터 칼과 가위, 물받이 통을 가져왔다. 아래쪽에
통을 대고 비닐파이프를 잘랐다. 물이 흘러나왔다. 가이드
말로는 냉각수가 10리터 이상 들어간다고 했다. 승합차라
그 정도나 되는 모양이다. 파이프에서 흘러나온 물은 대략
4~5리터쯤 되었다. 통으로 모자라 빈 생수통을 가져와 꽉꽉
채웠다. 우리는 갑자기 로또를 맞은 느낌이었다. 아니, 그 이
상이었다. 이미 밤이 되어 물은 차가웠다. 깨끗한 천을 대고
통을 오가며 물을 한 번 더 걸렀다. 눈으로 보기에는 마셔도

아무 문제가 없을 만큼 깨끗해 보였다.

"한꺼번에 많이 마시면 안 돼요."

황춘성이 가이드답게 한마디 거들었다. 우리는 그 물이 니트로글리세린이라도 되는 듯이 조심스럽게 물병을 치켜들고 조금씩 삼켰다. 그때의 기분을 어떻게 말로 다 할 수 있을까. 감로수, 암리타, 넥타, 엘릭시르, 그 어떤 신화상의 말도 다 좋았다. 우리에겐 불멸의 성수였다. 난 진구가 기특해 머리를 마구 헝클었다. 그러다 아차, 싶었다. 아버지를 잃은 지 하루도 안 된 아이다. 물이 목에 들어갔다고 그럴 기분은 아니었을 것이다.

우리는 갑자기 느긋해졌다. 식량은 어느 정도 있었다. 지금부터 물을 낭비하지 않고 마시는 양을 잘 조절하면 유상호 교수와 구조대가 좀 늦게 오더라도 상당한 기간 기다릴 수 있을 것 같았다. 유상호 교수가 떠나기 전에 이 물을 찾아냈더라면 좀 더 넉넉히 물을 가지고 떠날 수 있었을 텐데 하는 아쉬움도 가질 만큼 여유도 생겼다. 그날 밤, 조금은 더 깊이 잘 수 있었다.

다음 날 깨었을 때 바뀐 것 없는 현실에 다시금 우울해졌다. 희망은 향불이 조금씩 타들어가듯 사그라져갔고, 서서히 재가 되어 툭툭 바스러지며 깎여나갔다. 유상호 교수는 오후가 되도록 돌아오지 않았다. 그가 사막의 폭풍에 당했다는 사실을 그때까지 알지 못했던 우리는 헛된 기다림으로 자신의 갈망을 태우고 있었던 것이다. 다만 미친 듯한 갈증을 달릴 수 있는 물과 곧 유상호 교수가 구조대를 데리고 올지 모른다는 실낱같은 바람만이 우리를 지탱하게 했다.

"이번엔 제가 가볼게요."

불쑥 진구가 말했다. 우리는 놀랐다. 먼저 황춘성이 강하게 만류했다.

"안 돼. 원래 사막에선 차가 고장 나면 그 자리에 있어야 해."

"하지만 유 교수님은 떠났잖아요."

"그거야 오아시스 마을이 마침 근처에 있으니까 시도해본 거지. 그런데 소식이 없으시잖아. 위험해. 더는 안 돼."

진구는 맥없이 늘어진 사람들을 죽 둘러보더니 말했다.

"그래도 체력은 제가 젤 나은 것 같네요. 게다가 모래바람이 어제보다 확 줄었어요."

진구는 계속 고집을 피웠다. 황춘성을 제외한 나머지는 적극적으로 말리지 않았다. 고백하자면, 비겁하게도 우리는 내심 진구가 한 번 더 사람을 부르러 마을을 향해 가주길 바랐는지도 모르겠다. 사실 어린 진구 대신 우리가 가야 한다고 해야겠지만 그러기에는 다들 엄두가 나지 않을 만큼 비참한 상태였다. 다들 환자였고 몇 발짝 내딛지 못하고 쓰러질 게 뻔했다. 연부만은 진구를 만류했다. 진구가 영 말을 듣지 않자 하나의 제안을 했다.

"그럼 이렇게 해. 오늘 마지막 방법까지 써보고 그래도 안 되면 내일 진구 네가 떠나는 걸로."

"마지막 방법이라니?"

내가 물었다.

"차를 불태우는 거죠. 멀리서도 보이게끔."

우리는 서로를 돌아보았다. 어차피 차를 타고 탈출을 기대할 수는 없다. 그렇다면 차를 다른 용도로 이용하는 건 분명히 해볼 가치가 있었다.

우리는 종이를 뜯어 꼬아 긴 심지를 만들었다. 차의 연료 캡을 열고 종이 심지를 깊숙이 찔러 넣었다. 심지를 땅바닥에 늘어뜨린 다음 한쪽 끝에 라이터로 불을 붙였다. 우리는 후다닥 차에서 멀찍이 물러섰다. 심지가 타들어갔고, 잠시 후 연료통 안으로 불꽃이 삼켜졌다. 우리는 저마다 손을 꼭 거머쥐고서 차를 노려보았다. 몇 초 후 거대한 폭발음이 일었다. 갈증으로 혼미했던 정신을 번쩍 들게 만들 만큼 큰 소리였다. 차는 온통 불길에 휩싸였다. 처음 한동안은 불길이, 그다음에는 시커먼 연기가 승천하는 영혼처럼 사막 하늘을 더듬어 올라갔다. 우리는 염원했다. 연기가 멀리 멀리 닿기를. 그래서 우리를 도와줄 수 있는 사람들에게 이곳에 죽어가는 몇몇 생명이 있다는 사실을 알려주기를.

한참의 시간이 지났다. 뭉게구름 같았던 연기는 이제 한 줄기 선향처럼 가늘게 피어오를 뿐이었다. 부풀었던 우리의 마음도 쪼그라들었다. 곧 이 연기도 사그라지겠지. 아아, 이것도 틀렸다. 이제는 밤을 새우고 내일 진구가 마을로 가서 사람을 불러와주길 기대하는 수밖에 없다.

우리는 다시 주섬주섬 그늘을 찾아 들어갔다.

사태는 어이없게 해결되었다. 텐트 안에서 각자 널브러져 멍하니 기다리고 있던 우리는 오후 5시가 지났을 무렵 천국의 구원과도 같은 소리를 들었다. 자동차 엔진 음이었다. 유 교수님이 벌써 구조대를 데리고 왔나? 아니면? 우리는 도로로 나가 손을 마구 흔들었다. 구조대는 아니었다. 지나가던 영국의 탐사팀이었다. SUV 두 대, 승합차 세 대, 비교적 대규모였다. 돌아가신 아버지를 다시 만난들 이보다 반가울까. 그들은 우리가 피운 연기를 멀리서 보고 혹시나 싶어 이 방향으로 와 보았다고 했다. 그런 말도 그 당시에는 제대로 들리지 않았다. 이제 살았다는 기쁨만이 온몸을, 마음을 휘감았다. 마침내 우리는 구조된 것이다!

메마른 사막에서 며칠을 지낸 우리 피부는 갈색으로 변하다 못해 뙤약볕 아래의 낙타 사체처럼 잿빛으로 탈색되어 있었다. 해골을 방불케 하는 모습이었다. 그들은 우리의 몰골을 보더니 깜짝 놀라 음식과 물을 서둘러 꺼내주었다. 우리는 허겁지겁 신선한 물부터 마음껏 들이켰다. 마시고 또 마셨다. 야금야금 냉각수를 마시며 견디던 내 몸은 물을 한껏 받아들이려 무한히 혈관을 뻗는 것 같았다. 스펀지처럼 물을 빨아들였다. 가을날 매미 껍질 같던 피부 구석구석에 수분이 스며들어 탄력이 되살아났다. 그다음 빵을 씹었다. 눈물이 줄줄 흘렀다.

그들은 여정을 중단하고 우리를 차량의 남는 공간에 태워 체르첸으로 돌아갔다. 김민준 교수의 유해도 실었다. 유상호 교수가 오아시스 마을에 도움을 요청하러 떠났다는 말을 전했다. 그들 중 몇 명이 그 자리에 남아 기다리기로 했다.

이틀 뒤 그들이 돌아왔다. 유상호 교수는 결국 야영지로 돌아오지 않았다 한다. 오아시스 마을에도 그런 사람은 오지 않았다고 했다. 사막에서 폭풍을 만나 묻히거나 길을 잃은 것으로 보이며, 목숨을 건지기는 불가능했을 것이라 했다. 현지 경찰이 수색을 계속하겠지만 유해를 찾는 의미 이상은 없을 거라고 했다. 그들은 아마도 유품이 될 것 같다면서 텐트에서 걷어 온 물품들을 건넸다. 하나도 남김없이 가져온 그들의 정성에는 감탄했다. 유상호 교수의 옷가지와 속옷 몇 벌, 노트, 필기구, 세면도구, 예비안경, 피켈, 신발 밑창 한 짝까지. 우리는 연부에게 물어보고서 옷가지와 안경, 연구 노트만을 전해주고 나머지는 현지에서 불태웠다…….

'아아. 잘됐어!'
해미는 마치 자신이 구조된 듯이 안심했다.
'하지만 진구 아빠는 정말 안됐네. 유연부 아버지도…….'
책갈피가 해미의 손가락에서 툭 힘없이 떨어져나갔다. 해미는 스르르 잠에 빠져들었다.

***

"아버지죠?"

상선기는 막 출발하는 상준동의 리무진에 올라타서 달려들 듯 물었다. 운전석의 장효준이 룸미러로 힐끔 상선기를 보았지만 흥분한 상선기는 알아채지 못했다. 차는 제이디애셋 사무실이 들어선 빌딩 현관을 막 떠나려 하고 있었다.

상준동은 상선기의 시뻘겋게 달아오른 낯빛을 바라보다가 말했다.

"그래, 맞다."

그러고는 장효준에게 차를 그대로 출발시키라는 눈짓을 보냈다. 장효준은 핸들을 틀어 차를 테헤란로로 진입시켰다.

"왜 그러셨어요!"

"유 팀장은 안 돼."

"왜요, 내가 좋다잖아요!"

"너한테 맞는 짝이 아니야."

"그걸 왜 아버지가 결정하는데요!"

"목소리 낮춰."

상준동은 눈으로 앞자리의 장효준 뒤통수를 가리켰다. 상선기도 그제야 장효준을 의식하고 음성을 가라앉혔다.

"제가 처음으로 결혼까지 생각한 여잡니다. 제가 결혼한다잖아요, 제가. 근데 도대체 왜 재를 뿌립니까? 아버지가 무슨 권리로?"

"넌 내 아들이고, 사업을 물려받아야 한다. 그렇기 때문에 결혼도 마구잡이로 해선 안 돼."

"그게 왜 마구잡이예요?"

상선기는 사업을 물려받는다는 전제는 부정하지 않았다.

"유 팀장은 회사에 필요한 사람이야. 하지만 가족으로는 적합하지 않아. 네가 유 팀장하고 맺어지면 회사는 인재를 잃고 우리 집안엔 화를 맞이하는 거다. 그런 바보짓은 허락할 수 없어."

"혹시 연부가 우리 집 재산을 노리고 있다고 생각하시는 겁니까? 완전히 오해예요. 그렇지 않기 때문에 연부하고 결혼하려는 겁니다. 재산 따위보다 자기 자존심이 더 중요한 여자예요."

"재산이 문제가 아니야."

"그럼요?"

"연부 같은 여잔 안 돼. 아내로선 힘들어. 네가 감당할 수 없는 여자야."

"진짜 똑똑한 사람이에요. 목소리만 높이는 그런 여자 아닙니다."

"그만큼 똑똑하니까 곤란한 거야. 널 완전히 손아귀에 넣어버릴 수도 있어."

"그런 말이 어딨습니까."

"천재는 아내로 얻는 게 아니야."

"정말 케케묵은 사고방식이에요. 대원군도 아버지 같진 않았을 겁니다!"

"아직 넌 덜 살았어."

상준동은 외면했다. 할 말을 잃은 상선기는 답답한 듯 입을 꾹 다물고 있다가 문득 눈을 들었다.

"반대하는 다른 이유가 있는 겁니까?"

"지금 말했잖아. 너하곤 안 맞는다고."

"내가 아버지를 몰라요? 며느리를 들이는 일인데 그냥 사람 겉만 보고 판단하진 않았을 겁니다. 철저히 조사했을 겁니다."

"조사고 뭐고, 일과 결혼은 달라. 내 안목은 틀린 적 없다."

상준동은 입을 다물어버렸다. 직선을 그리며 바위처럼 닫힌 그 입을 본 상선기는 좌절했다. 아버지는 절대 생각을 바꾸지 않을 것이다. 그리고 생각에서 그치는 정도가 아니라, 설사 연부가 허락한다 하더라도 절대 결혼이 진행되도록 내버려두지 않을 것이다. 상선기는 아랫입술을 깨물고 고개를 세차게 저었다.

"아버지의 폭군노릇엔 질렸어요."

"넌 가만히 있어. 그러면 모든 걸 얻을 수 있어. 내가 다 해주잖아. 이번에도 람보인가 뭔가 비싼 차도 사줬고."

"하지만 색상은 아버지 맘대로 정했죠."

상선기는 눈가를 일그러뜨리며 얼굴을 쳐들었다.

"철없는 놈."

상준동은 외면했다.

"마지막으로 부탁할게요. 되돌려놔주세요. 아버지라면 다시 연부의 마음을 되돌릴 수 있어요. 제가 하고 싶은 결혼입니다."

"내가 한번 내린 결정을 뒤집는 거 봤냐?"

상준동은 담담하게 말했다. 그의 말이 끝나기가 무섭게 상선기가 앞을 보며 소리 질렀다.

"세워줘요!"

장효준은 룸미러에 비친 상선기의 핏발 선 눈을 보고, 곧 우측 깜빡이를 켜고 차를 인도 변에 댔다. 역삼역 GS타워 못 미친 곳이었다. 상선기는 차에서 내려 문을 쾅 소리가 나게 닫고 뒤돌아보지도 않고 떠나버렸다.

"화가 많이 나신 것 같은데요."

장효준이 다시 액셀을 밟으며 말했다.

"괜찮아. 저 녀석은 저러다 하루 지나면 다 잊어."

"그래도 유 팀장님을 많이 좋아한 것 같습니다."

"세상에 여잔 얼마든지 있으니까……."

상준동은 엉덩이를 쭉 빼고 뒤통수를 좌석 헤드레스트에 기댔다. 눈을 감았는데, 곧 잠이 든 것 같았다.

진구와 해미가 나란히 앉았고, 맞은편에 상선기가 앉았다. 그 사이에는 커피 세 잔이 놓여 있다. 상선기로부터 받은 명함에는 '제이디애셋 실장'이라는 직함이 새겨져 있다. 이 사람이 드라마에 나오는 그 실장님? 해미는 호기심과 호감을 가지고 그를 쳐다보았다.

전날, 진구는 해미와 같이 극장 앞 패스트푸드점에서 개장 시각을 기다리며 앉아 있다가 모르는 번호로 걸려온 전화를 한 통 받았다.

"김진구 씨죠?"

"누구시죠?"

"상선기라고 합니다."

퍼뜩 생각이 났다. 상 씨라는 특이한 성. 상준동 회장. 목소리가 젊으니 그의 아들인가? 그렇다면 연부와 사귄다는 그 남자? 이런 생각들이 순식간에 스쳐 지나갔다. 그가 먼저 자기소개를 했다.

"지난번에 만난 상준동 회장님이 내 아버지예요."

"예, 무슨 일로?"

해미가 이상한 기척을 느끼고 진구의 곁에 바짝 다가왔다.

"잠깐 만났으면 합니다."

"용건은요?"

진구의 목소리에 성가신 기색이 묻어났다.

"유연부 씨 조사 건인데요."

진구를 움직이게 만든 건, 의뢰라는 명목이 아니라 유연부라는 이름이었다. 다만 이 만남엔 작은 장애가 있었는데, 해미였다. 하필 전화통화 현장에 있었다는 게 불운이었다.

"상준동 회장하고 약속할 때도 내가 갔는데, 이번에는 왜 안돼?"

다그치며 의심의 눈초리를 보내는 해미를 설득할 가능성은 없었다. 상선기와의 약속장소에 부득부득 같이 나가겠다고 우기는 해미를 결국 이길 수 없었다. 상선기는 진구와 같이 나온 여성의 존재에 의아해했지만 진구가 "직원입니다"라고 하는 말에 더 이상 신경 쓰지 않는 것 같았다.

"뒷조사에는 여자가 필요한 때가 있는 법이죠."

진구가 덧붙인 말이 남은 의심을 없애주었다.

진구가 커피를 한 모금 마신 다음 물었다.

"어떻게 저를 알고 전화하셨습니까?"

"김현욱 부장이라고 있습니다. 아버지 가까이서 일하면서 개인적인 일도 도맡아 해결하는 일종의 수행비서 같은 사람이죠. 아마 보셨을 걸로 압니다."

물론 잘 알고 있다. 조사 건으로 전화통화도 했고, 일종의 면접도 보았으며, 그날 상준동을 만났을 때도 사무실에 있었다.

"김 부장에게 물어보았습니다. 아버지가 조사를 의뢰한 사람이 누구냐고. 금방 알려주더군요. 하긴 내 말을 무시할 수 있는 사람은 회사에서 거의 없으니까요."

굳이 할 필요가 없는 말을 덧붙이고 있다. 특히 해미한테는 유치한 허세로 간주되고 있다는 걸 깨닫지 못했으리라.

"조사를 의뢰했다는 건 어떻게 알게 되셨어요?"

상선기는 상체를 앞으로 조금 구부렸다.

"역시 이런 일 하시는 분답게 의심이 많네요."

그는 커피를 한 모금 마시고 말했다.

"유연부 팀장의 조사를 의뢰받은 걸로 알고 있습니다. 최근에 아버지가 그 여자분에 대한 뒷조사를 하지 않았나 의심할 만한 상황이 있었고요. 김 부장에게 넌지시 물었더니 바로 털어놓은 거죠."

"저를 만난 용건은요?"

"어떤 조사결과를 일러바쳤는지 알고 싶어서요."

"조사결과를…… 왜요?"

상선기는 얼굴에 초조한 빛을 띠었다. 진구가 자꾸 캐묻는 품이 마음에 들지 않는 모양이다.

"유연부 팀장은 나하고 만나는 사이예요. 그래서 알고 싶을 뿐입니다."

"회장님한테 들으면 되지 않습니까?"

"알았어요."

상선기가 짜증스럽게 말했다.

"그냥 들려달라는 거 아닙니다. 페이 문제죠? 얼마면 돼요? 아니, 애초에 얼마에 조사를 의뢰받았습니까?"

상선기는 진구가 무언가 계산하며 미적댄다고 생각한 모양이었다. 이어 양복 안주머니로 손을 집어넣으며 말했다.

"아, 너무 부풀리진 말아요. 김 부장에게 물어보면 액수를 알 수 있으니까."

진구가 곤란하다는 듯이 팔짱을 끼었다.

"아드님은 유연부 씨라는 분하고 사귀고 있다. 그리고 회장님이 유연부 씨에 대한 조사를 의뢰했으면서 아드님한테 그 이야기를 하지 않았고, 그 결과도 이야기를 하지 않았다. 그런데 아드님께서는 회장님이 조사를 맡겼다는 사실을 넘겨짚었고, 어떤 조사결과를 일러바쳤는지 알고 싶어 한다. 그리고 그 결과를 회장님한테 묻지 못하고 조사를 의뢰받은 사람을 따로 불러서 내용을 묻고 있다. 이런 상황 아닙니까? 그렇다면 아마 회장님이 유연부 씨와의 결혼을 반대했고, 그러면서도 그 이유에 관해 납득할 만한 설명을 하지 않았거나, 아니면 유연부 씨를 따로 만나 결혼을 포기하도록 종용해서 유연부 씨가 변심했는데, 상실장님은 연유를 모르고 있거나, 둘 중 하나겠군요."

상선기는 그때까지 안주머니에 넣고 있던 손을 뺐다. 그리고 그제야 진구를 새삼스러운 눈으로 보았다. 그저 카메라 한 대 들고 남의 뒤를 졸졸 따라다니는 껄렁한 심부름센터 직원 정도로 생각했던 이 친구가 상황을 이해하는 솜씨가 남다르다는 걸 깨달은 것이었다.

"이유는 굳이 알 필요 없겠지요. 조사결과만 알려주면……."

"솔직히 말하죠. 의뢰는 거절했습니다."

"뭐라고요?"

"거절했다고요."

"왜 그런 뻔한 거짓말을……?"

상선기는 이해가 가지 않는다는 눈빛으로 진구를 바라봤다.

"거짓말 아닙니다."

"거절할 리가 없잖아요. 원래 돈을 받고 사건 조사하는 게 일이라면서요. 우리 아버지가 그런 데 돈을 아낄 사람도 아니고."

상선기가 눈을 희번덕거리다가 말했다.

"아예 입을 닫도록 계약이 된 겁니까?"

"안 믿으시네요. 그냥 싫어서 안 한 거예요."

"취미로 일하는 것도 아닐 거고, 프로가 싫어서 안 한다는 게 말이 됩니까?"

진구와 연부의 관계를 알 리 없는 상선기로서는 진구가 의뢰를 거절한 이유도 알 턱이 없다. 그러니 진구가 거짓말한다고 의심하는 것도 무리가 아니었다.

"상 실장님의 이 반응을 보니 회장님이 생각 이상으로 아주 강하게 반대하신 모양이군요. 뒷조사를 통해 무언가가 드러나지 않았다면 이렇게까지 반대하지 않을 텐데, 하고 생각하신 듯합니다. 하지만 저는 분명히 조사를 수행하지 않았습니다. 김현욱 씨가 상 실장님한테 거짓말을 할 위치에 있는 사람이 아니라면 사람을 따로 써서 한 것 같지도 않고요. 그렇다면 유연부 씨 측에 좋지 못한 사유가 발견되어서가 이유는 아닌 거겠지요."

"그럼 어떤 이유로?"

"거절의 이유는 유연부 씨에게 있는 게 아니란 얘깁니다."

"아니라면?"

"거절의 이유는 회장님한테 있는 거겠죠."

"아버지한테? 그건 무슨 의미요?"

진구는 후회했다. 굳이 할 필요가 없는 말까지 해버렸다. 연부를 마음대로 저울에 달고서 결혼 자격 운운하는 이 부자에 배알이 틀려서일까. 세속적인 욕심으로 연부에게 상처를 준 상 회장의 행태가 마땅찮았던 건지도 모른다. 당신 아들이 더 좋아한 여자야.

자꾸만 한쪽으로 흐르는 감정을 자각하자, 더 이 자리에 있어서는 안 될 것 같았다. 실언을 하지 않기 위해서라도 자리를 끝내야 했다.

"어쨌든 전 조사 안 했습니다. 믿든 말든 맘대로 하시고요. 오늘 내 시간 뺏은 값은 따로 안 받을 테니까 걱정 마시죠."

진구는 차갑게 말하고 일어섰다. 상선기는 이맛살을 찌푸렸지만 굳이 붙잡지는 않았다.

카페를 나와 거리를 걸으며 해미가 물었다.

"왜 그래?"

"뭐가."

"오늘 오빠 꽤나 공격적이더라."

"뭘 말하는 건데."

"상 실장인가 그 사람한테 말이야. 좋게 말해도 될 텐데 확 한마디 던지고는 일어나버리고."

"그랬나? 의뢰를 안 받았다는데 자꾸 의심해서 성질 났나봐."

진구와 해미는 조금 더 걸었다. 해미는 진구가 시선을 굳이 마주치려 하지 않는다고 느꼈다. 해미는 다시 말했다.

"수상해."

"또 뭐가?"

"유연부하고 사귀는 사이여서 그랬던 거 아냐?"

"사귀다니 뭔 말이야. 친구였다니까."

"상 회장이 문제가 있다는 식의 말을 한 거 말이야. 연부는 참 괜찮은 여잔데, 니들이 난리를 피워서 그런 거다. 뭐 그런 뜻이잖아."

"그게 그런 의미였나?"

"응, 그렇게 들렸어."

"상선기는 그렇게 듣지 않은 것 같은데."

"딴생각에 몰두했으니까."

"아니야."

"하여튼 평소의 오빠하곤 좀 달랐어. 예민했다고."

"해미 너가 예민한 거 같다. 빨리 가자."

진구는 딱히 용건도 없으면서 걸음을 재촉했다. 해미는 의심스러운 눈으로 진구를 뒤쫓았다.

상준동은 두 번째 아내 문동옥이 좋았다. 상선기에게는 계모가 되는데, 계모라고 하면 표독하고, 욕심 많고, 전처소생 아이를 학대하는 뻔한 이미지가 있지만 문동옥은 어디에도 들어맞지 않았다. 온순하고, 착했으며, 상선기를 성심성의껏 돌보았다. 하기야 상준동이 애당초 그런 여자를 아내로 고른 것이긴 하다.

그녀도 여자로서 욕심이 없을 수는 없다. 상준동과 사이에 딸이 한 명 있다. 상지연은 이제 겨우 열네 살이다. 영감이 주책이라며 농담 삼아 욕하는 이도 있지만 상준동은 손주 같은 이 딸이 눈에 넣어도 아프지 않을 정도로 사랑스러웠다. 그는 이 아내와 딸에 만족했다. 상선기는 머리가 굵어진 뒤엔 이 집안이 불편한지 따로 나가 살고 있다. 하지만 딱히 계모에게 반항하는 마음에서 그런 것 같지는 않았다.

상준동은 자신의 가정이 만족스러웠다. 자칫 잘못하면 못된 계모, 반항적인 전처 아들, 갈등, 상속다툼, 뭐 이런 것들이 줄줄

이 일어나고 상준동이 더 늙어 두 다리가 떨릴 때쯤이면 아귀다툼이 벌어지기 십상인 구성이지만, 이 정도면 정말 평화로운 가족이 아닌가. 상준동은 이 모든 게 우연의 산물이 아니라, 자신이 치밀하게 계산하고, 박력과 뚝심으로 밀어붙인 덕분이라고 내심 자부하고 있다. 가족은 핏줄이고, 그 인연은 우연이라지만 분명히 통제할 수 있다. 문동옥을 맞을 때 그랬고, 앞으로 며느리를 맞을 때도 그럴 것이다.

상준동은 상선기가 유연부를 깊게 사귀는 걸 알고서는 생각해보았다. 야심만만한 유연부가 며느리로, 상선기의 아내로 들어왔을 때 어떤 조화가 빚어질 것인가. 도무지 그림이 그려지지 않았다. 유연부의 두뇌와 의지에 맞설 만한 인물이 이 집안에 없었다. 결이 보드라운 문동옥은 유연부에게 어떠한 영향력도 미칠 수 없으리라. 아니, 유연부가 꼭두각시 같은 남편의 의붓어머니를 신경이나 쓸까. 하물며 어린 상지연은 어떻게 될까. 연부가 들어오면 풍파가 일어난다. 분명하다. 극단적으로는 상준동이 이룩한 모든 것이 사후에 유연부의 뜻대로 공중분해될지 모른다. 아니, 사후가 아니라 어쩌면 자신이 살아 있는 당대에 눈앞에서 벌어질 일일지도 모른다. 상속을 둘러싼 분쟁이 일어나고, 유연부는 너덜너덜해질 때까지 이 집안을 박박 벗겨낼지 모른다.

상준동이 거실 소파에 앉아 TV를 보고 있으려니 문동옥이 사과를 깎아 쟁반에 들고 왔다. 쟁반을 대리석 테이블에 놓은 문동옥은 상준동 옆에 앉아 걱정스럽게 말했다.

"선기 말대로 해주지 그래요."

벌써 오늘만 같은 이야기가 몇 번째다. 유연부와의 결혼 문제였다.

"걔는 안 된다고 했잖아."

상준동은 상아 포크로 사과를 하나 푹 찍어 입으로 가져갔다.

"선기 본인이 좋다는데."

"그 녀석 아직 어림없어. 여자 볼 줄을 몰라. 놀 줄만 알지."

"그 아가씨는 적당히 노는 상대는 아니잖아요."

"그래서 더 안 되는 거야. 만약 걔가 들어와서 이 집안을 휘저어놓으면 어떡할 거야?"

"회사에선 가장 가까이에 데리고 있으면서도 그렇게 못 믿으면 어떡해요?"

"그거하곤 다른 거라니깐, 글쎄."

상준동은 답답했다. 이 여자는 지나치게 순하고 착해서 세상 사람들이 다 자기 같은 줄 안다. 유연부인지 누군지가 상선기의 아내가 된다고 해서 무슨 차이가 있겠냐고 생각한다. 후환, 화근, 이런 말들을 알지 못하는 것이다. 상준동은 반복되는 이야기가 지겨워졌다.

"지연이는 어디 갔어?"

"과외 중이지, 어디 갔겠어요? 말 돌리지 말고요."

"공부 좀 그만 시켜. 쓸데없이."

"그 아가씨 다시 생각해봐요. 무조건 안 된다 그러지 말고."

상준동이 못 박듯이 말했다.

"다시 생각해도 안 돼."

"도대체 왜요."

"인간적인 감정보다는 야심이 훨씬 강한 애야."

"야심?"

"아니, 야심보다는 뭐랄까……."

상준동은 적당한 표현을 찾지 못해 눈을 굴리다가 말했다.

"그렇지. 별로 사람한테 관심이 없어. 그래서 업무엔 더 뛰어난 거겠지만. 다른 사람이 어떻게 되든지 무슨 생각을 하든지 전혀 개의치를 않아. 근데 그게 사귀는 선기한테도 그런 거 같단 말이야. 우리 집안에 들어오면 우리도 그렇게밖에 안 볼걸. 어떨 땐 내가 혀를 내두를 정도로 대담하고 비정해. 사람을 투자결정에 필요한 숫자 정도로밖에 생각 안 한다니까."

"설마. 당신 얘길 들으면 마치 그 아가씨가 무슨 대단한 악녀라도 되는 것 같아요."

"그런지 뭔진 몰라도, 우리 집안엔 안 맞아."

"그 아가씨가 그런 짓 하는 거 봤어요?"

"내 감이야, 감. 내가 사람 보는 눈 틀리는 거 봤어?"

"그냥 당신한테 비춰서 생각하는 거 같아요."

"뭔 말이야?"

"당신이 그런 사람이니까 남도 그럴 거라고."

"뭐? 내가 어때서?"

"가끔은 나도 못 믿는 거 같단 느낌이 들어서요."

서러움이 담긴 말투였다.

"지금 그런 얘길 왜 또 해!"

상준동이 버럭 소리를 질렀다. 문동옥이 찔끔해서 입을 닫았다. 반복되는 얘기였다. 아내인 자신 앞으로도 변변한 재산을 돌려놓지 않았다는 것에 문동옥은 늘 불만이었다. 상준동은 꺼내고 싶지 않은 화제였다.

"하여간, 행여나 선기한테 바람 넣지 마. 내가 완전히 끝내버렸으니까. 그게 당신한테도 지연이한테도 좋은 거야."

딸을 위한 결정이었다는 말이 그녀를 설득시켰을까. 문동옥은 더는 조르지 않았다. 상준동은 사과를 우적우적 씹으며 이내 60인치 벽걸이 TV 화면 안으로 빨려 들어갔다.

갑작스런 연부의 전화에 선기는 잔뜩 기대에 부풀었다. 목소리가 한창 서로 좋을 때처럼 나긋나긋하지는 않았지만 지난번처럼 싸늘하지도 않았다. 용건은 만나서 이야기하겠다고 했다. 헤어지자는 통보는 당연히 아닐 거다. 어쨌든 연부 입장에선 이미 헤어졌으니까. 최악이 경우의 수에서 일단 배제되는 만남이니, 선기는 고무될 수밖에 없었다. 그런데 연부 쪽에서 정한 만남의 장소가 의외였다. 데이트할 때 한 번 들른 적 있던 룸살롱 〈쁘아종〉이었다. 선기는 오랜 단골이었는데 하루는 술에 취해 연부를 데리고 간 적이 있었다. 여 종업원들이 꽤나 당황했지만 연부는 조금도 거리낌이 없었다. 그래서 더 자랑스러웠다. 그런데를 먼저 약속 장소로 고르다니, 황당하기도 하고 연부답기도 하다는 생각도 들면서 선기는 흐뭇해졌다. 어쨌든 은밀한 장소이지 않는가.

약속시각 저녁 8시, 예전 르네상스 호텔 사거리 뒤편으로 차를 몰았다. 집을 출발해서 람보르기니를 업소에 발레 파킹 맡길 때까지의 짧은 운행 거리 사이에 벌써 수십, 수백 개의 눈동자가 자신의 차를 훑었다. 선기는 무심한 듯 행동하면서도 은근히 시선을 즐겼다. 뿌듯했다. 그래서 더 이해가 가지 않았다. 남들은 눈으로나마 선망하는 이 차를 언제든 가질 수 있는데. 아니, 람보르기니뿐이랴. 이건 내가 줄 수 있는 것의 극히 일부에 불과하다. 대리석 저택도, 샤넬 재킷으로 가득 찬 옷장도, 주얼리 다발도, 아니, 하늘의 달도 팔기만 한다면 사줄 수 있다. 근데 왜 거절을? 그깟 아버지의 말 몇 마디 때문에 기분이 상해서?

지하로 이어지는 계단을 밟아 내려가자 밖에 나와 기다리고 있던 남자가 문을 열어주었다. 선기가 들어서자 얼굴을 아는 여종업원이 다가와 말했다.

"오빠 애인 먼저 와서 기다리고 있어."

"그래? 알았어."

여자가 비칠비칠 웃음을 흘리며 말했다.

"약간 똘기 있는 여자 아냐? 왜 이런 델 여자 혼자 오고 그래?"

"썅년아, 말조심해."

연부 앞에서는 한 번도 꺼내지 않았지만 입에 붙은 욕이 튀어나왔다. 여자는 샐쭉해져서 방 번호만 가르쳐주고는 후다닥 어디론가 사라져버렸다.

선기는 방문을 열었다. 연부가 커다란 방 한가운데 앉아 있었다. 퇴근하고 곧장 왔는지 근무할 때 입던 깔끔한 베이지와 감색 투톤 오피스 룩 그대로다. 왼쪽 다리를 오른 다리 위로 포개어 앉아 있다. 스커트가 무릎 위로 잔뜩 올라갔고 팽팽한 살색 스타킹으로 감싸인 종아리는 긴장된 곡선을 그리고 있다. 선기가 가장 좋아하는 옷차림과 자세였다. '야한 모범생'의 이미지랄까. 선기는 항상 그 옷차림 그대로 연부를 넘어뜨리고 싶었다. 다른 여자를 상대로는 얼마든지 이루어졌던 판타지지만, 연부한테는 감히 시도조차 하지 못했다. 그녀는 항상 목마르게 했다.

테이블에는 벌써 로열 살루트 21년산 병이 4분의 1쯤 비어 있었고, 과일과 마른안주 그리고 복어 회 접시가 안주로 나와 있었다.

"여기서 식사까지 하는 거야?"

방에 들어선 선기는 일부러 가벼운 투로 말을 던졌다. 연부는 선기를 보며 웃었다. 오랜만에 보는 연부의 미소에 선기의 가슴이 뛰었다. 선기는 감정의 동요를 굳이 숨기며 연부의 옆자리에 가 앉았다. 연부가 잔을 채워주었다.

선기는 연부의 눈치를 보면서 술을 들이켜기 시작했다. 용건을 묻지는 않았다. 연부가 만나자고 했으니 먼저 용건을 꺼내리라. 선기는 기다렸다. 하지만 연부는 선뜻 이야기를 꺼내지는 않았다. 그저 인사말처럼 가볍게 말을 던졌다.

"요새 얼굴 살이 좀 빠졌네."

"너 때문이지. 몰라서 묻는 거야?"

연부는 빙긋이 웃기만 했다. 그러고는 처음 만났던 때부터 선기와의 추억들, 자신이 받은 선물 이야기 같은 엉뚱한 화제를 이것저것 꺼냈다. 선기는 의아했지만 이야기에 몰입했다. 한참 그런 대화가 이어졌다. 그러다보니 사이가 좋던 예전으로 돌아간 착각이 들기도 했다. 이렇게 그냥 회복되는 걸까? 기대도 은근히 들었다. 둘의 헤어짐에 관한 것을 제외하고는 무엇이든 화제로 떠올랐다. 그러다 연부가 말했다.

"회장님한테 물어봤지?"

"뭘."

"왜 나를 싫다고 했는지 말야."

선기는 잠시 할 말을 잃었다. 마음이 서늘해졌다. 연부는 속일 수 없다. 문득 김진구가 떠올랐다. 그 녀석도 상황을 단번에 파악해냈지.

"무슨 이유가 있겠어? 회사의 인재를 잃을까봐 그런 거지. 연부를 며느리로서 집안에 들여놓기보다 팀장으로서 더 써먹고 싶은 거야."

"그런 헛된 말 말구."

연부는 차분하게 말했다. 선기는 더 이상 허망한 말로 가라앉아가는 분위기를 끌어올릴 의욕을 잃었다.

"회장님…… 절대 생각이 바뀔 분 아니야."

"하지만 이건 회사 일이 아니라 내 일이야. 연부 너만 마음이 변하지 않았으면 내가 얼마든지 돌려놓을 수 있어. 아니, 돌려

놓겠어."

선기는 조급한 음성으로 말했다. 연부는 고개를 절레절레 흔들었다.

"오빠도 알잖아. 회장님이 설득당하는 분 아니란 거."

선기는 말을 하려다 말고 침을 삼켰다. 왠지 변명조의 말이 나올 것 같아서였다.

"나하고 결혼하고 싶어?"

연부가 고개를 들고 물었다.

"물론. 나 프러포즈 한 거 첨이야. 믿어줘."

선기는 자신의 가슴을 거칠게 쳤다.

"하지만 그랬다간 당장 회사에서 내쫓길걸."

"내 발로 나갈 거야. 그딴 거."

"그렇다고 제이디애셋을 버릴 순 없지. 그건 바로 오빠 그 자체니까."

선기는 연부 앞에서 더 이상 뻔한 허세를 부릴 수 없었다. 그건 오히려 경멸을 부를 것이다. 방 안에 침묵이 찾아들었다. 옆방의 전자기타 소리가 벽을 타고 넘어왔다. 선기는 그 잠깐 동안의 적막이 못내 참기 힘들었다.

"나 회장님이 싫어졌어."

연부는 혼잣말처럼 내뱉고서 스트레이트로 한 잔을 쭉 마셨다. 선기는 뭐라 할 말을 찾지 못했다. 그는 연부를 잘 알았다. 그녀는 자신을 좋아하지 않는 누군가를 좋아할 여자가 절대 아니었다. 이를테면 의도적인 무관심이나 공격성으로 그녀의 주의를 끌려는 유치한 시도 따위는 씨알도 안 먹히는 여자였다. 오로지 철저한 관심과 애정, 돌봄. 그것만이 그녀의 마음을 조금이라도 붙잡을 수 있는 가능성이 있는 행동들이었다. 상준동이 연부를 며느리로서 싫다고 했다면 그게 어떤 이유에서든 연부를 돌이킬 수 없는 곳으로 보내버렸을 수 있다.

연부는 잔을 놓고 몸을 돌려 백을 뒤적뒤적했다. 가방 안에서 손바닥 크기보다 조금 작은 상자를 꺼내 테이블 위에 놓았다. 직사각형 모양의 새빨간 상자였다. 선기는 이해할 수 없는 연부의 행동에 의아한 눈길을 보냈다.

"이건 뭐야?"

선기는 상자를 열었다. 비닐봉지가 들어 있었다. 선기는 봉지를 들고 입구를 열었다. 잘게 부서진 녹차 잎 같은 것이 가득 들어 있었다. 냄새를 맡아보았다. 풀 냄새가 났다. 선기는 상자를 다시 탁자 위에 내려놓으며 물었다.

"허브차야? 이런 걸 왜 갑자기?"

"허브차 아니야."

"뭔데, 그럼?"

"웰위치아라는 식물의 잎이지."

"웰……치? 무슨 주스 이름 같네."

"사막에서만 자라는 식물이야. 수명은 천 년쯤 돼."

"꽤 희귀한 물건인 모양인데, 비싼 건가봐?"

선기는 의아한 시선을 거두지 못했다.

"돈으로도 살 수 없지. 내가 사막에서 직접 가져온 거야. 중학교 3학년 때 사막엘 간 적이 있었거든."

"너 참 별 희한한 델 다 다녔다."

연부는 가늘고 긴 팔을 내밀어 선기의 턱을 한 번 스윽 쓰다듬었다. 선기는 마치 자신이 어린아이가 된 기분이었는데, 나쁘지 않았다.

"이걸 회장님 사무실의 차 통 안에 넣어놔."

"왜."

"독풀이거든."

"뭐?"

잠시 핑크빛 무드에 휩싸였던 선기는 화들짝 깨어났다. 연부는 마치 국어문제를 설명하는 선생님처럼 담담하게 말했다.

"회장님은 사무실에 온갖 종류의 차를 구비해놓고 수시로 내려 드시잖아. 그중에서도 파란색 도자기 통 안에 든 보이차를 제일 즐겨 드시거든. 그 통 안에 이걸 적당히 부수어서 섞어놔. 그럼 절대 모를 거야. 이건 심장에 부하를 걸어서 즉사시키는 강력한 독성분이 있어. 회장님이 심장 쪽에 지병이 있잖아. 어느 날 돌연 심장문제, 이를테면 심근경색이나 그런 진단명으로 돌아가셔도 아무도 의심을 품진 않을 거야. 우리나라에선 이 풀을 아는 사람도 없고, 보고된 독풀이 아니니까 검사해도 성분은 안 나올 거고. 정 켕기면 주치의한테 오빠가 잘 이야기해서 심장병 사망으로 확인서 받으면 돼. 아들이 그렇게 해달라는 데야, 어떡하겠어? 설마 살인자로 의심하겠어?"

상선기는 얼굴이 붉으락푸르락해졌다.

"장난하는 거야, 뭐야!"

"잘 들어."

연부는 침착했다.

"부동산은 몰라도 회장님 유동자산 대부분은 내가 알고 있어. 회사 재산이 아니더라도 내가 관리를 하고 있으니까. 사모님은 부부니까 그렇고 상지연은 아직 미성년자여서 오빠 앞으로 차명계좌를 쓰고 있거든. 그게 이번에 '슬럼킹'이라는 카지노용 게임기 회사 투자 건에 대부분 투입돼. 회장님이 욕심을 좀 부리신 거야. 회사 돈 말고 개인 계좌로 투자해서 잭팟을 터뜨려 보겠다는 생각이신 거지. 그런데 그게 실은 굉장히 위험한 투자거든. 아니, 실은 위험한 정도가 아니라 거의 확정적인 손실로 뛰어드는 길이라고 난 봐. 개인적인 정보루트도 좀 있고, 그렇지 않더라도 너무나 리스크가 큰 투자야. 내가 말렸는데, 소용이 없어. 한번 마음먹으면 죽이 되든 밥이 되든 밀어붙이는 분이니까. 더구나 회사 일도 아니고 회장님 개인 투자라는 데야 내가 간섭할 수가 없잖아. 이게 뭘 말하는지 알겠어? 그거 날리면 오빠 계좌의 돈은 말끔히 사라진단 거야. 어차피 유산은 법에 따라 분배되겠지만 회장님이 지금 쓰러지면 차명계좌의 막대한 돈은 모조리 명의자인 오빠가 독차지하게 돼. 하지만 이대로 두면 엉뚱한 회사가 차지하고, 그 돈은 허공에 한 줄기 바람으로 흩어지는 거지. 그런 상황이야."

선기의 목과 관자놀이에 핏줄이 일어섰다.

"보자 보자 하니까……. 나한테 지금 아버지를 죽이란 거야?

이 미친!"

"흥분하지 마. 아니, 흥분하는 척하는 것 같은데?"

"너 정말 농담 아니구나."

선기가 조금 톤을 가라앉혔다.

"농담일 리가 없잖아."

"그럼 왜 네가 직접 안 해?"

"난 이해관계가 없어. 그건 회장님 개인 투자고, 설사 우리 회사가 없어져도 딴 직장 구하면 돼. 오라는 데가 좀 있거든. 하지만 오빠 다르지. 올 오어 나싱인 상황이니까. 난 지금 오빠가 처한 상황을 알려주고 선택하고 판단할 기회를 주려는 것뿐이야. 오빠가 결정해."

"내가 할 거라고 생각해?"

"몰라. 그냥 알려는 줘야 할 것 같아서. 하면 얻는 건 좀 있겠지. 돈, 회장이라는 지위, 그리고 나. 안 한다 해도 얻을 건 있어. 어차피 얼마 안 남은 회장님의 여명 확보, 그리고 효자라는 명예."

선기는 한동안 연부를 노려보았다. 입술이 실룩실룩했다.

"이런 쓰레기 같은!"

선기의 목소리가 올라가다가 치민 울화에 턱 막혔다.

"말조심해. 난 오빠의 실리를 위해 터놓고 얘기하는 중이야. 독초까지 가져다주면서 안전한 방법을 가르쳐줬어. 나도 착한 척이라면 얼마든지 할 수 있어. 그래도 한때 인연을 생각해서 내 체면 내던지고 이렇게까지 말하는데, 오빠가 나한테 그런 막

말을 해서야 되겠어?"

"시끄러, 이 미친년아!"

선기는 결국 참지 못하고 거친 말을 내뱉었다. 옆방에서 여전히 울리는 밴드의 연주소리가 선기의 고함을 삼켰다. 선기는 화가 머리끝까지 났다. 그러면서도 마음 한구석에 연부가 이런 욕설을 듣고 그저 가만히 눈물만을 삼킬 여자가 아니란 생각이 스쳤다.

연부는 뚫어져라 선기의 노기 띤 눈을 들여다보았다. 선기도 마주 보았다. 그렇게 몇 초의 시간이 흘렀다. 연부가 말했다.

"니 똥구멍은 스스로를 입이라 생각하는 모양이구나."

"뭐?"

선기는 잠깐 그 의미를 생각했다. 곧 그의 얼굴은 순식간에 시뻘겋게 달아올랐다.

"이 씨발년이!"

선기는 벌떡 일어났다. 그 기세에 테이블 위에 놓였던 2리터 생수병이 쓰러져 물이 질펀하게 흘렀다. 선기는 연부에게 덤벼들었다. 연부는 어느 틈엔가 이미 손을 백 안에 집어넣었는데, 선기가 덤비는 순간 손을 휙 꺼냈다. 손에는 네모나고 조그만 기계가 들려 있었다. 연부는 눈앞까지 다가온 선기의 턱 밑에 그것을 들이밀었다.

선기는 멈칫했다. 무언지 정확히 보지는 못했지만 연부가 이 장소에 갖고 있기에는 너무나 생경한 물건이었고, 분명 위험해 보였다.

다음 순간 알아차렸다. 영화에서나 보던 테이저건이었다.

연부는 팔의 방향을 바꾸어 테이블로 향했다. 선기가 쓰러뜨린 생수병에서 물이 콸콸 쏟아져 탁자 위에 작은 시내를 이루고 있었다. 연부는 테이저건을 물에 갖다 댔다. 치직 소리가 나며 표면에 새파란 전기의 파장이 일었다.

선기는 새파랗게 질렸다. 마치 자신의 몸에 고압전류가 흐른 듯 몸을 부르르 떨었다.

"이거 니 물건에 갖다 대면 감전된 채 발기해서 3일간은 죽지 않아. 3일을 넘기고도 죽지 않으면 괴사가 시작되지. 해볼까."

선기의 아래턱이 덜덜 떨렸다. 연부는 경멸이 서린 눈으로 선기를 노려보았다.

"신사인 척하지만 말이 막히면 결국 기대는 건 폭력. 뻔하고 질린다. 너 같은 양아치들 땜에 내가 귀찮게 이런 걸 갖고 다녀야 해."

선기는 눈의 초점을 완전히 잃어버렸다.

"알았어. 그럼 오늘 이야기는 취소야. 이건 내가 다시 가져갈게."

연부는 테이블 위에 놓았던 상자를 휙 집어서 백에 도로 넣었다. 여유로운 몸짓으로 일어서더니 힐 소리를 또각또각 울리며 룸을 나갔다.

선기의 몸은 소파에 걸쳐놓은 빗자루처럼 축 늘어졌다. 선기에게 늘 환상을 심어주던 연부의 하이힐 소리가 이때만은 가슴에 서늘한 발자국을 남기고 있었다.

다음 날 아침 10시 조금 넘은 시각. 상준동은 평소보다 조금 일찍 출근했다. 오늘도 운전기사 장효준이 21층 엘리베이터까지 동행해서 문을 열어주었다. 상준동은 복도를 걸어 사무실로 향했다. 문은 열려 있었다.

"회장님, 안녕하세요."

연부가 생긋 웃으며 일어나 인사했다. 황다온도 같이 일어나 인사했다.

"어, 안녕."

상준동은 오른팔을 가볍게 들어 보였다.

여느 때와 다름없는 출근길이다. 상준동은 지구의 자전처럼 꼬박꼬박 돌아가고 있는 자신의 일상에 스스로 만족하며 방으로 들어섰다.

옷을 걸어놓고 다기를 꺼내 보온병에서 뜨거운 물을 내려 담았다. 차가 우러나기를 기다리며 어젯밤 일을 떠올렸다.

9시 뉴스가 끝나고 드라마에 한창 빠져 있는 시간, 상선기가 집에 불쑥 찾아왔다. 술에 취한 그를 보고서 문동옥은 과일을 깎아 오겠다며 부엌으로 사라졌다. 상선기는 거실에 앉자마자 다그치듯 물었다.

"슬럼킹이라는 회사에 투자할 거라면서요?"

"그래."

"위험한 사업이라면서요."

"어디서 뭔 소리를 들었냐?"

"나도 듣는 게 있습니다."

"네가 웬일로 그런 일에 관심을 가지냐?"

상선기는 명색이 실장이지만 대외적으로 내보이는 직함에 불과했다. 자리는 있지만 제대로 출근을 하지 않았고 뚜렷하게 맡은 일도 없었다. 회사의 투자는 내부의 전문가들이 알아서 하고 있다. 사업과 재무를 분석하고, 앞날을 예측하며, 필요하면 회사 방문도 한다. 상선기가 끼어들 수 있는 일이 아니다. 그저 상준동에게서 큰 그림을 보는 법을 배우고 훗날 경영자로서 자리에 올라 관리만 하면 될 일이다. 그도 저도 안 되면 자산만 고스란히 물려받아도 평생 부자로 놀고먹을 수 있다. 그런 상선기가 개별 투자 건에 관심을 두고 있으니, 별일이긴 했다. 더구나 이건 상준동이 개인적으로 계획하고 있는 투자였다.

"왜 하필 그런 데다 돈을 박아요? 한 방에 갈 수 있는 게 투자 아닙니까."

"뭘 안다고 나서! 투자란 건 원래 위험한 거야. 그리고 그건 내가 최종 결정했어."

"그럼 아버지 돈으로 하세요."

"내 돈으로 하지, 그럼. 내가 사채 빌려서 하냐?"

"내 명의 계좌는 건드리지 마시라고요."

"뭐? 니 계좌? 니 계좌가 어딨어!"

"난 절대 동의 못 해요. 내 명의면 나도 권리가 있습니다!"

상준동은 상선기를 화난 눈으로 노려보다가 말했다.

"유 팀장이 그러더냐?"

"아뇨! 내가 연부 아니면 그런 일 알 데가 없습니까!"

"이 자식이, 어디서!"

상준동이 눈을 부릅떴다. 그 기세에 상선기가 찔끔했다. 하지만 눈동자는 여전히 곧 벌어질 석류처럼 빨갛고 팽팽했다. 문동옥이 과일을 내와서 거실 소파에 앉으려다 상선기의 날 선 모습을 보고는 슬그머니 부엌으로 다시 사라졌다.

"너 아직도 유 팀장하고 만나는구나."

상준동에게는 상선기가 들고 온 투자니 뭐니 하는 용건보다 이 부분이 훨씬 중요했다.

"아뇨, 안 만납니다. 연부가 안 만나줘요."

상준동은 느긋하게 딸기를 하나 집어 입에 넣었다.

"만족하세요? 아버지가 관계를 끊으려고 연부 뒷조사를 시키신 것도 다 압니다."

"뒷조사?"

"모를 줄 알았습니까? 김진구인가 하는 인간한테 맡겼잖아요. 도대체 무슨 얘기가 나온 겁니까?"

"제법인데. 그런 것도 알아내고. 너도 아주 멍청한 놈은 아니었구만."

"비꼬지 마세요!"

상준동의 눈꼬리가 올라갔다.

"이 자식이 어디서 자꾸 소릴 질러! 내 눈앞에서 술 처먹고 주정하는 꼴은 못 봐줘!"

상선기는 말소리를 낮췄다.

"그럼 그것만 얘기해주세요. 유연부는 대체 어떤 여잡니까?"

"니가 더 알지, 내가 알겠냐."

"뭔가 있었으니까 결혼을 반대한 거잖아요."

상준동은 상선기의 말과 태도에서 이상한 느낌을 받았다. 결혼 반대에 대한 단순한 항의와는 다른 뉘앙스.

"유 팀장이 뭔가 이상하더냐?"

"……."

"너한테 뭐라 그래?"

"아뇨. 그냥 궁금할 뿐입니다. 나도 모르는 부분이 있을 수 있으니까요."

"그러냐."

상준동은 등받이에 몸을 기대며 말했다.

"뒷조사는 안 했다."

"예? 정말요?"

"김진구라는 그 친구가 거절했어."

"왜 거절을 해요?"

"그냥 그런 일은 하고 싶지 않다고 그랬어. 한번 거절당하고 나니깐 다른 데 의뢰하기도 그렇고 해서 더 안 했다."

차라리 직접 이야기하는 게 낫겠다는 판단을 했다는 말까지는 하지 않았다.

"거절한 게 사실이라고요?"

"왜, 너 김진구를 만났냐?"

상선기는 대답이 없었다. 한동안 멍하니 늘어져 있던 상선기는 얼마 후 주섬주섬 옷을 챙겨서는 자신의 집으로 돌아가버렸다.

전날 그런 일이 있었으니 상준동은 이날 출근하면서 미심쩍은 느낌을 가질 수밖에 없었다.

연부가 아직도 아들한테 영향력을 미치고 있는 게 아닐까? 억하심정에 선기한테 뭔가 이상한 말을 한 걸까? 뒤에서 다른 일을 꾸미고 있는 건 아닐까? 선기가 어젯밤 술에 취해 달려들게 한 뭔가를?

사무실을 들어서며 평소와 다름없이 가볍게 인사하고 연부를 지나쳤지만 실은 연부의 기색을 주의 깊게 살폈다. 연부는 변함이 없었다. 정확한 타이밍에 일어섰고, 상냥하게 웃었으며, 밝게 인사했다. 태엽이 풀리며 걸어가는 인형처럼 예정된 동선만을 따랐다. 턴테이블의 바늘 끝만 한 흔들림도 없었다.

만약 선기와 어제 모종의 트러블이 있었다면 자신의 반응을 의식할 테고 그것은 드러난다. 그리고 둔한 것 같아 보여도 평생을 미묘한 투자와 인간을 판단하며 단련되어온 상준동의 눈에는 포착된다. 자신을 의식하는 자의 시선을 의식하지 못할 리가 없다. 연부는 겨우 이십대 중반에 지나지 않는다. 아무리 수리통계학에, 투자판단에 냉철하다 한들 마음의 동요와 긴장을 자신에게 숨길 수 있을 리가 없다. 그런데 오늘 아침 연부의 이 냉정함과 차분함을 보면 그렇지 않은 것 같다. 만약 그렇다면, 생각보다 훨씬 무서운 여자일 테지.

상준동은 쓴 차를 한 모금 들이켜고는 곧 생각을 털어버리고 신문을 집어 들었다.

"왜 또 만나자고 하셨습니까?"

진구는 눈앞의 상선기를 보며 경계심을 거두지 못했다. 전화를 걸어 만나자고 하는 걸 몇 번이나 거절했다. 그래도 굳이 바득바득 약속을 정하자는 통에 결국 나올 수밖에 없었다. 연부의 일일 거라는 추측도 알게 모르게 작용했다. 전화를 받을 때 다행히 옆에 해미가 없었기에 이번에는 혼자 나왔다. 친하지 않은 남자 둘이 앉아 있기엔 리츠칼튼의 바는 다소 부담스러웠지만 상선기는 신경 쓰는 것 같지 않았다. 아마 선기는 진구와 연부의 관계를 모르고, 진구는 선기와 연부의 관계를 의식하고 있는 탓이리라.

"단도직입적으로 말하겠습니다. 유연부 씨에 대한 조사를 의뢰하고 싶어서예요."

진구는 술잔을 만지작거렸다. 의외의 제안이었다. 적어도 상선기한테서 받으리라고는 생각지 못한 의뢰였다. 상준동은 며느리로 거절할 명분을 찾기 위해서라지만, 연부와 사귀는 사이라는 상선기가 의뢰하는 이유는? 상준동이 이미 그에게 명백히 반대의 뜻을 밝힌 상황으로 아는데, 굳이 상선기가 연부의 실체를 알고 싶어 하는 이유가 있을까? 혹시 결혼할 수 있는 쪽으로 상황이 전개된 건가? 순간적으로 여러 상상이 떠올랐고, 진구는 이유를 묻고 싶었지만 그렇게 할 수는 없었다. 일단은 의뢰 자체를 받아들일 것인지, 이야기를 거쳐야 한다.

"유연부 씨의 조사라면, 지난번에 상 실장님의 아버님이 의뢰하신 걸 제가 거절했다고 말씀드렸을 텐데요."

"그건 우리 아버지의 의뢰였고, 이번은 내가 하는 거예요."

"제가 거절했다는 걸 이제는 믿으시는 모양이죠?"

상선기는 고개를 끄덕였다. 진구가 말했다.

"어쨌든 의뢰 내용은 같지 않습니까. 다른 분이 의뢰한다고 해서 내가 맡을 이유가 있겠습니까?"

상선기는 어깨를 움츠렸다.

"두 배를 주겠습니다."

"두 배라……. 실은 그때 상 회장님이 제시한 액수를 듣지 못했어요. 그 전에 거절했거든요."

"얼마면 되겠어요?"

"왜 굳이 저한테 맡기려고 하십니까? 뒤따라 다니면서 사진 찍는 일쯤은 누구라도 할 수 있을 텐데요."

"김현욱 부장한테 들었어요. 일을 잘한다고. 그냥 심부름센터 같은 정도가 아니라 하나의 작품을 만들어 온다, 뭐 그렇게 평가하더군요. 내가 지난번에 김진구 씨를 만났을 때도 그런 인상을 받았어요. 이 사람에게는 일을 맡겨도 좋다는 느낌. 내가 공부는 많이 안 했지만 그런 감은 좀 있거든요."

"그런가요."

진구는 술잔을 또다시 만지작거렸다. 17년산 스카치가 가득 차 있지만 왠지 마실 기분은 들지 않았다. 상선기의 제안도 상준동과 만났던 때처럼 단칼에 거절하려 했다. 하지만 왠지 일이 복잡해질 것 같은 예감이 들었다. 상선기의 태도로 보았을 때, 진구가 거절하면 분명히 다른 사람을 고용할 것 같았다. 그건 좋지 않아 보였다. 연부를 보호해야 할 것 같은 기분이 들었다. 하지만 그건 깊은 의식 속에서였고 진구의 표면적 의식은 애써 그 마음을 부정하고 있었다.

이왕 누군가 할 거면 내가 하는 게 낫겠지. 그런 생각도 얼핏 스쳤다. 진구는 이야기를 조금 더 들어보고 싶어졌다.

"이유는요?"

진구는 술잔에서 시선을 떼지 않고 물었다.

"이유는……."

이유를 묻는 진구의 말에 상선기는 반가워하며 말머리를 열었다. 이유를 묻는 건 수락을 전제로 하는 걸 테니까.

"어쩌면 이 여자가 조금 위험한 여자는 아닐까 하는 생각이 들기 시작했거든요."

"위험한 여자?"

"아버지는 이 결혼을 반대해요. 하지만 난 아내로 얻고 싶어 하고요. 지금도 그 마음은 변함이 없지만, 문득 그런 생각이 들었습니다."

"위험하다."

진구는 상선기의 말을 곱씹다가 고개를 들었다.

"그런 생각을 하시게 된 계기가 있었습니까?"

"아니, 특별한 일이 있었던 건 아니에요. 그저……."

상선기는 술을 휙 들이켜 잔을 비웠다.

"어떤 여자인지 좀 알고 싶어졌어요. 아, 무슨 과거를 캐달라는 이야기는 아닙니다. 과거의 남자? 뭐 그런 거 관심 없어요.

지금, 현재가 알고 싶어요. 무슨 일을 꾸미고 있는지, 어떤 사람을 만나고 있는지, 가능하다면 지금 무슨 생각을 하고 있는가 하는 것까지도요."

"어렵군요. 무슨 생각을 하는지를 알아내라니. 그런 일을 할 수 있는 사람이 있겠습니까? 저를 무슨 정신분석가로 여기시는 겁니까?"

상선기는 오른손으로 자신의 가슴을 툭 건드렸다.

"내가 알고 싶은 건 여기가 아니에요."

그는 이어 자신의 오른쪽 머리 부분을 툭 쳤다.

"내가 알고 싶은 건 이쪽입니다. 그리고 이쪽 이야기는 겉으로 얼마든지 드러난다고 봐요."

"어떻게요?"

"이를테면 개인적인 영역에서 말이죠. 통화내역, 은행계좌, 이메일이나, 컴퓨터에 저장된 자료 같은 것들."

"그런 거라면 경찰이 해야겠죠. 아니면 해커를 고용하든가. 전 그런 능력은 없습니다."

"경찰에 신고할 거리는 없어요. 그리고 해커는 컴퓨터를 들여다볼 수는 있어도 그걸로 그 사람의 생각을 읽는 건 별개 문젭니다."

"정확히 제게 뭘 원하시는지 모르겠네요."

진구는 고개를 들어 상선기를 쳐다보았다. 상선기가 연부를 그렇게 생각했듯, 진구는 상선기가 조금은 위험한 인물이라고 생각하기 시작했다.

"해커를 원한다면 데려다줄 수 있어요. 내가 원하는 건 개별적인 해킹이 아니에요. 김진구 씨가 그런 방법들을 동원해서 유연부라는 인간 전부를 알아내주길 바라는 겁니다."

"유연부라는 인간의 전부라니, 절 너무 과대평가하시는데요. 그런 걸 할 능력은 없습니다."

상선기는 입가를 실룩거리며 웃었다.

"내가 좀 과장되게 말한 것 같네요. 그런 심층적인 연구 같은 걸 바라는 건 아니고요. 이렇게 고쳐 말해보죠. '유연부라는 사람과 가까워지려는 사람이라면 반드시 알아야 할 그녀에 관한 것' 이러면 어떨까요? 좀 조사 범위가 좁혀지려나?"

"상 회장님한테 제가 의뢰를 제안받을 때와 비슷한 말씀을 하시네요. 물론 상 회장님은 아무래도 조사결과가 어떻든 이 결혼을 반대할 의지를 갖고 계셨던 것 같습니다만."

"그래요. 아버지가 직접 유연부 씨한테 결혼시킬 수 없다고 말을 했죠. 유연부 씨도 받아들였고요."

"두 분 사이에 몰래 어떤 거래가 있던 건 아닐까요?"

상선기가 피식 웃었다.

"돈 같은 거 말입니까? 그런 드라마 같은 상상은 관두시죠. 내가 아버지를 알고 연부를 압니다. 그런 거래는 두 사람의 자존심이 허락하지 않아요."

진구도 알고 있다. 연부가 돈을 받고 마음을 바꾸다니, 있을 수 없는 일이다. 세월이 그녀를 어떻게 변하게 했을지 모르겠지만 적어도 그 시절의 연부라면. 상준동은 첫인상 때 받았던 그

대로 결혼 반대의지를 무식한 방법으로 밀어붙인 모양이다. 상
준동이 거부하고 연부도 마음이 돌아섰다면 이 결혼은 불가능
하다. 그 결과는 왠지 안심이 되는 것이었지만 가슴 한구석에
어떤 애잔함이 젖어들었다.

진구가 알던 연부는 이런 취급을 당할 아이가 아니었다. 누구
나 만나고 싶어 했고, 친구가 되고 싶어 했다. 선생님들의 자랑.
친구들의 선망. 상선기 같은 남자가 돈의 힘이 아니라면 연부를
차지한다는 건 꿈도 못 꿀 일인데. 그 아버지는 자기가 대놓고
거절했다. 아들은 뒷조사를 하려 한다. 잡새로부터 조롱당하는
공작새. 마음이 불편했다. 해미가 당했어도 기분이 이럴까? 진
구는 마음으로부터 대답을 듣기 전에 머리를 흔들어 생각을 지
웠다. 진구는 술을 쭉 들이켰다.

"아무튼 이해가 잘 안 가네요. 유연부 씨가 위험한 여자라는
생각을 하신다고 했잖습니까. 그 정도면 이미 신뢰가 끊어진 것
처럼 보이는데요. 게다가 나 같은 사람한테 조사를 부탁할 정도
면 불신의 도가 선을 넘어선 거라고 해야 되지 않겠습니까. 곁
에 두지 않으면 될 거 아닙니까. 실례되지만 단지 사랑이라는
감정 때문에 그러시는 것 같지도 않아 보이고……."

상선기의 표정이 굳어졌다.

"그런 건 물을 필요가 없겠죠."

진구의 말에 대한 마땅찮은 감정이 역력하게 묻어 나왔다.

"그렇지 않나요? 유연부 씨와 인연을 끊으면 될 텐데요."

진구는 한 번 더 밀어붙였다. 상선기는 감정이 상한 듯 물

었다.

"할 겁니까, 말 겁니까?"

감정의 기복이 심한 남자다. 필요에 의해 진구를 불렀지만 진구가 그 일을 할 유일한 사람은 아니다. 수틀리면 금세 자리를 걷어차고 나갈 인간이다. 그리고 지금 상선기는 비위가 살짝 상해 있다.

진구는 시간을 벌려는 듯 술잔을 스스로 천천히 채운 다음 잔을 들고 입으로 가져갔다. 조금씩 기울여 잔을 끝까지 비우고는 조용히 탁자에 내려놓았다.

마음에서 어떤 끈 같은 것이 툭 떨어져 나갔다. 그게 무언지, 왜인지는 알 수 없었다. 알고 싶지도 않은 기분이었다. 진구는 상선기와 눈을 정면으로 맞추었다.

"안 합니다."

상준동은 기흥 골드 CC에서 라운딩을 마치고 집으로 돌아오는 길이었다. 늘 하던 대로 사우나를 마치고 데워진 몸으로 근처 한정식 집에서 식사를 하며 맥주와 소주, 사이다를 섞은 술이 몇 잔 오간 상태라 적당히 취했다. 그는 뒷좌석 오른편에서 엉덩이를 앞으로 쑥 빼고 뒤통수를 등받이에 기댔다. 앞좌석에 그의 짧은 다리가 거의 닿지 않을 만큼 리무진의 허리는 길었다. 차 안에 술 냄새가 가득 찼다. 장효준은 조금도 찡그리지 않고 차분하게 운전대를 돌리고 있었다.

"장 기사."

상준동이 혀 꼬인 소리로 불렀다. 장효준은 뒤돌아보지 않고 "네" 하고 대답했다.

"자네도 자식이 있나?"

"있기는 한데, 멀리 있죠."

"멀리 어디?"

장효준이 조선족인 걸 잘 알면서 배려 없는 질문이었다. 장효준은 이맛살을 살짝 찌푸리고 멈칫했다가 대답했다.

"중국에요."

"좋겠네. 같이 살아봐야 애만 먹여."

상준동은 역시 무신경하게 말했다.

장효준은 대구하지 않았다. 가족이 떨어져 사는 비애에 대해서는 눈곱만큼도 생각해보지 않는 상준동에 대한 반발에서인지도 몰랐다.

"요새 애들은 나이 먹어도 다 애기야. 우리 땐 안 그랬잖아. 스무 살만 넘으면 어른이었어. 돈도 벌고 군대도 가고 집안일을 다 책임졌지. 안 그래, 장 기사?"

마치 푸념하는 것 같은 말투였다. 장효준은 묵묵히 운전대를 돌리다가 물었다.

"상 실장님 이야깁니까?"

"그래, 상 실장, 상선기 말이지."

"회장님 맘대로 잘 안 되는 모양이죠?"

"내가 시키는 대로만 하면 지 인생 탄탄대로인데. 어리석은 놈."

"결혼 문제를 말씀하시는 겁니까?"

"내가 유 팀장 만나지 못하게 했다고 요새 불만이 많아."

"회장님이 나서서 말리셨던 모양이죠?"

상준동이 허리를 바짝 세우고 앞좌석 헤드레스트를 손으로 붙잡으며 말했다.

"그래. 유 팀장 만나서 단호하게 말했어. 내가 괜히 이리저리 둘러서 말하는 사람 아니잖아? 넌 내 아들의 짝이 아니다. 널 며 느리로 못 들인다. 꿈도 꾸지 마라."

"유 팀장님은 뭐라던가요?"

"알겠다고 그러더만. 금방 알아들었어. 똑똑하니까. 문제는 아들놈이야. 아직도 미련을 못 버리고 있어. 등신 새끼."

"좋은 말로 타이르면 듣겠죠."

"쳇."

상준동은 혀를 차며 좌석에 등을 기댔다.

"이틀 전엔 집에 찾아와서는 결혼 문제 따지다가 지 계좌 갖고 투자 함부로 하지 말라고 술주정까지 하고 갔어. 원."

"그래도 잘하셨습니다. 결혼은 중대산데 아버지 결정을 따라야죠."

장효준은 형식적으로 대꾸했다. 상준동은 상대의 반응 따위는 전혀 개의치 않고 자신이 하고 싶은 말만 할 뿐이었다. 그는 대화를 원한 게 아니었다. 그저 자신의 말에 그렇다고 대답해주는 응답기계, 인형이 필요했을 뿐이다. 자신은 운전기사를 편하게 대해주는 관대한 고용주라고 착각하고 있지만 그건 장효준이 충분히 자신을 죽이고 응대해주는 덕분에 가지는 만족감이란 걸 모르고 있었다. 어쨌든 그런 면에서 상준동은 최적의 상대를 찾은 것이었다. 하지만 가끔은 장효준이 자동응답 인형 역할을 벗어나 자신의 생각을 밝히는데 그건 상준동의 마음에 들기도 하고 안 들기도 했다.

"제 생각엔요."

장효준이 슬그머니 운을 뗐다.

"아드님한테 경영수업을 시키기엔 좀 이른 것 같습니다."

"이르다니?"

상준동의 말끝이 날카로워졌다.

"세상 구경도 좀 더 하고, 고생도 좀 더 해보고, 그래야 하지 않겠습니까? 소소한 일상이 행복이란 것도 깨달아야 하고. 그러면 이번처럼 무작정 떼쓰거나 하는 일이 없지 않을까요?"

상준동의 표정이 서서히 굳어갔다. 전방을 주시하며 운전대를 잡고 있는 장효준은 알아채지 못하고 말을 이었다.

"역시 이만한 회사를 맡기기에는 아직 좀⋯⋯."

장효준이 말을 마치기 전에 상준동이 툭 끊었다.

"우리 아들이 몇 살이라고 생각하나?"

"네?"

"벌써 서른이 넘었어. 지 앞가림은 하는 놈이야. 떼를 쓴다니, 무슨 말을 그런 식으로 하나?"

상준동 자신은 아들을 욕해도 남이 아들을 깎는 말은 듣기 싫었다.

"사람마다 그릇이 달라. 어려서 경영을 맡기기에 이르다는 둥 그런 뻔한 생각에 사로잡히니까 발전이 없는 거야."

장효준은 입을 닫았다. 상준동은 말을 시켜놓고는 조금 듣는 척하다가 이내 성질을 내거나 말을 자르곤 했다. 그는 늘 상대 방이 너무 말수가 적고 미적댄다고 불평하지만 자신의 그런 버릇이 상대방이 말할 기분을 뺏고 있는 걸 결코 알지 못했다.

그때 상준동의 휴대전화 벨이 울렸다. 아내 문동옥이었다.

"왜."

아내의 전화를 받는 상준동의 첫마디는 늘 이랬다. 다급한 목소리가 건너왔다.

"여보, 빨리 와요!"

"왜!"

"선기가 집에 왔어요."

"근데."

"술에 잔뜩 취해서는 자기 통장 내놓으라고 막 행패예요. 거실 TV도 부쉈어요."

"뭐? 당장 선기 바꿔!"

수화기를 통해 시끄러운 소음이 들렸다. 선기의 거친 목소리가 전해졌다. 욕설도 섞여 있고, 무언가 깨지는 소리도 들렸다.

"안 돼요. 안 받는대요. 막무가내예요."

문동옥의 다급한 말소리가 다시 들려왔다. 상준동은 통화를 신경질적으로 끊었다.

"왜 그러십니까?"

장효준이 예의 단조로운 어조로 물었다. 정말 궁금하거나 걱정되어서라기보다는 물어봐야 할 것 같아서 묻는 말투였다.

"아들놈이 집에 와서 난동이래. 빨리 밟아."

상준동은 거칠게 말했다.

"허어."

장효준은 의미 없는 감탄사를 내뱉고는 액셀을 밟은 발에 힘을 주었다. 그의 얼굴에 비웃음이 떠 있었는데, 상준동은 알지 못했다.

요즘 진구는 해미가 옆에 찰싹 붙어 생활을 밀착 마크한다는 느낌을 받고 있다. 해미는 아르바이트도 그만두고 낮 시간에는 거의 진구 아파트에 와 있었다. 밤에도 아예 돌아가지 않고 그냥 자는 날이 많아졌다. 덕분에 진구는 연부에게 전화할 시간을 내기 어려웠다. 늦은 밤이나 이른 아침은 피해야 했고, 회사에 있는 시간도 적절하지 못할 것 같았다. 퇴근 이후부터 어둠이 내리기 전까지의 몇 시간이 좋을 듯한데, 좀처럼 해미는 빈틈을 주지 않았다.

전화를 노리던 사흘째, 마침내 기회가 생겼다. 해미의 친구 중 한 명의 생일이 닥쳤다. 생일 전야제라던가, 빗발치는 전화 끝에 결국 해미는 집을 나섰다. 새벽까지 질펀한 술자리가 벌어질 게 뻔하다. 진구는 아파트 창문으로 아래를 내려다보며 해미가 시야 밖으로 완전히 사라진 것을 확인한 후 연부의 번호를 눌렀다.

"안녕."

늘 일정한 톤의 연부 목소리.

"나, 진구야."

"알고 있어. 새삼스레."

"별일 없어?"

"별일 없지, 그럼. 아주 잘 지내고 있어. 너는?"

"그럭저럭."

"다행이네. 우리 둘 다."

진구는 왠지 연부하고 이런 격식을 갖춘 인사를 건네는 게 어색했다.

"실은 해줄 말이 있어서 전화했어."

"뭔데."

"며칠 전 상선기를 만났어."

"……."

"너에 대해서 조사해달라고 했어. 난 거절했고."

침묵이 더 이어졌다. 연부가 "훗" 하고 웃었다.

"그 아버지에 그 아들이네."

연부는 조소를 섞었지만 그다지 놀라지는 않은 말투였다.

"충격 안 받았어?"

"전혀. 근데 왜 의뢰를 한 게 하필 넌지 그게 더 놀랍네."

"소문을 들었대. 상준동 회장이 나한테 컨택한 것과 같은 루트였지."

"너 꽤 유명한 모양이야?"

왠지 연부한테서 듣고 싶지 않은 말이었다. 연부가 또 물었다.

"의뢰를 받았으니 그동안의 대략적인 이야기도 들었겠지?"

"대략만."

"나한테 알려주는 건 조심하란 뜻에서야?"

"그런 것도 있지. 상선기가 널 단념하지도 못하면서 한편으로는 두려움도 갖고 있는 것 같아. 내가 거절했으니까 이번엔 다른 프로들을 물색하려 들지 몰라. 뒤를 밟든지, 폰 브리지를 하든지, 해킹을 하든지, 무슨 짓을 할지 몰라. 그래서 조심하라고."

"그럼 네가 하는 일이 그런 거야?"

"아니. 난 그런 짓은 안 해."

진구는 '잘 안 해'라고 하려다 표현을 바꾸었다.

"네가 의뢰를 받아들이지 그랬어. 그러면 이렇게 경고할 필요도 없잖아."

연부가 약간 장난기를 실어 말했다.

진구는 당장 대꾸할 말이 없었다. 연부를 위해 경고를 할 거면 차라리 진구가 의뢰를 수락하고 적당히 때우는 쪽이 당연히 낫다. 상선기와 이야기할 때 그런 마음도 들었었다. 하지만 그 의뢰를 결국 받아들이고 싶지 않았던 마음의 행로를 어떻게 설명해야 할까. 아니, 연부에게 설명할 생각이 없어서 더 할 말이 없었다. 연부가 혼잣말처럼 말했다.

"상선기, 그 인간 웃기는데. 꽤 재밌기도 하고."

"그 친구도 자기 입장에선 진심인 거 같아. 너에 대한 미련도,

경계심도."

"그래."

연부는 무언가를 생각하는 듯 잠시 동안 말이 없었다. 진구는 기다렸다.

이윽고 수화기에서 목소리가 흘러나왔다.

"잠깐 우리 집에 와서 차 한잔할래?"

왕십리에서 반포동 연부의 아파트까지는 길이 막혔고, 진구는 택시 안에서 초조했다. 전철을 탈 걸 그랬나, 진구는 후회했다.

차창 밖 거리의 풍경이 망막을 스쳤다. 하지만 뇌의 인식 영역에까지는 들어오지 않고 있었다. 왜 굳이 집으로 오라고 했을까. 분명히 즐거운 주제로 통화하던 중은 아니었다. 그렇다면 거리의 카페 같은 데선 할 수 없는 비밀스런 이야기를 하려는 걸까.

연부는 어떤 표정으로 날 맞이할까. 어떤 옷차림으로? 오늘 만나면 어떤 분위기일까?

절대 가까워질 수 없다는 걸 알면서도 괜한 생각들로 어수선했다. 늘 돌발적인 상황을 만들어 퀴즈처럼 던져주는 연부였다.

출발할 때는 어스름이 내릴 무렵이었는데 도착한 때는 날이 완전히 저물어 거리에 불빛들이 선명했다. 엘리베이터를 타고 9층으로 올라갔다. 현관 벨을 누르자 잠시 후 걸쇠가 벗겨지는 소리가 들리고 문이 열렸다. 진구는 미리 침을 한 번 삼켰다. 연부가 얼굴을 내밀었다.

"어서 와."

박스 티에 무릎까지 내려오는 반바지 차림이었다. 화장기는
하나도 없다. 슈퍼마켓에서 이웃을 만난 정도의 표정이다. 택시
안에서의 어지러운 생각들은 구름처럼 흩어졌다. 진구는 왠지
실망스럽기도 하고 안심이 되기도 했다.

진구는 디퓨저를 내밀었다. 뭘 사들고 가는 게 나을지 아닐지
나름의 고민 끝에 아파트 앞 상가에서 고른 물건이었다. 연부는
포장된 상자를 받으며 깔깔깔 웃었다.

"우리가 이런 사이가 됐네."

이런 선물이 오갈 만큼 멀어진 사이가 됐다는 의미인가보다.
연부가 대놓고 말하니 씁쓸하게 들렸다.

연부는 상자를 들고 부엌으로 들어가더니 풀어보지도 않고
식탁 구석에 놓았다.

"마실 거라면 됐어."

"그래."

연부는 냉장고 문을 열다가 몸을 돌려 거실 소파에 자리 잡은
진구에게 왔다.

연부가 진구 앞 의자에 걸터앉자 다시 은근한 긴장감이 밀려
들었다.

"안부인사는 아까 했으니 생략할게."

연부가 그렇게 말하자 진구의 긴장감이 사라졌다.

"뒤를 캐봤자 겁날 건 없어. 난 남자도 없고, 회사 돈에 손을

대지도 않았어."

"물론 그렇겠지."

"상선기가 그러는 거 놀랍지도 않아. 그런 수준의 인간이 아닐까 생각했으니까."

"그러면서 왜 만났어?"

"불쌍해서."

진구는 조금 웃었다.

"제이디애셋의 장남이고 람보르기니를 모는 남자를 불쌍하게 여기는 여자는 우리나라에서 연부 너밖에 없을걸."

연부는 싸늘하게 입을 일그러뜨렸다. 진구는 너무 액면대로 연부의 말에 반응했다는 생각에 후회했다.

"결혼도 상선기 혼자 김칫국 마신 거야. 나중에 프러포즈까지 했지만 거절했어. 물론 회장님이 그런 말하기 전에 프러포즈 했어도 승낙했을지는 의문이야."

"상 회장이 무슨 말 했는데?"

진구는 대충 짐작하면서도 굳이 물었다.

"자기 아들하고 결혼하지 말라는 말이지, 뭐."

연부는 두루뭉술하게 넘어가버렸다. 하지만 스치듯 지나는 연부의 표정 안에 얼음 같은 것이 보였다. 연부는 꽤 큰 상처를 받은 것이다. 진구는 그렇게 짐작했다. 아니, 연부에게는 '상처' 보단 '타격'이란 표현이 어울리겠다고도 생각했다.

"근데 날 오라고 한 이유는 뭐야?"

진구는 화제도 돌릴 겸 물었다. 연부는 싱긋 웃더니 엉뚱한 말을 던졌다.

"의뢰는 왜 안 받아들였어?"

아까 했던 질문의 반복이다.

"기분이 안 내켰어."

"돈이 적어서는 아니었고?"

"하고 싶지 않았다니까."

"왜?"

연부는 팔짱을 끼고 진구를 똑바로 쳐다보았다. 진구는 잠깐 마주 보다가 포기한 듯 고개를 조금 숙이고는 말했다.

"누군가 하더라도 난 하고 싶지 않았어. 그것뿐이야."

"너도 여전하구나."

연부가 팔짱을 풀고는 스트레칭을 하듯 다리를 쭉 폈다. 진구는 연부의 긴 종아리가 한없이 늘어나는 걸 지켜보았다.

"아까 진구 너하고 통화하다가 문득 너한테 들려줘야겠단 생각이 들었어."

"뭘."

연부는 대답 대신 뒤쪽 책장 선반으로 가더니 휴대전화를 들고 왔다. 들고서 몇 번 터치하고는 화면을 마치 보란 듯이 진구의 정면 탁자 위에 놓았다.

화면은 볼 만한 게 없었고 대신 음성파일이 재생되었다. 남녀 두 사람의 대화를 녹음한 파일이었다. 둘 다 진구가 아는 목소리였다. 상선기와 유연부. 음악이 궁궁 울려대는 건 아마 옆방에서 전해지는 소음인 모양이었고, 대화가 이루어진 장소는 조용한 룸 안이었던 것 같다.

연부가 상선기에게 상준동을 죽이라며 사막풀을 내놓는 데서부터 대화가 시작되었다.

진구는 연부를 쳐다보았다. 연부는 시선을 마주치지 않고 지그시 휴대전화를 노려보고만 있었다.

연부의 제안을 상선기는 화를 내며 거절했다. 연부는 설득했다. 지금 네 계좌에서 거액이 위험자산으로 투자되려 하고 있다. 지금 아버지를 죽이면 넌 그 재산을 고스란히 가져갈 수 있다. 결국 선기가 욕을 했고, 연부로부터 모욕적인 말을 들은 선기는 연부에게 덤벼들다가 어떤 물건 앞에서 질려버린다. 두 사람의 대화와 반응, 치직하는 방전음으로 그게 테이저건 종류임을 알 수 있었다.

그리고 연부는 사막풀이 든 상자를 들고 자리를 떴다.

파일 재생이 멈추었다.

진구는 한동안 고개를 숙이고 있었다. 고개를 든 진구는 연부를 보며 말했다.

"연부 넌 역시 독설가야. 예전부터 그랬었지."

"내가 살인을 제안했다는 데는 안 놀라는구나."

"내가 놀라면 네가 파일을 들려준 보람이 없잖아."

연부는 "훗" 하고 짧게 웃었다.

"이런 소재에 넌 익숙할 것 같았어."

"왜."

"김진구니까."

마음 한구석이 덜컹했다.

"상선기가 내 조사를 의뢰한 이율 알겠지?"

"철저하네."

"뭐가."

"녹음한 거 말야. 살인 음모의 순간이잖아. 대개는 은밀히 하려고만 하겠지. 하지만 상선기가 승낙할 경우를 대비해서 녹음을 해놓는 게 훨씬 안전해. 일이 잘못되면 녹음은 지우면 그만이고, 만약 살인이 진행된다면 상선기를 상대로는 커다란 안전장치가 되니까."

"역시 진구 너라면 금세 이해할 거라고 생각했어."

연부가 휴대전화를 집어 반바지 주머니에 넣었다. 진구는 감지하고 있었다. 그녀가 철저히 비밀로 한 이 녹음을 진구에게만은 들려줄 수 있었던 마음의 이유를. 진구는 불편해졌다. 이 화제를 벗어나고 싶었다.

"회사는 아직도 다니고 있는 거야?"

진구가 조심스럽게 물었다.

"그럼. 안 다닐 이유가 없잖아."

연부의 말에 허세는 없었다. 진구는 살인 운운하는 녹음보다 그 대답에 더 놀랐다. 묵묵히 고개를 끄덕이다가 말했다.

"상 회장은 딱 그 수준의 그릇인 거 같아."

"어떤 수준?"

"널 회사로 스카우트할 눈은 있지만, 가족으로 만들 그릇은 안 된다는 거."

연부는 생긋 웃었다.

"진구 너도 많이 변했다."

"뭐가."

"예전부터 넌 자기만의 해석으로 세상을 봤거든. 지금은 보통 사람을 닮으려고 애쓰는 것 같은데?"

"보통 사람?"

"이제 보니 칭찬할 줄도 알잖아."

"내가 칭찬을 했나?"

"예전의 진구 넌 무색무취한 수학 말고는 흥미가 없었지. 사람에도 관심이 없었고. 그런데 지금은 꽤 사람 일에 관여하고 사는 것 같은데? 아, 그게 지금의 직업이기도 하지. 정말 많이 변했어. 그 김진구가."

또다시 진구가 피하고 싶은 화제로 들어가려 한다. 그때 진구의 휴대전화가 울렸다. 다행이라는 생각을 하며 액정화면을 들여다본 진구는 또 다른 의미로 움찔했다. 해미였다.

"약속 깨져서 일찍 아파트에 돌아왔더니 없네?"

약속이 깨졌다면서 술은 좀 마신 듯했다.

"어, 잠깐 밖에."

"어디야?"

말투에 의심이 배어났다.

"친구 좀 만나고 있어."

"친구 누구?"

"아는 친구."

"누구냐니까!"

질문에서 심문으로 변했다.

"해미 넌 잘 모르는 친구야. 인제 끝났어. 지금 들어갈 거야."

진구는 서둘러 전화를 끊었다. 벌써 몸이 반쯤은 일어섰다.

"질투가 심한 여자 친구네. 해미?"

연부가 일어서는 진구를 올려다보았다.

"좀 그래. 요즘엔 저녁에도 집에 자주 와 있어서."

"지금 가야 해?"

"응."

"잘 가."

연부는 앉은 채로 손을 살짝 흔들었다. 진구는 서둘러 연부의 아파트를 나왔다.

"어디 갔다 왔어?"

해미는 거실 한가운데 서서 살기등등해 있었다. 진구의 일에 관한 한 해미의 눈치를 속여 넘기기는 힘들다. 적어도 진구의 말과 행동패턴만은 환히 꿰뚫고 있다. 진구는 이미 패배를 예감했다.

"밖에 좀."

진구는 얼버무렸다.

"휴대폰 내놔."

해미는 슬쩍 부엌으로 피하려는 진구의 몸을 돌려세웠다.

"싫어. 왜 남의 휴대폰을 봐?"

"어서 이리 내!"

해미는 막무가내였다. 이런 때의 해미는 감당할 수 없다. 결국 휴대전화를 뺏기고 말았다. 잠금 패턴 따위는 이미 알고 있다. 마치 자기 것처럼 자연스레 패턴을 해제하고 화면을 켠 해미는 통화목록을 열어 보았다.

"이럴 줄 알았어."

해미는 '연부'가 뜬 화면을 움켜쥐고 눈을 사천왕상처럼 부릅떴다. 목소리가 프라이팬에서 부글대는 기름처럼 끓고 있었다. 해미는 원래 질투가 심하긴 하지만 연부에게는 유독 격하게 반응한다.

"이 여자 왜 자꾸 만나? 뭐야? 무슨 관계야?"

"중학교 동창이라고 했잖아."

"근데 왜 자꾸 만나냐고. 딱 보니깐 오늘 내가 나간 틈을 타서 바로 만나러 달려간 거네."

진구는 차마 연부의 집에 갔다 왔다는 말은 할 수 없었다.

"좀 도와달라고 해서."

"그 여자 애인도 있잖아. 근데 왜 오빠가 나서?"

"요즘 좀 위기야."

"뭐, 연애 상담이야? 그런 거 하다가 썸씽 일어나는 거 몰라?"

"그런 거 아니야."

"그럼 뭔데?"

코너에 몰린 진구는 하는 수 없이 자초지종을 이야기했다.

상준동이 연부의 뒤를 캐려고 했던 건 해미도 아는 일이다.

더하여, 결국 그가 연부와 상선기의 결혼을 직접적으로 반대해 결혼이 어렵게 되었고, 상선기가 연부의 마음을 돌리려 했지만 실패했고, 이번에는 상선기가 연부의 조사를 진구에게 의뢰하려 해 거절하고, 연부에게 알려주었다는 부분까지를 들려주었다. 다만 마지막 부분을 조금 바꾸었다. 오늘 만난 건 연부에게 그 사실을 알려주려는 것이었다고. 연부가 선기에게 상준동의 살인을 제안한 일, 연부가 집으로 불러 그 파일을 들려준 일은 이야기에서 뺐다.

진구가 해준 이야기만으로도 해미는 충분히 충격을 받은 듯했다.

"그 집안도 참 징하다. 아버지나 아들이나. 뭔 의심들이 그렇게 많대? 며느릿감을 조사해본다고 할 때부터 맘에 안 들더니만. 아들놈은 또 뭐야? 결혼 안 하면 그만이지 이제 와서 또 무슨 뒷조사?"

해미는 질투는 잠시 잊고 같은 여자로서의 공분을 앞세웠다.

"그러니 내가 그런 사실도 알려주고 위로도 좀 해줄 겸 만난 거야."

진구는 한 번 더 변명했다.

"하지만."

해미가 가자미처럼 눈을 가늘게 떴다.

"더 이상은 만나지 마."

"알았어."

"그렇게 건성으로 대답하지 말구."

"알았다니까."

여전히 대충 대답하는 진구의 태도에 해미는 불끈 성질이 돋았다.

"내가 눈치가 없는 줄 알아?"

"무슨 눈치?"

"오빠가 유연부를 꽤 생각한다는 거."

"무슨 소리야. 내가 뭘."

"옛날 여자 친구잖아, 그렇지?"

"여자 친구 아니었어."

"그냥 동창은 아냐."

"그럼?"

"책을 다 읽었어."

"다 읽었어?"

"그래. 그런 일도 같이 겪었고. 각별할 거잖아."

그런 일이란 물론 진구 아버지의 죽음과 연부 아버지의 죽음이다. 해미는 질투심에 그만 입 밖에 꺼내지 않기로 결심한 것까지 이야기하고 말았다.

"……"

진구는 대답하지 않았는데, 회피한다기보다는 그저 무어라 말해야 할지 몰라서였다.

"한국에 돌아와서도 연락을 했다며. 송치수가 그러더라. 고등학교 1학년 때까지도 둘이 만났다던데? 그랬다가 그 책이 나올 무렵 오빠가 하얗게 질렸고, 아마 그 무렵부터 연락이 끊겼다고. 그건 대체 왜 그런 거야? 무슨 일이 있었던 거야? 책에 별거 없던데?"

해미가 질문을 쏟아부었다.

휴우, 한숨과 더불어 진구가 소파에 털썩 주저앉았다. 그제야 아직까지 서 있었단 걸 깨달은 해미도 조금 떨어져 앉았다.

"책 내용 그대로야. 다른 건 없어."

"근데 읽어봤지만 둘 사이 이야기는 별로 안 나왔어."

"뭘 알고 싶은 거야?"

"알고 싶다기보다……."

"그럼 뭐?"

해미는 진구를 물끄러미 보다가 결국 길게 한숨을 내쉬었다.

"따지는 거 아니야. 궁금해서 그래."

"뭐가?"

"오빠하고 유연부하고 관계가. 둘 사이에만 공유하는 뭔가가 있는 것 같기도 해. 그래서 더 알고 싶어. 내가 소외되는 기분……. 그러면 안 되잖아. 내가 오빠 여자 친군데. 현재의 여친인데……."

해미의 말소리가 점점 줄어들었다.

진구는 해미의 약한 모습에 오히려 안쓰러웠다. 진구는 팔을 들어 해미의 어깨를 감쌌다. 해미는 그 팔을 조용히 밀어냈다.

"오빠가 다 이야기해줬으면 좋겠어. 내가 마음이 불편한걸."

진구는 이런 때의 해미 심정을 속속들이 짐작할 수는 없었다. 진지하고 우울한 해미는 이해의 영역 밖이었다. 하지만 지금까지와는 다른 태도를 취해야 한다는 것만은 알고 있었다. 진구는 말투를 한껏 부드럽게 누그러뜨렸고, 최대한 성실하게 들리도록 가다듬었다.

"오해하지 마. 연부하고의 관계는 해미가 생각하는 그런 종류가 아니야."

"그럼?"

"오히려 그 반대 같은 거야."

"그게 어떤 건데?"

해미가 원망을 담은 눈망울로 진구를 올려다보았다.

"사실은……."

진구가 천천히 입을 뗐다.

"이야기하기 싫은 부분이 있어서 그랬어. 그 여행에서 두 분이 돌아가셨지. 그리고 내가 어떤 일을 했고, 아무도 알지 못했지. 한국에 돌아와서도 우린 비슷한 처지란 생각에 연락도 하고 서로 위로도 하고 그랬어. 난 연부를 이성으로서보단 그저 위로해주고 싶었어. 그래야 할 것 같았어. 믿어줘. 그런데 다음 해 가을 그 책이 나왔어. 저자는 별생각 없이 책을 썼겠지. 그런데 그 책에서 연부는 알아낸 거야. 내가 한 일을. 그래서야. 그 뒤부터 우린 사이가 멀어졌고. 연부와 난 그런 인연이야. 지금도 변하지 않았어. 해미 네가 생각하는 그런 사이가 아니라고. 그런 사이가 될 수도 없고."

"오빠가 무슨 일을 했다고? 그리고 책에 그게 적혀 있다고? 그게 뭐야? 난 모르겠던데?"

"적혀 있다기보다……."

"적혀 있는 게 아니라?"

"연부가 진실을 알아낸 거지."

"그게 뭐야? 무슨 진실?"

"해미는 알 필요 없어."

"도대체 무슨 소리야? 나도 책을 다 읽었어. 대체 거기에 무슨 진실이 더 있단 거야? 뭐가?"

해미는 눈이 휘둥그레져서 다그쳤다.

"내가 거짓말하는 것 같아?"

진구가 맥없이 되물었는데, 그게 그만 해미의 힘을 쭉 빼버렸다. 미안한 기분도 들었다.

"그거야 아니지만……."

"그럼 알 거잖아. 연부하고 그런 사이가 아니란걸."

진구는 더 이상은 입을 열지 않았다.

그날 밤 해미는 사흘 만에 잠실에 있는 자신의 원룸으로 돌아와버렸다. 오늘은 진구를 내버려두어야 할 것 같은 기분이 들었다. 며칠간 곤두섰던 의심이 걷힌 때문이기도 했다.

샤워를 마치고 잠옷으로 갈아입은 해미는 전기스탠드 불이 켜진 책상 위에 턱을 괴고 생각에 잠겼다.

연부의 일은 이제 좀 안심이 되는데.

하지만 너무 몰아붙인 게 아닐까.

해미가 의심하던 대답이 아닌 건 다행이었지만, 정작 듣고 보니 진구가 하고 싶어 하지 않은 말을 억지로 토해내게 만든 것 같아 미안했다. 그래서 궁금했지만 더 물어보지 못했다.

진구가 어떤 일을 저질렀다고 했어. 무얼 했단 말이야? 한치 앞도 안 보이는 그 사막 여행에서. 죽어가는 아버지를 안고 어쩔 줄 몰라 했을 어린 진구가. 책에 쓰인 탐사일지 어느 부분에 어떤 진실이 적혀 있었던 걸까. 진구와 연부는 알 수 있었던 사실. 하지만 해미는 알 수 없었던 사실. 아마 그때 책을 읽은 다른 사람들도 알아채지는 못했을 거야. 진구는 분명히 연부만이 알아보았던 것처럼 이야기했으니까. 그럴 수 있는 일이란 게 도대체 뭐지? 혹시 책에 나오지 않는 무슨 일이 더 있었던 걸까? 아니, 그렇진 않은 것 같아. 진구는 분명 출간된 책을 읽다가 충격을 받았다고 했고, 연부도 그걸 읽고 난 후 진구와 사이가 멀어졌다고 했어.

하지만 해미는 책을 한 번 더 읽어볼 생각이 나지 않았다. 지루했기 때문이다. 또 더 읽는다고 해도 진구와 연부만이 알 수 있는 비밀이 있다면 소용없을 것이기도 했다. 한 번 더 물어볼까. 그런 생각이 든 순간 조금 전 구멍이 뻥 뚫려버린 듯한 진구의 눈빛이 떠올랐다. 에이. 해미는 그만두었다. 더 따지지 않기로 했다. 일단은.

해미는 전기스탠드 불을 끄고 침대로 향했다.

2주일이 조금 넘게 흘렀다. 비교적 조용한 나날이었는데, 해미가 닦달을 그만두었기 때문이다. 진구는 지난 해 부산에서 머물며 남현호 가문의 상속 분쟁에 끼어들어 보수를 챙겼다. 그 덕에 비교적 여유 있는 백수가 되어 있었다. 해미도 당분간은 진구에게 장래성 있는 일을 가지라는 충고 아닌 충고를 쉬고 있다. 이번에 유연부라는 여자가 등장하지만 않았더라면 해미가 질투에 쌍심지를 켜고 진구의 아파트에 기거하다시피 하며 몰아세우는 일도 없었을 것이다.

아무 일 없던 2주일 사이 해미의 머릿속에서 상준동 가문의 일, 유연부의 일은 거의 잊었다. 진구의 해명으로 어느 정도 오해가 풀렸고, 은근히 신경 쓰이게 만들었던 예전의 그 사막 여행 책자도 다 읽었다. 설탕 알갱이가 물에 서서히 녹아 가라앉듯, 그런 일들은 점점 의식 밑바닥으로 침잠하고 있었다.

이날도 아침 느지막이 일어난 해미는 버릇처럼 커피를 내려 잔에 가득 채운 다음 옆에 두고 노트북을 켜 인터넷에 접속했다. 진구를 노려보던 마음에 여유가 생긴 만큼 세상사에 대한 관심도 조금은 넓어졌다. 그래서인지 근래에는 뉴스 검색 시간이 늘어나 있었다. 뉴스를 클릭해나가던 해미는 손을 멈추었다.

〈제이디애셋 상준동 회장 피살〉

해미는 일단 심호흡을 했다. 제목을 클릭하려다 멈칫했다. 왠지 모르게 긴장으로 손가락이 떨려왔다. 상준동이라는 사람 자체로만 두고 보면 한때 진구에게 어이없는 의뢰를 하려 했던 사람이라는 인연에 불과하다. 그리고 그 아들이 또 다른 의뢰를 하려 했던 사이인 정도다. 피살되었다 해도 조금 놀라울지언정 그렇게 긴장할 일은 아니었다.

하지만 이 사람 회사에는 유연부가 일하고 있다. 그녀는 이 집안에 결혼이라는 중대하고도 개인적인 인연으로 막 발을 들이밀려 하고 있었다.

상준동은 상선기와 유연부의 결혼을 반대했다. 그런데 살해당했다. 그렇다면 '용의자는 아들. 비서 A 양도 공모 혐의로 체포' 이런 내용일 수도 있다.

하지만 내가 촌스럽게 이런 걸 기대하는 건 아냐. 해미는 스스로를 납득시키고서 한 번 더 숨을 들이쉰 다음 터치패드를 살짝 눌렀다.

기사 내용이 화면에 떴다.

창업투자회사인 제이디애셋의 대표이사 상준동(64) 씨가 둔기에 머리를 맞고 숨진 채 발견됐다. 17일 저녁 10시 20분경 상준동 씨의 부인인 문 모 씨는 남편의 휴대전화가 연결되지 않아 회사 경비실에 연락을 했고, 연락을 받고 건물을 둘러보던 경비원 김 모 씨가 회장실 안에서 숨진 상준동 씨를 발견하고 경찰에 신고했다. 상준동 씨는 둔기로 후두부를 가격당해 사망한 것으로 알려졌으며, 소지품이나 금품이 사라지지 않은 점으로 미뤄 경찰은 원한에 의한 범행으로 보고 주변 인물을 대상으로 수사하고 있다.

둔기에 의한 타살? 이건 조금 예상 외였다. 설마 강도는 아니 겠지. 강남 한가운데 고층 빌딩에 몰래 들어가 회장을 습격하는 강도가 있을 것 같진 않아. 돈도 안 없어졌다니까. 아무튼 사무실에서 둔기로 얻어맞아 죽은 거라면 범인은 거의 잡힌 거나 다름없지. 이런 빌딩이라면 분명히 CCTV가 있을 테니까.

상준동의 거무튀튀하고 볼살이 늘어진 얼굴이 떠올랐다. 그 얼굴로 선거 포스터 사진처럼 웃어댔지. 허무했다. 그 자신감 넘치는 웃음은 그가 가진 돈에서 비롯한 거였겠지만 이 죽음도 그의 돈에서 비롯한 건 아닐까. 범인은 역시 상선기와 유연부?

해미는 시간이 갈수록 신경이 쓰였다.

진구도 이 기사를 보았을까.

진구에게 전화를 걸었다. 신호가 가고 세 번 만에 진구가 느긋한 목소리로 전화를 받았다.

"기사 봤어?"

"봤어."

진구도 알고 있었다.

"상선기하고 유연부 아니야?"

"무슨 소리야."

"상준동이 결혼 반대했으니까."

"아니야."

진구는 잘라 말했다. 해미는 왠지 빈정이 상했다.

"그럴 수도 있는 거잖아."

"상선기는 연부하고 헤어졌어. 뒷조사시키려는 거 들었잖아."

"그러다 화해하고 합작해서……."

"너무 뻔하지 않아?"

점점 더 비위가 상했다.

"유연부한테 연락했지? 걱정돼서?"

"했어."

진구는 순순히 인정했다. 안 했다고 하면 더 의심을 했겠지만 해미는 그 말에 오히려 안심했다.

"뭐래?"

"그냥 '별일 없어?' 하고만 보냈어. 금세 '전혀'라고 답 문자가 왔구."

"사람을 죽였다면 너무 침착한데."

"그렇다니까."

진구는 귀찮다는 듯이 전화를 끊었다.

해미는 살짝 울화통이 치밀었지만 달리 어쩔 도리가 없었다.

이틀 후 저녁 무렵 해미는 오랜만에 진구의 왕십리 아파트로 찾아갔다. 진구는 거실에서 노트북을 무릎 위에 올려놓고 있다가 해미를 맞았다.

"안녕."

진구가 양손을 펴 흔들었다. 오랜만에 얼굴을 봐서인지 꽤 반가워하는 제스처다. 무료했던 모양이다.

"전화라도 하고 오지."

"집에 있을 줄 알았어. 없으면 여기서 잠이나 자면서 기다리면 되지, 뭐."

"커피라도 한잔?"

그 말을 던지며 진구가 막 부엌으로 가려 했다.

"아니, 됐고. 이거 봤어?"

해미는 진구를 가로막고 스마트폰을 내밀었다.

"봤어. 나도 지금 막 컴퓨터로 뉴스를 보고 있던 참이었어."

진구는 거실 탁자에 놓인 노트북을 가리켰다. 해미는 그쪽으로 가 탁자 앞 거실 바닥에 앉았다. 모니터에는 뉴스 기사가 떠 있다.

〈상준동 회장 피살 사건 용의자 검거〉

지난 17일 서울 강남 테헤란로 오피스 빌딩에서 발생한 피살사건의 용의자가 체포되었다. 서울 강남경찰서는 제이디 애셋 상준동(64) 회장을 살해한 혐의로 A(59) 씨를 2일 오후 6시경 검거했다고 밝혔다. 중국 동포인 A 씨는 5개월 전부터 상준동 회장의 운전기사로 일해왔다고 한다. A 씨는 처음에 완강히 범행을 부인했으나 경찰이 범행 시각 사무실 복도에서 A 씨의 출입 장면이 찍힌 CCTV 화면을 들이밀며 추궁하자 마침내 범행 일체를 자백했는데, 처우 문제로 상준동 회장과 사무실에서 말다툼을 하다가 책상 위에 놓인 철제 문진을 우발적으로 집어 들고 휘둘러 살해한 것으로 전해졌다. 경찰은 A 씨를 강남경찰서로 이송해 정확한 사건 경위를 조사 중이다.

진구가 옆으로 와 앉았다. 해미가 진구를 돌아보며 말했다.

"범인이 운전기사? 이거 좀 의외 아니야?"

"의외야."

"오빠도 솔직히 의심하고 있었지? 상선기하고 유연부."

"아니, 그런 건 아니야."

진구는 고개를 슬쩍 뒤로 뺐다.

"그러면 역시 그거 아냐? 상준동 그 사람이 좀 오만하고 뻔뻔했잖아. 아마 사람 무시해서 봉급도 적게 주고 모욕적인 대우를 했겠지."

"우발적 살인은 흔하고, 상준동의 캐릭터라면 얼마든지 놀랍지 않은 결과일 수도 있긴 해."

"근데?"

"하지만 상준동 일가를 둘러싸고 벌어졌던 갈등과는 너무 동떨어져 있어. KO 승부를 기대한 권투시합이 계체량으로 결판나버린 것 같다고나 할까."

"예상한 대로 안 일어나니까 '사건'인 거 아니겠어?"

"뭐 그렇긴 하지. 사건의 진상이 내 입맛대로 되란 법은 없으니까."

해미가 진구의 표정을 보니 맥이 풀려버린 듯했다.

"실망하는 빛인데?"

"어쩌겠어? CCTV 화면이 있다면 분명한 증거고, 경찰이 확신을 할 정도면 오류의 가능성은 거의 없다고 봐야겠지. 더구나 범인이 자백까지 했으니."

해미는 눈을 가늘게 뜨고 진구를 찬찬히 살펴보다가 말했다.

"내 눈치에 따르면 오빤 지금 다른 생각을 하고 있어. 맞지?"

진구는 해미를 보더니 항복했다는 듯 양팔을 번쩍 들었다가 내렸다.

"졌어. 맞아. 그런데 지금으로썬 이 완벽한 사실 앞에 이빨도 안 들어갈 가설이야."

진구는 신문 기사가 떠 있는 모니터를 가리켰다.

"뭔데?"

"얘기하기 싫어."

"뭐냐니깐?"

"턱도 없는 소리야. 나중에 좀 더 근거가 생기면 이야기할게."

해미가 연거푸 물었지만 진구는 손을 내젓기만 했다. 해미도 더 이상은 묻지 않았다. 기사만 보아도 운전기사의 범행이 너무나 명백했다. 이번에 진구가 무언가 엉뚱한 생각을 했다고 해도 그건 흔히 진구가 해오던, 아니면 말고 식의 헛다리 짚는 일에 불과하다고 결론 내렸다.

진구는 그날 상준동의 장례식장에 들렀다. 어쩌면 연부를 '우연히' 만날지 모른다는 기대도 한구석에 없지 않았기에 해미에게는 알리지 않았다. 진구의 문상은 사실 생뚱맞은 행동이었다. 상준동 본인과는 조사 의뢰라는 비즈니스를 위해 잠깐 만난 일이 있을 뿐이고, 그 아들과도 그 정도의 인연일 뿐이다. 아마도 진구의 발길을 이끈 건, 그가 연부를 며느리로 들일 뻔했던 남자라는 점일 것이다. 하지만 더 큰 이유는 연부의 녹음을 통해 그에 관한 살인 운운하는 이야기를 들은 직후에 그가 실제로 살해당했다는 기묘한 우연 때문이다. 진구는 그것이 단지 우연만은 아닐 수 있다는 생각을 떨쳐내지 못했다. 범인이 체포되었고 자백까지 했다는 사실은 분명 넘기 힘든 커다란 장벽이었다. 하지만 자산가의 죽음 이면을 엿본 진구에게 이것이 또 하나의 기회가 될지도 모른다는 동물적인 감각이 번득였고, 진구는 그 미련을 버리지 못했다.

장례식장은 지하에 마련되어 있었다. 입구에서부터 근조 화환이 줄지어 섰고, 계단을 내려가기 힘들 만큼 밀려드는 문상객은 끝이 없었다. 부조금 받는 곳 앞에 추석 기차표 창구 앞처럼 긴 줄이 늘어서 있었다. 진구는 한참을 대기했다가 빈소에 들어섰다. 빈소 안쪽만은 북적대는 인파에서 벗어나 있었다. 상주들은 벽 옆에 그림처럼 조용히 붙어 서 있었다.

국화꽃으로 둘러싸인 영정사진 속의 상준동은 비참한 최후를 알았다면 결코 지었을 리 없는 정치적인 미소를 짓고 있었다. 진구는 절을 두 번 하고 향을 피웠다. 상주 세 사람이 고개를 조금 숙인 채 서서 진구와의 인사를 기다리고 있었다. 진구는 조금 전에 본 유족 이름과 머릿속으로 대조해보았다. 흰 상장을 왼쪽 머리에 꽂은 여자는 상준동의 아내인 문동옥일 것이다. 사십대 중반 정도 되어 보였지만 눈에 띄는 미모에 피부 관리를 열심히 받았을 것을 고려하면 실제로는 사십대 후반은 넘었을 것 같다. 그 옆에 어린 학생으로 보이는 여자 아이는 문동옥이 낳은 상지연. 그리고 그 옆이 상선기. 검은 양복에 완장을 찬 모습이 강남 일대를 뻐기며 다니던 평소 모습과는 판이하게 달랐고, 나름대로 침통한 표정이었다.

진구와 세 사람은 서로 절을 했다. 진구가 무슨 말을 건네기에는 애매한 관계다. 조용히 물러나오며 상선기를 한 번 더 훑어보았다. 그저 이런 경우에 흔한 상주의 태도라고 생각될 뿐, 특별하게 어색한 인상이 남지 않았다. 사건 직후 상선기의 표정에 드러나는 내면을 추측해보려던 일차적인 시도는 무위로 돌아간 것 같았다. 그럭저럭 좋은 연기를 하고 있는 건가. 상선기는 생각보다 얄팍하기만 한 남자가 아닐지도 모른다.

문상을 마치고 빈소 밖을 나온 진구는 구름 떼 같은 인파 속에서 열심히 연부를 찾았다. 그녀는 보이지 않았다. 마침 화환 중간쯤에 묻혀 사람들을 안내하고 있는 김현욱의 얼굴이 보였다.

진구는 다가가 인사를 건넨 다음 김현욱을 장례식장 바깥으로 데리고 갔다. 오가는 사람들이 멀찍이서 보이는 후미진 구석에 서서 말했다.

"고생이 많으시네요."

"아, 웬 사람들이 이렇게 많이 오는지……. 좀 쉬어야겠어요."

김현욱은 검은 넥타이를 조금 당겨 풀었다.

"운전기사가 범인이라면서요?"

"그러게요. 참 황당해서……."

김현욱은 담배를 한 개비 꺼내 진구에게 권했다. 진구가 사양

하니 그 담배를 바로 자기 입에 물고 불을 붙였다.

"어떤 사람입니까?"

"장효준 씨라고, 다섯 달 전에 회장님 기사로 들어온 사람이에요."

"믿기지 않네요."

"회장님이 평소에 좀 짜게 굴기는 했어요. 부리기도 좀 많이 부렸고. 안 그래도 장 기사가 불만이 있는 눈치였는데, 역시나 이런 일이 생겨서……."

상준동 회장의 심복인 김현욱의 눈에 그 정도로 비쳤다면 회장의 처사가 실제로 심하긴 했으리라.

"사실 회장님이 새 운전기사를 찾을 때 요구조건이 좀 까다로웠어요. 혼자 살고 나이 좀 있는 남자로 새벽이든 밤이든 수시로 막 부를 수 있는 사람을 원했거든요. 유 팀장이 또 어디서 귀신같이 그런 사람을 구해왔는데, 그게 조선족인 장 기사예요. 하여간에 한국 사람이건 조선족 동포건 사람이 느끼는 건 다 비슷하지 않겠어요? 회장님이 모질게 대하니깐 불만이 쌓였고 그게 폭발해버린 거죠."

김현욱은 말을 멈추고 담배 연기를 깊게 빨아 들였다.

"경찰이 헛짚은 거 아닐까요? 이를테면 단순 강도일 수도 있고."

김현욱은 어림없다는 듯 담배를 든 손을 내저었다.

"CCTV 화면에 다 찍혔어요. 범행 시각에 외부인은 없고, 장 기사가 들락거린 모습만 찍혀 있어요. 그건 경찰에 데이터를 넘기기 전에 내 눈으로 확인했는데요, 뭘."

김현욱은 어설픈 인물이 아니다. 그의 눈으로 폐쇄회로 화면을 확인하고 장효준일 수밖에 없다고 지목했다면 일단은 그렇게 믿을 수밖에 없다. 진구는 낙담했다.

"서로 인간적으로 대했더라면 이런 비극도 없었을 텐데⋯⋯ 안타깝네요."

진구는 뻔하고 적당한 말로 대화를 맺으려 했다. 김현욱은 또 손을 내저었다.

"아니, 꼭 그렇지만은 않을걸요."

"꼭 그렇지만은 않다고요?"

진구가 고개를 들었다.

"지금 와서 생각해보면 장 기사 이 사람, 묘하게 뒤틀린 부분도 있었어요. 뭐랄까, 사람이 좀 배은망덕하달까."

"회장님한테 밤낮으로 불려 다녔다면서 어떤 점이 그랬다는 거죠?"

"아니, 상 회장님한테 그랬단 게 아니라⋯⋯."

"그럼 무슨?"

"아뇨, 뭐 관두죠."

김현욱은 입을 닫아버렸다. 진구는 뭔가 아쉬운 기분이 들었지만 더 캐묻기도 그래서 그저 고개를 가볍게 끄덕였다. 이어 지나가듯 말했다.

"그런데 유연부 씨는 안 보이네요."

"첫날에 왔다 갔어요. 아주 잠깐."

김현욱은 가볍게 콧방귀를 뀌었다. 그의 태도에서 유연부 또한 사람이 야박하지 않느냐며 질책하는 뉘앙스가 묻어났다. 진구도 고개를 갸웃했다. 생전 상준동에 대한 연부의 감정이 좋지는 않을 것이다. 하지만 연부는 얼마든지 필요한 정도만큼의 자기통제를 하는 여자다. 개인적 감정 문제 때문에 '사회인 유연부'를 위태롭게 하지는 않는다. 상주의 아내가 될 뻔한 여자, 그리고 죽은 남자의 비서이자 심복이었던 여자라는 대외적 입장을 고려한다면 지나치게 무심한 처신이라는 느낌이 든다. 의문이 잠시 스쳤지만 그보다는 연부를 만나지 못한 아쉬움이 더 크게 다가왔다.

진구는 김현욱을 남겨두고 아직도 꾸역꾸역 몰려드는 사람들을 거슬러 장례식장을 빠져나왔다.

진구는 버스를 타고 전철역까지 나왔다. 전철역 구내에 있는 한산한 도넛 집으로 들어갔다. 프레첼과 커피를 가져와 자리에 앉았다.

연부가 뜨내기 진구 수준으로 장례식장에 살짝 들렀다 갔다는 사실이 다시금 마음에 걸렸다. 연부와 상선기와의 관계는 어떻게 된 걸까. 결혼에 최대 장애이던 상준동이 사라졌다. 물리적으로는 상선기와 다시 연결될 수 있는 가능성이 높아졌고, 둘의 거리는 가까워져야 한다. 물론 감정이 가는 길은 실리나 계산과는 별개이다. 상선기는 연부의 무서운 면모를 보고 두려움을 가진 상태다. 그리고 이 사건이 일어났다. 상선기가 연부에게 예전과 같은 애정을 간직하고 결혼 의지를 갖고 있을지는 미지수다. 연부 쪽도 회사 직원으로서 최소한의 예의만 갖추었고, 상선기를 위로하려는 따위의 감정적인 교류는 시도하지 않고 있다. 그건 단지 대외적인 감추기일까. 하지만 감추려 한다면 연부가 어느 정도 정성을 보이는 쪽이 더 그럴 듯한데. 저 김현욱 같은 주변인이 괜한 서운함을 가지는 일 따위 없도록. 연부의 행동을 어떻게 해석해야 할까.

진구는 휴대전화를 꺼냈다. 연부의 번호를 띄웠다.

─장례식장에 갔다 왔어. 괜찮아?

진구는 자신이 만든 화면의 글귀를 한동안 노려보았다.

송신 버튼 위에서 오른손 검지가 머뭇거렸다. 진구는 손가락을 조금 움직여 취소 버튼을 눌렀다.

괜한 참견이다.

진구는 마음속으로 스스로를 비웃었다. 휴대전화를 품에 도로 집어넣었다.

발인 나흘 후, 진구는 아파트에 혼자 있는 틈을 타 김현욱에게 전화를 걸었다. 회의 중이라는 메시지만 돌아왔고 소식이 없었다. 1시간 반쯤 후 다시 전화를 걸었다. 이번엔 바로 받았다.

"웬일이에요?"

그다지 반가운 응답은 아니었다. 이제 볼일이 없을 텐데, 하는 투였다. 진구도 인사를 생략하고 용건으로 직행했다.

"문동옥 씨를 좀 만나게 해주세요."

"사모님을? 왜요?"

목소리가 아주 컸는데, 그만큼 그에게는 뜻밖의 부탁인 탓이리라.

"그분이 제게 의뢰를 하실 일이 있을 것 같아서요."

"그게 무슨 소립니까?"

"상속 문제에 관해섭니다."

"상속이야 법대로 하시겠죠."

"제가 알기론 사모님이 좀 곤란한 형편에 처해 계시더군요."

"글쎄요……."

문동옥은 거대 자산을 가진 회사 대표의 유족이다. 김현욱은 선뜻 믿기지 않는 눈치였다.

"제가 도와드릴 수 있을지도 모릅니다. 사모님께 긴히 드릴 말씀도 있고요."

"……."

"사모님이 건재하셔야 아마 김 부장님께도 기회가 있을 겁니다."

모호한 말이지만 적어도 김현욱이 제이디애셋 상속자 중 한 명의 오른팔이 될 기회를 가진다는 의미로는 전달되었으리라. 김현욱은 의심스러운 기색을 지우지 못하면서도 일단 물어는 보겠다면서 전화를 끊었다.

진구는 상준동의 죽음에 관해 떠오른 의혹을 완전히 버릴 수 없었다. 그리고 만에 하나 다른 진상이 있다면 살인자를 단죄할 수 있느냐는 문제를 떠나 크게 돈을 벌 기회였다. 그걸 단지 확률이 높지 않다는 이유로 흘려보내기에는 너무 아까웠다. 진구는 자신의 베팅을 성립시켜줄 상대로 죽은 상준동의 아내 문동옥을 어떻게든 만나야 했다.

문동옥은 만나겠다는 연락을 김현욱을 통해서 전해왔다. 김현욱은 진구에게 잔뜩 생색을 냈다.

"사모님한테 김진구 씨를 수완이 아주 좋은 사람으로, 뭔가 도움이 될지 모른다고 소개했더니 한번 만나는 보겠다고 하세요."

어느 정도는 예상한 대로였다. 문동옥은 지금 지푸라기라도 잡고픈 심정일 테니까. 그녀가 진구를 집으로 불렀다는 점은 다소 의외였다. 낯선 사람에 대한 경계심이 없는 걸까.

진구는 김현욱을 밖에서 만나 같이 찾아갔다. 평창동의 단독주택. 잔디가 곱게 깔린 마당을 가로질러 현관을 통과해 거실로 들어갔다. 힐끔 보아도 서화, 도자기, 고급스럽지만 튀지 않는 가구들이 적재적소에 배치되어 세련되면서도 편안한 분위기를 자아냈다. 인테리어 잡지에 소개될 만한 은근하고 멋들어진 거실이었다.

진구는 두리번거리지 않으려 애쓰며 거실 소파에 앉았다. 그 맞은편에 문동옥과 김현욱이 앉았다. 도우미로 일하는 중년 여성이 차와 멜론을 내왔다. 차는 처음 맡아보는 향이 났고, 껍질이 두툼하게 잘려나간 멜론은 지금까지 진구가 먹어온 게 진짜 멜론이었나 싶을 만큼 달았다.

문동옥은 다소곳했다. 갸름한 얼굴에 곱게 내려앉은 생머리.

엷은 화장기 뒤로 자신을 숨기는 듯한 표정. 보기 드문 미인이면서도 남자의 접근을 어쩌면 허락할 것만 같은 묘한 기대감을 주는 인상이다. 겉모습만 보아도 저돌적인 상준동과는 대척적인 위치에 있는 듯한 유형의 여자다.

"집까지 오시라 해서 죄송해요. 그래도 이쪽이 예의인 것 같아서."

문동옥이 온화하게 말했다. 진심인 것 같았다. 그녀는 예의라고 생각해 진구를 집으로 부른 모양이다. 그게 낯선 자에 대한 경계심을 넘어서 있다. 어쨌든 진구를 돈 부스러기를 바라고 자산가 집안 부근에서 얼쩡대는 한낱 건깡깡이로 취급하지는 않은 것이다. 김현욱이 옆에 있으니 안심하는 마음도 물론 있을 것이다.

"회장님 일은 얼마나 상심이 크세요. 정말 뭐라 드릴 말씀이 없네요."

진구는 자신이 생각해도 어울리지 않게 격식을 갖춘 인사를 건넸다. 연부가 봤으면 '진구 너 정말 많이 변했다'라며 또 웃어댔겠지.

"감사해요."

"장례식장에서도 잠시 뵈었습니다만."

"그래요? 워낙 경황중이라 기억을 못 했네요. 죄송해요."

"아닙니다. 저도 봤지만 워낙 조문객들이 많으셔서요."

문동옥은 말이 없었다. 진구가 한 번 더 인사치레를 했다.

"이번 일은 저도 충격을 받았습니다. 믿었던 분한테 배신당했으니 상심이 더 크시겠습니다."

이쯤 되니 마치 다른 인격이 말하고 있는 듯한 기분이었다. 그런데 왠지 이 여자 앞에서는 그래야 할 것 같았다.

"이러려고 그랬나. 그 양반이 안 그래도 요즘 부쩍 몸이 안 좋았어요. 예전엔 술을 연일 마셔도 멀쩡했는데, 요즘엔 구토도 자주 하고, 영 무기력하더라고요. 건강에 더 신경 써야겠다고 이것저것 챙기고 있었는데……. 그런데 엉뚱하게도 그런 일로 저세상으로 갈 줄은 정말 몰랐어요."

문동옥이 애달프게 말했다. 묘한 품위가 깃들어 있다고 진구는 느꼈다. 상대의 인사말에 어떤 식으로든 진지하게 응대하면서, 운전기사에 대한 직접적인 분노표출을 피하고 한편으로 남편의 죽음에 안타까운 심정을 드러내는 화법이었다.

진구는 차를 한 모금 마시고는 말투를 확 바꾸었다.

"사실 저는 회장님하고는 작은 인연밖에 없습니다. 일을 하나 맡아 처리한 정도라고나 할까요. 그런데 그런 중에 몇 가지 사실을 알게 되었죠."

문동옥이 차분하게 눈을 들어 진구를 보았다.

"현재 현금 계좌 상당액이 큰 아드님인 상선기 씨 차명계좌로 들어가 있단 사실을요."

"……네."

"그리고 아마 아시겠지만 차명계좌든 뭐든 명의자가 소유자로 추정됩니다. 그 부분을 돌아가신 상 회장님 명의의 재산으로, 말하자면 상속대상이 되는 재산으로 되돌리는 일은 힘들단

이야깁니다. 소송한댔자 몇 년 걸리고 이길 가능성도 거의 없죠."

소송해도 안 될 거라는 말은 겁주기 위한 허풍만은 아니었다. 제이디애셋이라는 거대 시스템을 등에 진 상준동이라면 온갖 은밀한 루트를 통해 철저하게 명의를 돌려놓았을 것이다.

문동옥의 눈동자에 서글픈 빛이 스쳤다. 그녀도 그런 상황은 이미 인지하고 있는 모양이었다.

"사실은, 금융계좌뿐이 아니에요."

문동옥이 불쑥 말했다.

"네?"

진구가 물었다.

"부동산도 대부분 선기 명의예요. 심지어 이 집도요."

문동옥은 한숨을 섞어 말했다. 그 정도일 줄은 진구도 예상 못 했다.

진구는 찻잔을 든 손을 내려놓았다.

"재산 상황이 그렇게까지 되어 있는지는 저도 몰랐습니다. 회장님은 왜 그렇게까지?"

"그 양반은 워낙 아들을 중히 여기는 구식이기도 한 데다가 선기에 대한 마음이 각별했어요. 전처 되시는 분이 이혼당하고 병으로 돌아가셨는데, 선기는 아버지 탓이라고 원망이 컸나봐요. 그 양반은 그런 선기가 애달팠던 것 같아요. 그래서 마음을 더 썼고요. 회사도 선기 물려준다고 못박아놨어요. 지연이는 손 못 대게 하라고. 그러면서 명의든 실질이든 대부분의 자산을 슬금슬금 선기 앞으로 이전해놓은 거죠. 회사 지분은 우리도 일부 상속받겠지만 어차피 선기가 대주주고, 비상장 회사라 당장 돈이 되질 않아요."

"이해가 안 되네요. 그래도 대개는 아내 되시는 분의 영향력 때문에 그 반대의 경우가 보통일 텐데요."

매일 밤 같이 자는 아내의 요구를 거절할 수 있는 남편은 거의 없다. 대개는 그녀가 살아 있는 권력이 되어 그녀와 그녀의 자녀들이 모든 걸 가져가고, 전처의 자녀들은 천덕꾸러기 신세가 된다. 이것이 이런 경우 진구가 생각하고 있는 보통의 전개였다. 그런데 이 집안의 경우는 거울처럼 정확히 거꾸로 되어 있다.

"이야기도 몇 번 해봤죠. 나보단 우리 지연이가 신경 쓰여서. 선기 앞으로 다 해놓으면 어떡하냐고. 그 양반은 화를 버럭 내더라고요. 지연이는 아직 어려서 명의를 넘겨놓을 수 없다. 당신은 내가 있는데 무슨 재산명의가 필요하냐. 나중엔 선기가 다 알아서 해줄 것이다. 내가 다 그렇게 만들어놓았다. 그렇게요. 큰소리 떵떵 치면서 말도 못 꺼내게 했어요."

문동옥은 차분하게 말했다. 남 앞이라 내색은 않지만 많이 마음이 상했을 법하다. 실제로 지금 대부분의 상속재산이 상선기 앞으로 넘어간다는 현실에 맞닥뜨리지 않았는가. 심지어 이 탐스러운 집조차도 포함되어 있다. 이런 변칙적 구도는 상준동의 거칠기 짝이 없는 성격과 문동옥의 선이 곱고 내성적인 성격의 조합이 빚어낸 결과물이리라.

진구는 조금 생각하다가 시선을 들어 김현욱을 보며 말했다.

"실례지만 김 부장님은 잠시 자리를 좀 비켜주시겠습니까?"

"왜요?"

김현욱이 눈썹을 치켜 올리며 되물었다.

"조용히 사모님하고만 이야기 좀 할 게 있어서요."

"이야기하세요. 난 그냥 앉아만 있을게요."

김현욱은 불쾌한 기색을 띠었다.

"저하고 둘만 있다고 해서 사모님한테 해를 끼칠 일은 없습니다만…… 사모님, 어떠세요?"

진구가 문동옥을 향해 물었다. 문동옥은 옆자리 김현욱을 돌아보며, "김 부장님, 전 괜찮아요" 했다. 김현욱은 마지못해 일어서서 거실 밖으로 걸어 나갔다.

그의 등이 사라지고 두터운 현관문이 마치 중세의 성문처럼 철커덕 소리와 함께 굳게 닫혔다. 진구는 시선을 앞으로 돌렸다.

"제가 알고 온 것보다 훨씬 사모님 상황이 안 좋네요."

"그렇게 안 좋다고 할 것까진 못돼요. 먹고살기 힘든 사람도 많은데요. 거기에 비하면…… 선기가 알아서 해주겠죠. 또 만에 하나 그렇지 않더라도 우리 모녀 두 사람인데 먹고살 수야 있겠죠."

문동옥의 서글픈 눈매와 힘없이 무릎 위로 떨어져 있는 손을 보았을 때 정말 그런 기대를 갖고 있는지는 의심스러웠다.

"단도직입적으로 말씀드리겠습니다."

진구의 말투에 담긴 진지한 기세에 문동옥이 눈을 크게 떴다. 그녀도 들고 있던 찻잔을 내려놓고 진구를 똑바로 쳐다보았다.

"단언할 순 없습니다. 하지만 경우에 따라서는 상속을 받게 해드릴 수도 있습니다."

"어떻게요?"

문동옥이 차분하게 물었다. 그녀의 온건한 성격을 고려하더라도 좀 지나치게 냉정한 반응이라는 실망감을 진구는 가졌다. 아마도 무모해 보이는 제안이 진구에 대한 믿음이나 평가를 확 떨어뜨려버린 게 아닐까. 진구가 말했다.

"아직은 불확실합니다. 그래서 방법도 말씀드리진 못하겠습니다. 하지만 가능성에 불과하더라도 이대로 포기하기엔 너무 억울하시지 않겠습니까?"

"그런 가능성이 있단 건가요?"

"저만은 그 가능성을 알고 있습니다. 그리고 저는 그 일을 할 수도 있고요. 그래서 상속을 받게 해드릴 수 있다는 제안을 드리려는 겁니다."

"……고맙네요."

반응이 여전히 뜨뜻미지근하다. 그녀가 물었다.

"김 부장님한테 미리 말씀은 좀 들었어요. 김진구 씨가 어떤 탐정 비슷한 일을 하신다고. 그리고 그쪽에선 굉장히 뛰어난 분이라고."

문동옥이 잠시 말을 멈추었다. 진구는 다음 말을 기다렸다.

"허투루 하는 말씀이라고 듣진 않겠어요. 프로페셔널이신 거잖아요. 그래주시면 저야, 저하고 지연이한테는 정말 고마운 일이죠. 그럼 그, 사례는 어떻게?"

문동옥의 말투는 어디까지나 조심스러웠다.

"아직 실낱같은 가능성 수준이라 그 이야기하기는 좀 이릅니다만…… 알아서 주시면 되겠죠."

"저, 그럼 얼마나?"

문동옥은 확실한 액수를 듣고 싶은 모양이다. 이 여자에 대한 믿음이랄까, 그런 것이 조금 더 생겼다. 확실한 액수를 정한다는 건 그만큼 확실한 지불 의사가 있다는 것 아닌가.

"새로 얻은 상속액의 한 20퍼센트면 어떨까요? 물론 세금 제하고 남은 금액에서요."

"좋아요."

문동옥은 지체 없이 승낙했다. 그 말에는 어떤 기대감보다는 전혀 가망 없는 일에 대한 자포자기적인 심경이 실려 있었다. 20퍼센트라는 수치가 생각보다 낮아 안심되기도 했으리라. 그 수치는 엉뚱한 제안을 들고 온 낯선 남자에 대한 경계심을 최소화할 수 있는 보수라는 계산에서 나온 섬세한 베팅의 결과물이었다.

진구는 남은 멜론을 찍어 먹고 서둘러 찻잔을 비웠다. 진구가 인사를 건네고 나올 때까지 문동옥은 처음에 보여준 예의를 잃진 않았지만 좀 더 기운을 잃고 지쳐 있었다. 지금까지 이렇게 좋은 집에서 살아왔으면서도 그녀는 통념적인 시선과는 달리 자기 인생이 어떻게 되든 받아들이는 듯했다. 평생 좋은 일이라고는 있어보지 못한 사람처럼 그녀의 얼굴에는 비관적인 전망만이 가득해 보였다. 그녀가 결혼하면서 걸었던 기대와 달리 모든 부(富)의 과실을 상준동이 독점해온 탓인지도 모른다.

현관을 나오니 김현욱이 뚱한 얼굴로 정원 벤치에 앉아 있었다.

그날 저녁 여지없이 진구의 아파트에 찾아온 해미는 그 이야기를 듣고서 발칵 뒤집혔다.

"왜 그딴 의뢰를 집에까지 가서 받아?"

부엌 식탁에서 치킨을 뜯던 해미는 닭다리를 마구 휘둘렀다.

"손해 볼 거 없잖아. 일단 해보는 거지."

진구는 고개를 뒤로 젖혀 닭의 파편을 피했다.

"그 집안하곤 정말 지긋지긋하게 얽힌다. 회장하고 아들은 오빠한테 뭘 의뢰하려 했고, 이번엔 오빠가 나서서 의뢰를 받아왔네."

"사람이 다르잖아. 이번엔 회장 부인이니까."

"도대체 무슨 생각으로 들이민 거야?"

"상속 대상자를 살해하면 상속 못 받는 거 알지?"

"알지, 그거 지난번 부산 남현호 할아버지 사건* 덕분에 나도 공부 좀 했잖아."

진구가 오른 주먹으로 왼 손바닥을 탁 치며 말했다.

*《가족의 탄생》 사건.

"바로 그거야. 상선기가 만약 상준동 회장을 살해한 거라면 상속재산은 날아가는 거야. 하늘을 바라보며 손가락만 빨게 되겠지."

"무슨 소리야? 범인은 운전기사라고 밝혀졌는데."

"그러니까 가능성에 걸어본 거야."

"지난번에 오빠가 이야기한 다른 가능성이 이거였어?"

해미의 표정이 실망감으로 찌푸려졌다.

"근거는 있는 거야?"

"상준동 회장이 다른 때가 아니라 바로 지금 죽어야만 상선기가 최대의 이익을 보는 상황이었어. 그런데 상준동 회장이 지금 죽은 거야. 하필이면 말이지."

"그건 대체 무슨 말이야?"

"상선기 명의의 차명계좌에 막대한 돈이 있어. 그게 상당히 리스크가 큰 사업에 막 투자되려던 시점이야. 상 회장이 죽으면 그 돈은 고스란히 보존되면서 상선기 것이 돼. 그걸 내가 어떤 경로로 알게 됐거든."

해미는 그건 어떻게 알았는지 물었지만 진구는 끝내 가르쳐 주지 않았다. 그 이야기를 하려면 연부가 들려준 녹음 이야기를 꺼내야 한다.

해미는 걱정스러웠다. 진구가 허를 찔러 예상치 못한 결과를 보여준 때도 있었지만 헛물켜는 일도 봐왔다.

한편으로는 진구의 생각이 틀렸다고 해도 문동옥이 조금 실망은 하겠지만 더 나빠질 일이야 없다는 생각도 들었다.

해미는 결국 입을 다물고 말았다.

상준동 피살사건은 범인이 자백한 덕분에 수사, 검찰송치, 기소까지 일사천리로 이루어졌다. 거의 한 달 만에 모든 절차가 마쳐졌고, 재판기일도 신속하게 잡혔다.

진구는 신문 기사를 통해 사건의 추이를 주시하고 있었다. 해미가 본다면 연부와 관련된 일이라서 필요 이상의 관심을 갖는 게 아니냐고 길길이 뛸 것이기에 해미에게는 굳이 티를 내지 않았다. 실은 진구의 관심은 그보다는 막대한 돈의 그림자가 어른거리는 느낌 때문이었다. 그건 직관 혹은 본능에 가까운 것이었고, 대개의 경우 그리 빗나가지 않았다.

김현욱으로부터 공판기일과 시간을 알아냈다. 김현욱은 그 사건에 관심을 가지는 진구가 의외라는 반응이었지만 그 이상의 의문이나 관심은 보이지 않았다.

공판에 가볼 작정이었다. 운전기사의 우발적 구타 살인. 그게 진상이라면 진구가 딱히 할 수 있는 일은 없다. 하지만 엄청난 부자가 살해당했는데 돈 문제가 아니라니. 만약 드러난 사건의 표면 뒤에 숨은 다른 진상이란 게 있다면, 다른 방법의 모색이 가능하리라 싶었다. 진상이 표면과 같다면 생각을 접으면 그만이다. 공판에 가보면 신문 기사에 나오지 않는 구체적인 사실들이 드러난다. 그리고 거기서 어떤 단서를 잡아낼 수 있을지 모른다. 가능성이 높지는 않지만 들어맞을 시에는 엄청난 수익이 가능한 고액 베팅이다. 그리고 그 코스트는 진구의 남아도는 시간 일부를 쓰는 것뿐이다.

첫 공판에 진구는 조금 늦었다. 아침 10시에 진행되는 시각에 맞추기란 늦잠에 익숙한 진구에게 힘든 일이었다. 왕십리에서 서울중앙지방법원이 있는 서초동까지의 주행시간에 관한 진구의 계산착오도 있었다.

법정에 들어섰을 때, 이미 재판은 진행 중이었다. 인정신문은 끝이 났고, 검사가 공소장을 낭독하고 있었다. 진구는 방청석 뒤편에 겨우 빈자리를 발견하고 앉았다. 오른편 피고인석의 장효준은 고개를 푹 숙이고 있었는데, 옆모습이어서 어떤 표정을 짓고 있는지 통 알 수 없었다.

"피고인은 피해자 상준동에게 피마자 씨앗이 섞인 차를 건네 중독되게 해 항거 불능케 한 다음 철로 된 문진을 들고 피해자의 뒤통수를 내려쳐 살해하였습니다."

진구는 눈을 번쩍 떴다. 범행방법을 밝히는 검사의 말이 의외였기 때문이다. 피마자 씨앗으로 중독을 시켜 저항을 못 하게 했다? 단지 구타해서 살해한 게 아니란 이야기?

"공소사실을 인정합니까?"

재판장이 묻자 장효준이 일어섰다.

"네. 인정합니다."

그러고는 자리에 앉았다.

재판장의 표정이 편안해졌다. 살인사건에서 이렇게 호쾌할 정도로 시원하게 자백하고 나오는 사건은 드물 것이다. 비록 살인을 저지른 인물이기는 하나 장효준에게 그다지 나쁜 감정을 품지는 않을 만했다.

검찰 측의 증거 신청이 있었고, 변호인이 모두 증거에 동의함으로써 증거조사절차가 끝이 났다.

검사의 공소장 낭독과 이어진 증거조사절차를 통해 밝혀진 건 다음과 같은 사실이었다.

사건 당일 저녁 7시 조금 지난 무렵, 상준동은 장효준을 불러 차를 운전하게 했다. 사무실로 돌아가 책상에서 어떤 서류를 가져와야 한다는 용건이었다. 장효준이 가져오겠다고 하니 사람을 시키기 곤란한 개인적인 서류라고 했다. 장효준이 상준동을 태워 제이디애셋이 입주한 빌딩으로 가 지하 주차장에 차를 댔다. 그때가 오후 7시 32분. 지하 주차장에 설치된 CCTV에 상준동의 차가 들어오는 장면이 찍혔다. 그리고 상준동과 장효준이 엘리베이터를 타고 21층에 내리는 장면까지 찍혀 있다. 장효준은 상준동을 따라 사무실 문까지 열어주었고, 상준동은 잠시 차에 가서 기다리라고 했다. 서류를 찾는 데 시간이 소요될 모양이었다. 6분 후 장효준이 혼자 다시 하행 엘리베이터에 타는 모습이 찍혔다. 장효준은 지시대로 차에 가서 기다린 듯하다. 그로부터 20분이 조금 안 되었을 무렵, 상준동이 장효준에게 전화를 해 잠깐 사무실로 올라오라고 했다. 아주 짧은 통화가 이루어진 것으로 기록되어 있다. 장효준이 다시 상행 엘리베이터를 타는 모습이 CCTV에 찍혔다. 그리고 오후 8시 29분, 장효준이 허겁지겁 엘리베이터를 타고 내려가는 장면이 CCTV에 뚜렷하게 찍혔다. 그사이에 살인이 이루어진 게 분명해 보였다.

재판장이 안타깝다는 듯이 장효준에게 물었다.

"왜 그랬습니까?"

장효준이 일어섰다. 그는 조금 머뭇거리다가 입을 열었다. 그 모습이 다소 극적이었기에 청중의 눈과 귀가 그의 입으로 쏠렸다.

"저는 회사가 아니라 상준동 회장의 개인 기사였습니다. 아니, 노예였습니다."

장효준은 이런 말로 시작했다.

"상 회장은 처음에 저를 기사로 고용할 때 자기하고 인연을 맺은 사람은 절대 손해 보게 하지 않는다고 큰소리쳤습니다. 그리고 그러더군요. 자기는 오래 일할 성실한 사람을 찾고 있다. 사람 자주 바뀌는 거 싫다. 쥐꼬리만 한 월급 꼬박꼬박 받고 일할 수도 있지만 그래서야 언제 목돈 만지겠느냐. 차라리 번거롭게 월급 챙기는 대신에 내 옆에서 한 몇 달 착실히 일해라. 그러면 하는 거 봐서 전세금 정도는 해줄 수 있다. 어떻게 하겠느냐 이렇게 말이지요. 전 당연히 전세금 목돈으로 받는 쪽을 택하겠다고 했습니다. 이 나이에 자꾸 일자리 바꾸는 것도 고역이고요. 전세금이면 못해도 한 오천은 주겠지, 나름 계산했고요.

그 오천만 원을 생각하면서 죽도록 일했습니다. 밤에는 술자리 끝날 때까지 밖에서 기다렸고, 골프장 티업 시간 맞춰서 새벽 4시에 차를 가지고 집으로 갔습니다. 밤에 자다가 기침 몇 번 난다고 사람을 깨워서 병원 응급실로 가도록 시켰습니다. 심지어는 기름값도 수시로 저에게 부담시켰습니다. 그래도, 그래도 그 오천만 원을 생각하면서 이를 악물고 일했습니다. 고용계약서도 쓰지 않았습니다. 월급은 없었고 가끔씩 회장님이 선심 쓰듯 주는 일, 이십만 원이 전부였습니다. 회장님을 믿었죠. 그런데 한 몇 달 참고 일하다보니 서서히 의문이 들었습니다. 계약서도 없고, 말뿐인데 나중에 다른 말 하면 어쩌나 하고요. 그 생각이 드니까 차츰 불안해졌습니다. 회장님 얼굴을 보면 또 그럴 사람이 아니지, 하면서 마음을 다잡았지만 한구석으로는 신경이 자꾸만 쓰이는 것이었습니다.

그래서 하루는 마음먹고 말했습니다. 당장 먹고살아야 하니까 월급을 좀 달라고. 그랬더니 애당초 월급은 나중에 주기로 하지 않았냐면서 단칼에 거절하더군요. 어차피 나중에 줄 목돈 지금 일부를 준다는 생각으로 할 수 있지 않냐고 간청해도 화만 냈습니다. 그리고 전세금 이야기도 슬쩍 얼버무리는 겁니다. 그때 그런 생각이 들었습니다. 처음부터 거짓말한 게 아닐까 하고요. 몇 번을 말했지만 계속 같은 대답, 같은 태도에 그 생각은 확신으로 변했습니다.

그러던 어느 날 문을 닫고 나오다가 그의 혼잣말을 얼핏 들었습니다. '전세금은 개뿔.' 그때 알았습니다. 이 사람은 전세금을 절대 해줄 생각이 없단 걸요. 분명했습니다. 그때까지 5개월을 일했지만 그 뒤로 약속한 1년 채우러 7개월을 더 일했다면 전더 철저히 당하는 꼴밖에 안 되었겠죠. 전 회장의 술수에 놀아난 겁니다. 완전한 사기였습니다. 절 우습게 보고 가지고 논 겁니다. 제 돈으로 기름값 써가며 밤낮 없이 운전해준 병신이었습니다. 그런 생각에 분을 참을 수 없었습니다. 넉 달 동안 자그마치 2만 킬로미터를 운전했습니다. 밤낮으로요. 분통이 터졌습니다. 그래서 죽이기로 결심했습니다."

장효준은 범행의 동기를 묻는 재판장의 질문에 자초지종 전부를 털어놓았다. 담담하게 말했는데 그게 오히려 집중력을 높였고, 판사 세 사람을 비롯, 방청객들 모두는 장효준의 이야기에 빠져 들어갔다. 그중에는 "저런, 쯧쯧" 하고 혀를 차거나 조그맣게 "나쁜 놈"이라 중얼거리는 이도 있었다. 장효준의 처지에 동정을 표하거나 상 회장을 비난하는 정서가 법정을 뒤덮었다.

하지만 진구에게 장효준의 범행 동기는 첫 번째 관심사가 아니었다. 살인의 직접적인 실행에 관해 이야기하는 장효준의 다음 말에 귀를 기울이기 시작했다.

"상 회장은 키는 작달막하지만 골프로 단련돼서 힘이 상당한 사람이었습니다. 그냥 덤비다가는 제가 당할 가능성이 있었습니다. 그래서 먼저 독을 먹이기로 했습니다. 틈틈이 야외로 나가 피마자 씨앗을 몰래 채집해두었습니다. 중국에 있을 때부터 익숙한 식물이었으니까요. 그러고서 기회를 엿보던 중이었는데, 마침 그날따라 상 회장은 저녁 무렵에 사무실에 무얼 가지러 가야 한다면서 저를 또 불렀습니다. 직원들이 다 퇴근한 시간이어서 사무실은 비어 있었죠. 주차장에서 기다리고 있는데, 상 회장한테서 전화가 왔습니다. 또 무슨 잔심부름을 시키려는지 사무실로 올라오라더군요. 사무실에 들어간 저는 차를 한잔

드리겠다면서 녹차에 피마자 씨앗 가루를 몰래 탔습니다. 상 회장은 무언가를 찾느라 책상 서랍을 여기저기 뒤지고 있어서 알지 못했죠. 제가 건넨 차를 마신 상 회장은 독이 퍼지자 목을 잡고 뒹굴기 시작했습니다. 그제야 무언가를 깨달았는지 핏발 선 눈으로 저한테 기어오더군요. 저는 놀라고 겁도 났습니다. 무작정 책상 위에 있던 철 덩어리 같은 걸 집어 들었습니다. 그게 문진이란 건 나중에 알았습니다. 있는 힘을 다해 그걸 휘둘렀습니다. 뒤통수에 맞았고 상 회장은 쓰러졌습니다. 상 회장이 죽은 걸 확인하고는 서둘러 사무실을 나왔습니다."

장효준은 CCTV 영상과 통화기록에 완벽히 부합하는 자백을 했다. 적어도 살인의 실행에 관해서는 그의 고백과 다르게 구성할 가능성은 없어 보였다. 살인을 하지 않은 자가 살인을 했다고 실토할 이유란 통념으로는 거의 생각하기 힘들다. 장효준의 자백은, 만약 이 사건의 진상이 따로 있다면 그걸 물샐틈없이 지우고 메꿔버린 접착제 역할을 하고 있었다. 그걸 뒤집지 못하는 한 다른 결말은 없다.

하지만 법정 안의 진구는 사건의 진상에 관해 조금은 다른 가설을 세우느라 머리가 복잡해졌다.

한 번 더 두드려볼 가능성은 분명히 있어. 조금 원시적이긴 하지만.

다음번 기일에 정상관계 증인으로 제이디애셋의 직원을 신청하겠다는 변호사의 말을 들으며 진구는 조용히 법정을 빠져나왔다.

진구가 상선기를 불러낸 곳은 청담동의 조용한 카페였다. 약속시각보다 10분 늦게 등장한 상선기의 넥타이는 비뚜름하게 풀어헤쳐졌고 얼굴에는 분노가 서려 있었다.

화난 발걸음으로 다가와 진구 앞자리에 털썩 주저앉았다. 미소를 띠며 다가온 여종업원에게 아메리카노를 주문하는 그의 목소리가 조금 떨렸다. 커피를 기다리는 동안 진구는 용건을 꺼내지 않았는데, 그는 차마 화제를 재촉하지는 못한 채 내내 초조해하고 좌불안석이었다.

이날 오전 진구가 전화했을 때, 상선기는 화부터 냈다. 내가 당신을 왜 만나야 하냐고. 진구가 말했다.

"상준동 회장님 살인사건에 관해 이야기를 나누고 싶어서요."

"글쎄, 그걸 내가 왜 당신하고 이야기해야 하는데?"

"어쩌다보니 나만이 아는 사실이 몇 가지 있게 돼서요."

상선기의 침묵. 진구는 이어 말했다.

"이를테면 범인이 누구인가 같은 문제 말이죠."

"무슨 헛소리야!"

상선기는 버럭했다. 그러면서도 '괜히 귀찮게 될까봐', '악의적인 오해를 풀어야 한다'는 등 주절주절 핑계를 붙이며 진구가 정한 약속에 결국 응했다.

진구는 마음속으로 쾌재를 불렀다. 적어도 상선기는 필요 없는 만남을 단칼에 거절하지 못할 만큼 당당하지 못했다. 이 자는 분명히 구린 구석이 있다. 그렇다면 무너뜨리는 일만 남았다. 진구의 생각은 앞서나가고 있었다.

커피가 두 사람 앞에 놓였고, 진구는 천천히 잔으로 손을 뻗었다.

"대체 무슨 일이요?"

상선기가 조급하게 말했다. 진구는 잔에 막 갖다 대던 손을 천천히 거둬들였다.

"먼저 회장님의 일에 대해서 깊은 애도의 뜻을 표하……."

"무슨 일이냐니까?"

상선기가 조급하게 말을 끊었고 진구는 상선기를 느긋하게 바라보았다.

"지금 자꾸 그러시니까 너무 구석에 몰리신 듯 보입니다."

상선기가 눈을 끔벅이더니 말투를 바꾸었다.

"용건을 말해요."

"차분해지니까 한결 이야기하기 낫겠네요. 여기 음악 소리는 있지만 사람들이 있으니까 좀 작게 이야기할게요."

진구는 몸을 앞으로 기울였다. 상선기는 진구를 멀뚱히 노려보았다.

"궁금한 게 있어서요."

"뭡니까."

"장효준 씨한테 얼마를 준 겁니까?"

"뭐? 무슨 소리야?"

되묻는 상선기의 낯빛이 벌써 새하얗게 질려 있었다. 예감한 질문이었을까.

"회장님을 죽이는 대가로 얼마를 줬냐고요. 아니, 아직은 주기로 약속만 한 상태인지도 모르겠군요."

"이, 이 새끼가……."

상선기가 곧 펀치를 날릴 듯이 탁자 위에 놓인 두 주먹을 꾹 쥐었다.

"기껏 차분하게 시작하게 했더니 욕설을 합니까?"

진구는 짐짓 인상을 찌푸렸다.

"내가 뭘 알고 있는지 더 궁금하지 않은 모양인데요. 그럼 여기서 그만두죠."

"잠깐 앉아봐."

상선기가 손으로 진구를 만류했다.

"대체 그게 무슨 소린지 말해. 왜 내가 장효준을 사주해서 아버지를 죽였다고 생각하는 거지?"

"그 이유를 말하기 전에 먼저 내 질문에 대답해보시죠. 얼마를 주기로 했는지. 아, 한국에서 직접 계좌로 넣으면 흔적이 남으니까, 중국에 있는 가족한테 주기로 했나? 환치기 비슷하게. 아닌가?"

"왜 그런 생각을 했냐니까!"

"소리 낮추시죠."

진구가 차갑게 말했다. 이어 검지를 곤두세웠다.

"내가 알게 된 이유는 중요하지 않습니다. 당신한테 알려줄 필요도 없어요. 다만, 여기서 상 실장님이 알아야 할 사실은 내가 그걸 언제든 경찰에 알릴 수 있다는 것뿐이겠죠."

상선기의 낯빛이 붉으락푸르락했고 입술이 실룩거렸다. 그런데 잠시 후 상선기는 의자 등받이에 기대 뭔가를 생각하더니 입가에 가볍게 미소를 지었다.

"당신 같은 인간들 잘 알아, 김진구. 돈이 굴러가는 곳이면 어디든 찔러본다, 그거 아냐? 돈 많은 아버지가 죽었어. 아들을 자꾸 얼러대면 귀찮아진 아들 쪽에서 돈 부스러기라도 굴러 나올지 모른다, 이렇게 생각했겠지. 뻔해. 당신은 아무것도 갖고 있지 않아. 알기는 개뿔."

상선기는 빠른 시간 안에 평정을 회복하고 전략을 수정한 모양이다.

"그런 식으로 해서 내가 가진 근거를 말하게 하려고? 날 너무 쉽게 생각한 거 아닐까요?"

"장효준이 문진으로 아버지 머릴 내리쳐 죽였어. 그건 명백한 사실이야. CCTV도 있고 수사에서 다 밝혀졌어. 본인도 다 자백했어. 이제 와서 당신이 헛소리 몇 마디 한다고 수사를 다시 하거나 바뀌는 것 없어."

"하지만 진상은 알려진 것하곤 조금 다르던데요. 문진을 내리쳐 죽이기 전에 독을 먹였더군요. 말하자면 독살을 먼저 시도했단 거죠."

"그래. 피마자 씨앗인가, 그거? 그것도 장효준이 다 자백했어. 독살을 하려다가 아버지가 끈질기게 살아 있으니까 문진으로 내려쳤다고."

"사건 내용을 잘 알고 계시는군요."

"당연하지. 아버지 사건이니까."

"피마자 씨앗을 장효준에게 건네준 게 당신이어서 그런 거겠죠."

"헛소릴 잘도 하는군."

"아니면 그런 살해방법을 지시한 게 당신이거나."

"내가 더 들어야 할 말이 있나?"

어느새 대화의 판세는 근소하게나마 상선기에게로 기울어졌다. 무엇보다 장효준 본인이 독을 먹이고 철 문진으로 내려쳤다는 데야 도리가 없다. 본인의 자백이라는 강고한 벽을 뚫을 만한 확실한 증거가 아직은 없다. 그리고 그것은 갈수록 자신감을 되찾는 상선기의 뻔뻔함의 이유이기도 할 것이다.

"장효준이 입을 열지 않으리라고 자신하는 모양이네요."

"사실이 아니니까."

진구는 말이 없었다.

"지난번에 당신한테 무슨 의뢰를 하려고 했었지. 큰일 날 뻔했어. 당신 같은 사기꾼한테 일을 맡기려 했다니."

상선기의 비아냥에도 진구는 굳이 대꾸하지 않았다. 상선기는 일어섰다.

"시간만 버렸군. 당신이 만나자고 한 거니까 커피값은 당신이 계산해."

상선기는 출입구 쪽으로 횡 하니 걸어가버렸다. 그 발걸음이 처음 나타날 때에 비해 무척 자신만만했다.

진구는 상선기가 떠난 빈자리를 보며 이 만남의 이익과 손실을 계산하고 있었다. 어차피 오늘은 그저 두드려보기 위한 거였다. 상선기가 이 살인사건의 배후에 있다는 의심. 다른 때도 아닌 바로 이 시점에서 상준동이 죽는다는 건 상선기에게 큰 의미가 있다. 자신 명의로 된 막대한 차명계좌, 차명 부동산 재산이 굴러들어오는 거니까. 그리고 하필이면 독살이라는 방법이 개재되어 있다. 처음 전화로 화제를 꺼냈을 때 분명 상선기는 예민하게 반응했고 약속에 응했다. 나올 필요가 없는 자리에 나왔다. 불안해하고 초조해하면서. 약점이 있다는 건데. 진구는 그걸 건드리지 못했다. 상선기는 진구가 확실한 증거물 없이 덤빈다는 사실을 확인하고는 안심하고 떠나갔다. 결국 장효준의 굳게 닫힌 입. 그것이 그에게는 무엇보다 확실한 방패막이인 것이다. 그게 열리지 않는 한, 경찰이 재수사를 할 가능성도 전혀 없다.

하지만 상선기가 커피숍을 들어설 때의 그 초조한 표정이 아무런 의미도 없다고는 절대 생각되지 않았다.

하는 수 없다. 이런 이야기를 하러 만나고 싶진 않았지만.

연부를 만나야겠다.

진구는 마음을 굳히고 일어섰다.

진구는 빌딩 앞에서 연부를 기다렸다. 오후 5시가 조금 넘은 시각. 만나자고는 진구가 했지만 이렇게 이른 시각을 정한 쪽은 연부였다. 진구가 짧은 인내심을 뒤로하고 휴대전화를 막 꺼내려는데 연부가 나타났다. 몸에 딱 붙는 검은색 투피스 정장 차림이었다. 얼굴이 들꽃처럼 화사하다. 지난번 집에서 보았던 반바지에 부스스한 모습과는 완전히 딴판이다. 진구는 연부에게 빼앗겼던 시선을 일부러 딴 데로 돌렸다.

"웬일이야. 전활 다 하고."

연부가 두리번거리다가 회전 출입문 옆에 비켜선 진구를 발견하고 다가왔다.

"그냥 밥이나 먹을까 하고."

그런 용건이 아니란 것쯤은 연부도 알고 있다. 두 사람은 나란히 걸었다. 별다른 대화는 오가지 않았다. 연부가 불쑥 입을 열었다.

"실은 나 배 안 고파. 아직 5시밖에 안 된걸."

진구는 걸음을 멈춰 섰다.

"나도 그래. 백수라서 점심시간이 따로 없거든. 조금 전에 먹었어."

"뭐야. 밥 용건이 역시 아니잖아."

진구는 묵묵히 고개를 끄덕였다. 연부의 발길이 조금 앞서더니 테헤란로에서 선릉로로 접어들었다.

"저리로 갈까."

연부가 가리킨 곳은 선릉공원이었다. 진구는 한 번도 들어가 본 적이 없었지만 이의를 가질 이유가 없었다. 연부는 마치 진구가 무얼 이야기하러, 무슨 용건으로 왔는지 아는 것만 같았다.

"시원한 거라도 하나 살게."

진구가 말했다.

"난 필요 없어."

"그럼 나도. 그냥 가자."

두 사람은 입장료를 치르고 안으로 들어갔다. 길가의 차 소리는 아득히 등 뒤로 사라졌다. 능을 옆으로 하고 언덕길을 조금 걸어 올라가 오솔길 옆 빈 벤치를 찾았다. 진구와 연부는 나란히 앉았다. 진구가 손수건을 꺼내 깔아주려 했지만 연부가 털썩 자리에 앉아버렸다.

"여기 괜찮네. 도심에 이런 데가 다 있고."

진구가 주변을 휘이 둘러보았다. 은행나무, 소나무가 울창했고 그 위로 고층 빌딩 몇 개가 삐죽이 내다보였다.

"나도 처음 들어왔어."

연부가 미소 지으며 말했다.

"근데 이렇게 회사 일찍 퇴근해도 돼?"

진구가 괜히 휴대전화를 꺼내 시간을 확인했다. 오후 5시 20분이다. 여름이니 아직 환한 대낮이다.

"사직서 냈어. 지금은 업무 인계 중이야."

"그래?"

놀랍지는 않았다. 상준동 회장과의 개인적 인연으로 들어온 곳이다. 그런데 그는 죽었고, 연부와 여러 가지로 껄끄러울 수밖에 없는 상선기가 곧 실질적으로 회사를 지배하게 된다.

"정해놓은 덴 있어?"

"없어. 그냥 미국 다시 가서 월가에 트라이해보려고. 나 한국 올 때 심하게 잡았던 모건 스탠리하고 리먼 쪽 사람들이 있거든."

연부는 가볍게 웃으며 말했다. 장래에 대한 불안감은 보이지 않았다.

"하긴, 연부 너라면 뭘 해도 여기보다 훨씬 나을 거야. 한국엔 뭐……."

하마터면 '가족도 없고'라는 말을 할 뻔했다. 진구는 마지막에 말을 얼버무린 행운에 감사했다.

"그런 인사치레하지 말랬지. 김진구답지 않다고."

연부가 다시 웃으며 말했다.

"그래, 알았어. 그냥 본론부터 이야기할게."

진구가 체념한 듯 말했다.

"사실은 며칠 전에 상선기를 만났어."

"왜?"

"범행을 자백하라고 을러봤지."

연부는 진구의 말에 무언가를 생각하듯 하늘을 잠시 올려다보았다. 그러다 입을 열었다.

"넌 상선기가 아버지를 죽였다고 생각하는 모양이구나."

"그냥 짐작 정도야. 상선기가 범인이었으면 하는 바람도 있어."

"바람? 왜 그럴까."

연부는 고개를 돌려 진구를 쳐다보았다.

"상 회장 사모님하고 아이가 좀 안됐더라. 알고 봤더니 금융자산뿐 아니라 부동산도 대부분 상선기 명의로 되어 있었어. 지

260

금은 상선기가 다 가져갈 판인 거야."

"아버지를 살해하면 상속권을 잃지. 상선기가 범인으로 되면 상속권을 상실하니까 새어머니 측이 유산을 모두 가져간다, 이런 이야기네?"

"너 법을 잘 아는구나."

"그런 정도야, 뭘."

"역시 잘 안다는 말이야."

진구는 '역시'에 힘을 주어 말했다.

"그게 무슨 의미야?"

"그냥 한 말이야."

진구는 얼버무렸다.

"넌 뭔가 짐작한 게 있는 모양인데. 그래서 날 만나러 온 거 아냐?"

연부가 말했다.

"그런 모양이지."

"왜 그래? 김진구가 언제부터 이렇게 흐리멍덩한 말을 하는 사람이 됐어?"

진구는 조금 더 진지하게 말투를 바로잡았다.

"알았어. 그럼 계속 이야기해볼게."

연부는 눈으로 재촉했다.

"상준동 회장이 연부 널 그런 취급해서 화가 많이 났을 거야."

진구는 슬쩍 연부를 보았는데 아무런 반응이 없다.

"다른 사람은 몰라도 난 알지. 유연부라는 여자를. 무디고 무례한 상준동 같은 인간은 꿈에도 눈치 못 챘을 테지만. 상준동은 자신의 돈이 세상 사람들에게처럼 연부 너에게도 똑같은 위력을 발휘할 거라고 쉽게 생각했는지 몰라도 천만의 말씀. 어쩌면 상준동이 연부 널 모욕한 순간 그는 이미 죽음에 한 발 들이민 거나 마찬가지였다고 생각해."

"말씀이 지나친데."

"아, 미안. 그건 하나의 표현이었어. 연부 네가 상준동을 죽였다는 따위의 헛소리를 하려는 건 아냐."

진구는 잠시 말을 멈추었다가 이었다.

"연부 네가 그랬잖아. 상선기가 불쌍해서 만나줬다고. 농담처럼 했지만 어느 정도는 진실도 포함돼 있다고 생각해. 넌 예전부터 남자에 별 관심이 없었어. 어차피 연부 네 눈엔 남자들이란 다 그렇고 그랬을 거야. 그렇다면 이왕이면 그냥 자기를 좋아해주고 잘해주는 남자를 고르지 뭐, 그 정도 아니었을까 싶어. 물론 다른 사람이 보기엔 정말 안 어울리는 조합이지. 상선기가 유연부를 과연 얼마만큼 알까. 10분의 1? 100분의 1? 람보르기니 성능의 10분의 1도 모르면서 디자인에 반해 구입하는 졸부의 욕망 같은 거였지. 하지만 연부 넌 그런 걸 개의치 않고 만나주었던 것 같아. 정말 그저 자기한테 쏟는 정성이 갸륵해서였달까? 그런데 정말 어이없게도 상준동이 아들과의 결혼을 반대한다면서 널 모욕했어.

생각해봤어. 과연 연부가 참을 수 있었을까? 뭐 하긴 참을 수도 있었겠지. 아닐 수도 있고. 그런데 적어도 내가 아는 연부라면 그 모욕에 항의하는 뜻으로라도 회사를 그만두지 않았을까 싶어. 그런데 회사를 계속 다녔잖아. 없는 듯이 참자는 생각에서 그럴 수도 있겠지. 하지만 유연부잖아. 이 회사도 상준동이 장학금 준 인연으로 특별히 부탁해서 월가의 스카우트도 뿌리치고 와준 거잖아. 그런데 굳이 다닐 이유가 있을까. 더 좋은 곳으로 떠나버리면 그만인데. 그렇다면 혹시 그런 건 아니었을까? 모욕감을 되갚을 기회를 찾기 위해 잠시 분노의 발톱을 숨기고 그냥 그렇게 회사를 다니기로 한 것 말이야."

"후후, 나도 잘 모르는 내면의 분석, 재밌네."

연부는 엷게 미소를 머금었다.

"지난번 날 집으로 불러서 녹음을 들려줬었지. 상선기하고의 그 대화 말이야. 일단 왜 내게 그걸 들려줬는지는 둘째 치고, 내용이 좀 이상한 게 있었어. 대화 내용을 보면 예전 사막 여행에서 독풀인 웰위치아를 가져왔다며 건넨 장면이 있는데, 웰위치아는 우리가 갔던 고비 사막이나 타클라마칸 사막에는 없어. 그풀은 아프리카 나미브 사막에서만 자라는 식물이야. 그리고 약간의 환각 효과가 있다는 말도 있지만 기본적으로 사람을 죽이는 독풀이 아니지."

"너 참 상식이 풍부해졌다. 그런 것도 알고 있었어?"

"백수란 게 그런 장점은 있어."

진구는 씁쓸하게 웃고는 말을 이었다.

"그걸 연부 네가 사막에서 가져왔을 리도 없고 독이 없단 걸 몰랐을 리도 없는데 버젓이 상선기에게 건네줬어. 상선기는 그런 걸 몰랐기 때문에 정말로 생각하고 새파랗게 질렸던 것 같던데, 난 그 대활 듣고 무슨 장난같이 여겨졌거든. 골탕 좀 먹이려고 그러나? 하고 말이야. 근데 그 뒤에 이어진 이야기가 꽤 설득력 있던데? 지금 상준동 회장이 상선기 명의의 돈을 위험자산에 투자하려 한다. 지금 막지 않으면 그 돈은 공중분해된다. 반면에 지금 상준동이 쓰러지면 그 돈은 모두 네 것이 된다. 그 이야기 말이야. 물론 그때 당장은 상선기가 화를 내며 달려들었어. 그리고 연부 넌 테이저건으로 겁주고는 그 상자를 들고 와버렸지.

난 그런 생각이 들었어. 이건 연부 네가 상준동에 대한 응징으로 생각해낸 가장 적절하고 타협적인 선택, 이를테면 자신의 안전과 결과 발생의 확실성을 절충한 행동이라고 말이야."

"절충했다, 그렇게 표현할 수도 있겠네."

연부는 별 저항 없이 진구의 말에 동의했다.

"연부 넌 하나의 가능성에 기댄 거야. 말하자면 이런 거야. 상선기는 당장은 흥분했지만 혼자 집에 가서 연부의 말을 생각 안 해볼 리가 없겠지. 아버지가 지금 없어지면 자신은 고스란히 모든 재산을 물려받는다. 하지만 만약 이대로 가만히 있다간 위험한 투자로 돈을 다 날릴 수도 있다. 정말 연부 말대로 아버지를 죽인다면 어떨까? 금융자산뿐 아니라 실제로는 부동산도 대부분 상선기 앞으로 되어 있었으니 그 유혹은 컸을 거야. 그 부동산도 언제 아버지가 되가져 갈지 모르고, 의붓동생 상지연이 성인이 된 다음엔 그쪽에도 절반은 뺏길 거고. 자신의 가치를 돈으로밖에 증명하지 못하는 상선기에게는 큰 유혹과 갈등이었을 거야. 돈은 자신의 인생 모든 것인데. 더구나 상선기는 자신의 친엄마를 버린 아버지를 몹시 미워한 것 같아. 게다가 이번에는 결혼에 개입해 좋아하는 여자를 떠나보내게 만들었어. 연부가 쉬운 방법도 알려주었어. 아버지가 늘 먹는 차 통에 몰래 알려지지 않은 독풀을 섞어 놓으면 심장병으로 고생하던 아버지를 흔적 없이 야금야금 죽일 수 있을 것 같다……. 커다란 이익과 낮은 발각 가능성. 이 두 가지는 살인을 실행하도록 상선기의 마음을 끌어당길 수 있겠지. 넌 상선기와 사귀는 사이였으니 그자의 인성도 잘 알았을 거야. 충분히 그런 계산과 결심을 할 수 있는 남자라고 판단했겠지.

물론 아닐 수도 있어. 아무리 그래도 살인이니까. 자기 아버지를 죽이는 일이니까. 최악의 경우는 상선기가 경찰에 신고할 수도 있어. 그래서 연부 넌 안전한 방책을 마련해둔 거야. 웰위치아라는 엉뚱한 식물을 독풀이라며 들이밀었어. 그 풀을 구할 수 없을 테니 아마 어떤 허브 같은 걸 들고 가지 않았을까? 상선기가 거부하자 테이저건을 꺼내는 쇼를 하고는 상자를 슬쩍 들고 와버렸어. 이러면 범죄는 어떤 쪽으로든 성립이 안 돼. 일단 웰위치아는 독풀이 아니니까 사람을 죽일 수 없고, 사람을 죽일 수 없으니 만약 상선기가 수락한다 해도 법적으로는 불능 미수란 게 되는데 이건 처벌 불가야. 그러면 살인 예비나 살인 음모죄는 성립되냐 하면 그것도 아니지. 역시 그 되지도 않는 풀이 사람을 죽일 수 있을 리 없으니까. 연부 넌 이렇게 말하면 그만

이야. 회장님이 결혼을 반대해서 화가 났다. 그래서 아들을 상대로 이 풀로 아버지를 죽일 수 있다는 못된 말을 건넸다고.

하지만 살인은커녕 살인미수도, 살인예비음모도 해당이 안되는 이 상황은 실질적으론 상선기로 하여금 살인을 심각하고 진지하게 고민할 수 있도록 등을 떠밀 수 있어. 하나의 가능성에 불과하지만 만약 그게 현실화된다면 살인을 교사한 것과 다름없는 결과를 낳게 되지. 법으론 절대로 처벌받지 않고서 말이야. 연부 넌 거기에 베팅을 해본 거야. 마지막 장면에서 상자를 다시 들고 와버린 것도 너의 계산이었어. 상선기가 그게 독풀이란 걸 그대로 믿고 혹시라도 가져가서 그걸 상준동의 차 통에 넣으면 상준동이 죽지 않잖아? 상선기가 독자적으로 결심해서 따로 진짜 독을 구해서 아버지의 차에 타야 했으니까.

뭐라고 해야 할까, 이런 확률에 건 범죄. 확실한 살인은 못 되지만 살인의 가능성을 유발시키는 행동. '가능성 범죄'라고나 할까. 아, 실은 정확한 말은 못 되겠지. 이건 아예 범죄가 아니니까 말이야. 연부 넌 상준동을 응징하고 싶었지. 하지만 절대로 안전한 지대에 있고 싶기도 했어. 범죄가 성립할 위험성은 남기고 싶지 않았던 거야. 그래서 이 상황을 연출해낸 거야."

진구는 어떤 대꾸를 기다렸지만 연부는 그저 말없이 진구의 말을 더 듣겠다는 듯 쳐다보기만 했다. 진구가 다시 말했다.

"첨에 네가 그 상황을 녹음했다는 게 굉장히 이상하게 여겨졌고, 나한테 들려준 건 더 이상했어. 표면적으로는 살인을 권하는 위험한 발언이잖아? 하지만 연부 네 의도가 그런 거였기 때문에 오히려 그 상황을 기록으로 남겨놓을 필요가 있었던 거야. 만약 상선기가 연부 너의 말을 듣고 마음을 바꿔 아버지를 독살한다면? 거기까진 좋은데, 어설픈 상선기 수준에서는 발각되고 체포될지도 모르지. 그러면 궁지에 몰린 상선기는 분명 그럴 거야. 내가 살인을 생각해낸 게 아니다. 유연부라는 여자가 아버지를 죽이라고 시켰다. 그리고 독물도 건네줬다. 그렇게 변명하겠지. 그런 경우를 대비해서 녹음을 남겨둔 거야. 들어봐라. 난 상준동이 미워서 아들을 상대로 이런 연출을 했다. 하지만 어디까지나 화풀이 수준의 장난이었지 실제적인 살인과는 무관한 행동이었다. 웰위치아라는 풀은 타클라마칸 사막에 없는 풀이고, 한국에 있을 리는 더욱 없으며, 독풀도 아니다. 그리고 그마저 내가 가지고 와버렸다. 이렇게 말이야. 그 녹음은 오히려 자신의 안전을 위한 거였어.

녹음을 내게 들려준 건 그런 이유겠지. 그 녹음이 언제 이루어졌는지 알 수 없는 거니까. 살인 후에 상선기와 유연부가 말을 맞춰서 새로 만들어낸 건지 알 수 없으니까. 경찰이 할지도 모를 그런 한 줄기 의심조차 잠재우기 위해 날 증인으로 만든 거야. 그 시점, 상준동이 아직 살아 있는 그 시점에 그 녹음이 존재한다는 걸 들은 증인으로 말이야. 때마침 그때 난 상선기의 조사 의뢰를 받고서 연부 너한테 조심하라는 얘길 하러 전화를 걸었어. 연부 넌 갑자기 날 집으로 오라고 해선 그 녹음을 들려주었지. 아마 나하고 통화를 하던 중에 이 기회에 나를 좀 이용해야겠다는 생각을 퍼뜩 떠올렸던 것 같아.

어쨌든 연부 년 일어나지 않은, 혹은 일어나지 않을지도 모르는 상준동의 살해라는 일에 관해서조차 그 후의 세 단계, 네 단계까지 안전장치를 마련해두었던 거야. 그게 녹음의 이유였어."

진구가 말을 마치고는 힐긋 연부를 보았다. 연부는 진구의 시선을 외면하고서 주위를 둘러보다가 뜬금없이 말했다.

"목마르지 않아? 시원한 거 하나 마실까?"

진구는 두말없이 일어서서 공원 입구로 향했다. 경비원에게 잠깐 말을 건네고는 바깥 자동판매기로 걸어가 생수 한 병과 이온음료 하나를 샀다. 다시 돌아온 진구는 연부 앞에서 두 개를 내밀었고, 연부는 이온음료를 골랐다. 연부가 캔을 따고 목을 축이는 동안 진구도 생수 마개를 따고 들이켰다. 말을 많이 하고 난 뒤라 물이 생각보다 많이 목구멍으로 흘러들어갔다.

연부가 캔을 옆자리에 놓아두고는 말했다.

"맞아."

스스럼없는 말투였다.

"쉽게 인정해주어 고마워."

"부정할 이유가 없지. 난 네 말대로 결국 아무것도 안 한 거니까. 진구 네가 내 의도를 눈치챌 거라고도 생각했어. 그러면서도 녹음을 들려준 거야. 이런 말을 들어도 전혀 놀랍지 않아."

연부는 훗, 하고 한 번 웃고는 다시 말했다.

"살해할 확률에 걸고 기다리는 일뿐이었지만 꽤 재밌기도 했어."

"재미?"

진구가 연부를 보았다.

"그래. 난 상선기한테 그 말을 하고 나서 다음 날 출근해서 기다렸어. 상준동 회장이 오기를 말이야. 만약 그가 오자마자 감히 날 죽여, 하며 노발대발하거나 내게 적대감을 표출한다면 그건 상선기가 아버지를 살해한다는 패륜적 발상을 아예 생각하지 않고 자기 아버지한테 일러바쳤단 거겠지. 유연부라는 미친 여자가 이런 말을 하더라. 당장 잘라라. 그럼 난 아무 미련 없이 회사에 사표를 던지면 그만이야. 어차피 뭐 범죄를 저지른 건 아니니까.

하지만 상준동 회장은 평상시와 조금도 다름없는 표정으로 출근했어. 아무 일 없는 듯이. 그게 뭘 의미하는 거겠어? 상선기는 아버지를 죽이라는 내 말을, 나의 실체를 자기 아버지한테 알리지 않았단 거야. 그것만으로 상선기가 확정적으로 살의를 품었다고는 못 하겠지만, 적어도 상선기는 집에 돌아간 후 내 말을 휙 내던져버리거나 아버지에게 일러바치지 않고 그 이익과 손해를 곰곰이 생각해보고 있었단 거야. 말도 안 된다며 당장 화를 내던 룸 안에서의 그 모습은 더 이상 아니란 거지. 정말 아버지를 죽여버릴까, 하며 저울을 달아보고 있다는 거야. 그래서 난 다음 단계로 넘어갔어."

"다음 단계?"

진구가 의아한 표정을 지었다. 연부가 장난스럽게 미소 지었다.

"그래. 모처럼 함정을 팠는데 그 정도의 어설픈 운에만 맡기는 것도 아깝잖아?"

진구는 연부를 물끄러미 바라보았다.

"사람들이 왜 살인을 하지 않는다고 생각해? 살다보면 정말
저 인간만은 죽여버리고 싶다, 그런 마음을 먹는 대상이 한두
명쯤은 있게 마련인데. 왜, 양심 때문에? 아니, 모순이지. 죽이고
싶은 마음이 벌써 들었는데 다시 또 무슨 양심 때문에 그걸 안
한다는 거야. 이유는 간단하고 유일해. 잡힐까봐서야. 범행억지
에는 강한 처벌보다 높은 검거율이 훨씬 효과적이라는 연구 결
과가 있어. 들키면 패가망신하는 불륜, 뇌물, 그런 것들이 왜 일
어나겠어? 들키지 않을 거라는 믿음 때문에 하는 거거든. 들킬
지 모른다는 두려움만 없애주면 어떤 범죄든 일어날 수 있어.
살인? 우습지. 수학적인 확실성이 아니라서 내 맘에 들진 않
지만, 어떻든 발각 가능성이라는 파라미터만 낮춰주면 살인을 결
심한다는 결과발생의 확률은 비약적으로 높아지는 게 분명해.

상선기 같은 부류는 더하지. 일단은 확실한 손익 상황을 알려
주었어. 그냥 아무 일 않고 가만히 있는 것보다 살인이 백만 배
지 인생에 유리하다는 상황 말이야. 그다음은 들킬 염려가 없다
고 믿게 하기 위한 준비 작업이 필요했어. 약물을 이용해 흔적
을 남기지 않는 살인이라는 힌트를 준 거야. 상준동 회장은 심
장이 원래 약했으니까 심장병처럼 보이도록 하는 독을 쓰면 깨
끗하게 끝난다는 걸 그 돌머리한테 알려준 거지. 하지만 그 풀
은 내가 들고 와야 했어. 네 말대로, 일단은 내가 살인 예비음모
니 하는 따위의 죄목으로부터 안전해야 했고, 실제로는 독풀이

아니었으니까 상선기가 사용해봐야 효과가 없기도 했어.

그다음 단계가 훨씬 중요했지. 잡힐지 모른다는 두려움을 확실하게 없애주는 단계 말이야. 난 몰래 피마자 씨앗을 구해두었어. 그걸 잘게 부수어서 상자에 넣었지. 아, 그 빨간 상자는 상선기한테 웰위치아가 들어 있다면서 보여준 그 상자야. 피마자 부스러기를 채워 넣은 그 상자를 상준동 회장이 멀쩡한 얼굴로 출근한 걸 확인한 이틀 뒤부터 내 책상 위에 올려두었어. 빨간색이니까 금방 눈에 띄었지. 상선기는 아버지 사무실을 들락날락하면서 반드시 보게 돼. 난 그저 올려두었을 뿐이야. 아마 상선기는 그날 밤 보았던 그 상자를 내 책상 위에서 매일 보면서 갈등했을 거야. 흔적 없이 사람을 죽인다는 저 독풀이 든 상자. 유연부 저 여자가 저걸 가져가도 좋다는 식으로 버젓이 책상 위에 내놓고 있는데. 저걸 일단 들고 가, 말아? 하면서. 뒤탈을 전혀 남기지 않고 아버지를 살해하고 전 재산을 독차지할 수도 있는데. 그 불타오르는 생각에 기름을 부어준 셈이야.

살해의 동기는 그날 밤 충분히 주었어. 그리고 '안전한 살인'이라는 가장 중요한 양분을 매일매일 주입한 거야. 상선기 녀석, 머릿속이 꽤나 터져나갔을걸. 그걸 가져가야 할 이유의 수는 기하급수적으로 늘어났을 테고. 상선기는 그 강렬한 유혹과 매일 처절하게 싸웠겠지. 폭발할까. 폭발한다면 언제 폭발할까. 난 상선기의 행동을 흥미롭게 지켜봤지. 선기가 상준동 회장 방에 출입할 땐 난 일부러 자리를 비웠어. 마음을 정했다면 편하게 들고 갈 수 있도록 말이야.

아마 나흘 뒤였을 거야. 그 상자가 없어졌어. 상선기가 회장
방에 들어갔다 나온 그 시간이었지. 난 참지 못하고 화장실로
가서 배를 잡고 웃었어. 너도 웃기지 않냐?"

"연부답네."

진구의 목소리가 잠겨 있었다. 아직까지 생수병을 손에 쥐고
있었다는 걸 깨달은 진구는 한 모금 더 마시고는 병을 벤치 위
에 내려놓았다.

"그저 가능성에만 맡기지 않고 구체적인 살의를 일으키도록
장애를 제거해준다, 그러면서도 연부 넌 완전히 범죄의 바깥에
존재한다……. 연부 넌 피마자가 든 상자를 책상 위에 놓아둔
것일 뿐이니까. 살인을 한 것도, 사주한 것도, 심지어는 도와준
것도 아니야. 그걸 훔쳐 가서 회장한테 먹인 건 상선기니까. 살
인 공모는커녕, 교사, 방조, 예비음모 어디에도 해당되지 않게
되지."

"상선기가 상자를 가져간 걸 알고서 난 진구 네게 녹음을 들
려주기로 했던 거야. 상준동 회장의 살해가능성이 이젠 확실하
게 현실화됐으니까. 그렇다면 나한테서 사주받았다는 상선기
의 치사한 변명에 대비해서 녹음의 존재 시기를 분명히 해두어
야 했거든. 마침 너한테서 전화가 왔기에 집으로 불렀지. 좀 미
안한데, 확실하게 증언해줄 수 있으면서 나한테 조금은 우호적
인 증인, 바로 진구 너밖에 안 떠오르더라. 아 참, 진구 네가 나
한테 우호적이라고 생각한 건 내 지레짐작인 걸까?"

연부는 상냥한 얼굴로 진구를 한번 보고는 말을 이었다.

"난 줄곧 지켜보았어. 흥미진진하게. 살인의 동기를 주입받은 상선기는 이제 충분한 안전성까지 손에 넣었어. 남은 건 최종 선택이야. 과연 그는 어떤 선택을 할까? 아버질 죽일까? 그래서 막대한 부를 물려받아 재계의 새로운 에이스로 화려하게 데뷔하는 길을 택할까? 아니면 그래도 아버지를 어떻게 죽여, 라는 도덕을 위장한 나약한 생각으로 자기합리화를 하며 실행을 포기하고 그저 강남의 흔해 빠진 졸부 자제로 그럭저럭 만족하고 사는 길을 택할까?"

연부는 말을 하다말고 "훗" 하며 또다시 가벼운 웃음을 뱉었다.

"그러다 결국 상준동 회장이 죽었지."

진구가 결론을 말했다.

"그래."

잠시 대화가 끊겼다. 진구가 발치의 솔방울을 툭 차고는 말했다.

"우연이라고 생각할 순 없어."

"우연일 리가 없지."

연부도 고개를 끄덕였다.

"인구 10만 명당 살인사건 발생은 약 1.3명. 상준동 회장이 거기에 해당이 된 건데. 뭐, 실제로 일어났으니까 그 희박한 확률에의 당첨 자체를 문제 삼을 순 없겠지. 하지만 그를 상대로 한 살인의 제안과 유혹이 있었고 그 직후 살해당했어. 그게 우연히 다른 범인의 살의와 겹쳤을 확률은 얼마일까? 10만 분의 1.3 곱

273

하기 10만 분의 1.3? 이건 거의 제로에 가깝지 않을까."

"확률론으로 푸니까 더 그럴 듯한데?"

"그래서 난 이 사건에 관심을 갖게 되었어. 왜 범인이 상선기가 아니라 운전기사 장효준인가 하는 의문 말이야. 혹시 경찰이 실수했나 싶어서 재판에 가보았지만 증거가 명백했어. 장효준이 자백하기도 했고. 하지만 거기서 중요한 사실을 알게 됐지. 상준동 회장이 피마자 독에 먼저 중독되었단 걸 말야. 그래서 상선기를 불러냈던 거야."

"잠깐, 그건 좀 이상한데?"

"뭐가?"

연부가 말을 중단시켰고 진구는 고개를 들었다.

"단지 그런 조그만 호기심 때문에 재판까지 가보았단 말이야? 내가 알던 진구하곤 많이 다른데?"

연부가 비꼬듯이 말했기 때문에 진구는 민망했다. 조금 망설이다가 말했다.

"연부 너한테 어떻게 숨기겠냐."

"말해봐. 어떤 이유야?"

"실은 문동옥 씨를 찾아갔어."

연부가 의아한 눈으로 쳐다보았다.

"의뢰를 받으러."

"의뢰를 받으러?"

"응. 상속을 받게 해드리겠다고 했어. 그 일부를 받기로 하고."

진구를 쳐다보던 연부는 "하하하" 허리를 잡고 웃었다.

"진구 너 정말 재밌어졌구나."

진구는 쓸쓸한 얼굴로 가만히 있다가 자신의 말을 이었다.

"연부 네 말이 계기가 되어서 상선기가 아버지를 죽이기로 한 건 맞아. 하지만 방법은 조금 달랐어. 오늘 연부 너한테 피마자 씨앗으로 바꿔치기했다는 얘길 듣기 전까지는 난 이렇게 생각했었어. 사람을 죽인다는 그 신비의 사막풀을 너한테 다시 달라고 할 수 없었을 거야. 그래서 그가 해낸 생각은 운전기사 장효준을 시켜서 아버지를 죽인다는 거였어. 장효준은 평소 상준동 회장한테 불만이 많은 데다, 한국에 가족이나 아무런 연결점이 없는 조선족이었으니까. 안성맞춤이었지. 자신이 확실한 알리바이가 있는 시간대에 실행하도록 했을 거야. 막대한 돈을 약속했을 거고. 아니면 흔적이 남지 않게끔 중국에 있는 가족에게 전달해주기로 했든지. 결국 장효준은 범행이 발각되었어도 그 약속 때문에 끝까지 입을 열지 않는 것 같아. 어차피 들통 난 살인, 의뢰인을 묵비해서 약속된 돈이라도 가족에게 지급되도록 하자는 심산이겠지.

하지만 오늘 연부 네 말을 듣고 보니, 경위가 조금은 달랐던 것 같아. 심약한 상선기는 직접 실행은 결국 하지 못했어. 연부 너한테서 훔친 피마자 씨앗을 장효준한테 건네주면서 이걸로 상준동 회장을 죽이라고 사주했겠지. 장효준은 씨앗을 먹여 중독시킨 후 구타해서 살해한 거고. 사건의 경로가 조금은 다른 것 같지만 아무튼 지금 장효준의 입을 열게 할 방법이 없어."

"그러니까 그게 문제란 거네. 운전기사가 입을 열어주어야 상선기의 범죄가 입증되고, 상속도 못 받게 되는데, 그래야 문동옥 씨가 상속재산을 넘겨받아 진구 너한테 약속한 보수를 줄 수 있는데, 운전기사 장효준 씨가 통 입을 열려 하지 않는다. 그리고 지금으로선 입을 열게 할 방법도 딱히 없다. 이거지?"

"뭐 그런 얘기야."

연부는 희미하게 웃음을 머금었다.

"진구 넌……."

연부는 말을 멈추고 잠시 하늘을 바라보았다.

"무슨 이야긴데."

연부가 망설이는 것 같아 진구가 재촉했다. 연부는 시선을 진구에게 향하고 입을 열었다.

"재판엔 갔지만 제대로 못 보고 온 모양이구나."

"제대로 못 보고 왔다고?"

진구는 고개를 가우뚱했다.

"확실하게 듣고 보았어. 법정 스크린에 비친 증거도 다 보았고. 장효준은 그럴 듯한 말로 범행 이유를 설명했지만 그건 이런 내막을 모르는 사람에게나 통할 이야기였지. 내가 본 건 그거야. 장효준이 입을 열지 않으려는 확신에 찬 태도."

"그럼 다음번 재판에 가봐. 답을 얻을 수 있을 거야."

연부가 말했다.

"뭐?"

"재판에 가보라고."

진구는 연부를 보다가 고개를 천천히 저었다.

"다음번 재판은 의미 없어. 죄의 인부절차는 끝났거든. 양형을 정하기 위한 정상관계 자료만 제출될 거야."

"아니, 꼭 가봐. 너라면 알 수 있을 거야. 지금의 의문에 대한 답을, 모두 다."

진구는 더 반문하지 않았다. 연부의 말에 스며든 기묘한 확신이 진구를 침묵하게 했다.

문득 주변 풍경이 조금 덜 선명해진 것 같은 기분이 들었다. 고개를 들고 시선을 멀리 보냈다. 점점이 선 고층 빌딩이 무너뜨리고 있는 하늘의 선 저 너머로부터 서서히 어스름이 내려앉고 있었다.

송치수의 민속주점 '나그네'는 촌스런 상호에도 불구하고 손님으로 넘쳐나 있었다. 송치수는 손님 서빙하랴 카운터 일을 보랴 눈코 뜰 새 없이 바빠 진구와 해미가 앉은 테이블을 신경 쓰지 못하고 있었다. 진구와 해미는 그게 편했다. 송치수가 끼어들면 불편할 만한 대화를 나누고 있었기 때문이다.

테이블 구석에는 빈 막걸리 병이 두 통 놓였고, 두부 김치 안주가 해미가 올려놓은 양팔에 밀려 한쪽으로 치워져 있다. 안주 접시와 마찬가지로 진구 또한 요즘 부쩍 해미의 성화에 내몰리는 중이었다. 진구가 하는 일을 다 자기에게 털어놓아야 한다는 것이다. 그동안 진구가 너무 자기 몰래 혼자 일을 해왔다며 새삼스레 닦달이었다. 자신을 조수 취급하지 말라며 눈을 부릅떴다. 진구가 장난삼아 그녀를 '왓슨'으로 부르면 마땅찮아 했다. '헤이스팅스'라고 부를 때는 그가 누군지 몰랐기에 그냥 넘어갔지만. 해미는 씨앗을 물어오는 제비처럼 단지 사건을 갖다 주는 역할에 머물 수 없다는 불만에 눈을 뜬 것 같다. 그래서 조수가 아닌 '버디'로서 취급해달라고 요구하는 것이다. 그리고 해미가 그러기로 했다면 진구는 막아내기 힘들다.

"……그렇게 상선기를 을러보았는데 안 되었어."

진구는 며칠 전의 일을 털어놓고 막걸리 사발을 들이켰다.

"상선기가 범인이 아닌 거 아냐? 운전기사 장효준이 살해했다는 게 CCTV에도 찍혔다면서."

"구타 장면이 찍힌 건 아니고, 상준동 회장이 죽을 무렵 그 방에 들어갔다가 나온 게 찍힌 거지."

"그거나 이거나."

"그래도 범인은 상선기일 거라고 생각해."

"왜 그렇게 미워해? 역시 유연부 때문이지? 유연부하고 결혼할 뻔했던 사이라서?"

"그런 거 아냐."

"뭐가 아냐!"

해미는 발끈했다. 진구가 움찔해서 말했다.

"상선기를 미워할 이유가 없어. 오히려 연부한테 조종당한 꼭두각시에 불과했거든."

"그건 무슨 말이야?"

어쨌든 범인은 확정적으로 상선기다. 연부는 법적으로 클린

하다. 사건의 전모를 말해도 무방한 시점이라고 여겼다. 해미한 테는 더 안전하다. 또, 그러지 않고서는 더 이상 해미에게 아무것도 이해시킬 수 없을 것이다. 진구는 전부 털어놓았다. 연부가 자신은 안전지대에 있으면서 마치 낚싯대를 드리우듯 상선기를 유혹했고, 독초인 피마자 씨앗이 상선기의 손에 건너갔으며, 이어 일어난 상준동의 죽음에서 피마자 씨앗이 사용되었다는 사실까지. 해미는 입을 떡 벌렸다. 그러다 소리를 질렀다.

"근데, 그런 걸 왜 이제야 나한테 알려줘!"

"미안. 어느 정도 정리가 된 다음 다 말해주려고 했어. 어차피 해미 너하곤 이해관계 있는 일도 아니고."

"관계가 왜 없어? 유연부도 얽혀 있는데."

"연부한테는 이제 관심 좀 꺼주라."

해미는 진구의 호소에는 관심이 없어 보였다. 고개를 휘휘 젓고는 말했다.

"그 여자, 정말 질린다."

"질릴 것까지야."

"역시 완전 악녀잖아."

"역시, 라니."

"내가 한번 말한 적 있었지. 그 여자 독하다고. 악녀가 맞았어."

"악녀는 무슨. 그런 말 듣고 살인을 결심한 놈이 나쁜 거지."

"자꾸 편들래?"

해미가 눈을 부릅뜨고 주먹을 들었다. 이내 그 주먹은 스르르 내려갔다.

"피마자 독까지……. 그럼 상선기가 범인일 가능성이 역시 높네."

이제는 해미도 진구의 가설을 인정할 수밖에 없는 모양이다.

"그렇겠지. 상선기일 수밖에 없어. 장효준을 어떤 식으로든 꼬이고 매수했겠지. 아마 상선기는 장효준에게 살인을 교사하면서 그 피마자 씨앗을 건네주었을 거야."

해미는 시선을 위로 보내며 무언가를 생각하는 듯하다가 말했다.

"상선기의 살인이 밝혀지면 그 문동옥 아줌마가 재산을 상속하는 거지?"

"그렇지."

"그럼 오빠도 보수를 받을 수 있는 거고? 거액의."

"좀 거액이지."

진구는 싱긋 웃었다.

"해미의 이 고생을 끝낼 정도는 될 거야."

진구는 해미의 빈 사발에 막걸리를 한가득 부어주었다. 해미는 진구의 허세를 무시하고 말했다.

"근데 장효준 그 사람은 끝까지 자기 단독범행이라고 우기고 있는 거잖아. 그럼 상선기가 사주했단 걸 입증할 수 있을까?"

"못 하지."

"오빠가 경찰에 알리면 어때?"

"장효준이 입을 다무는 한 아무 소용없어."

"장효준 그 사람은 왜 그렇게까지 숨겨주는 걸까? 무슨 의리가 있어서."

"의리는 무슨. 아마 우리가 상상치도 못할 큰돈을 약속받은 것 같아. 중국에 있는 가족한테 이미 절반은 전달했는지도 모르지."

그 부분은 진구도 확신할 수 없었다. 그저 짐작뿐이었다.

"장효준의 닫힌 입이 문제야. 그 사람이 입을 열어주어야 하는데……."

"어떡할 거야?"

해미는 걱정스럽게 물었다. 이제는 깊게 빠져든 눈치다. 상선기가 살인을 사주했다는 사실을 밝히는 건 해미가 좋아하는 정의의 결말이기도 하고, 진구의 백수 생활을 끝낼 만한 돈이 생기는 일이기도 하다.

"다음 재판에 한 번 더 가볼 생각이야."

"재판에?"

"응."

"간다고 별수 있어? 오빠가 간다고 닫힌 입이 열리기라도 해?"

"별수는 없지."

"그럼 왜?"

다그치던 해미는 으이그, 하며 작게 한숨을 내쉬었다.

"뾰족한 수가 없으니깐 그냥 부딪쳐보자는 심정이구나."

"글쎄."

딱히 해미의 말과 다르지도 않다. 다만 진구는 연부가 재판에 가보라고 권유했다는 말만은 하지 않았다.

어느새 손님이 줄어들어 드문드문 빈자리가 보였다. 이제 한숨 돌린 송치수가 뻔뻔한 얼굴로 환하게 웃으며 다가오고 있었다. 두 사람은 대화를 멈추었다.

두 번째 재판에도 조금 늦었다. 재판에 가보면 전모를 알 수 있을 거라는 연부의 말이 믿기진 않았지만 왠지 무시할 수 없었다. 그녀가 괜한 장난을 칠 이유가 없었다. 그리고 진구는 시간이 많았다. 또 만에 하나 상황이 우호적으로 바뀔 경우 진구가 얻게 될 보수는 막대했다.

재판은 한창 진행 중이었다. 장효준은 법정 오른편에 변호사와 같이 나란히 앉아 고개를 조금 숙이고 있었다. 방청석은 오늘도 가득 찼고 뒤쪽 자리가 겨우 하나 비어 있어 진구는 거기에 가 앉았다.

증인석에는 김현욱이 앉아 있었다. 지난번 기일에 변호사가 정상증인으로 신청한 회사직원이 그였던 모양이다. 변호사는 우선 그가 상준동의 측근이며, 따라서 운전기사에 대한 처우를 잘 알 수 있는 위치에 있었다는 내용을 질문의 형태로 확인했다. 그다음에는 장효준을 기사로 채용한 배경에 대한 질문이 이어졌다.

"이전에 있던 기사는 혼자서 아이를 키우는 사람이었는데, 밤낮 없는 회장님의 호출을 견디지 못하고 몇 달 만에 그만두었거든요. 그래서 이번엔 회장님이 아예 가족이 없는 사람이나 혼자 사는 분을 선호했던 겁니다. 마음 놓고 개인기사로 부릴 요량이었죠. 중국 동포 출신인 장효준 씨는 우리 회사 유연부 팀장이 대림동 쪽 아는 할머니를 통해서 구한 사람입니다."

진구가 익히 아는 내용이다.

"상준동 씨도 직접 보고 채용한 거겠죠?"

"물론이죠. 회장님은 그런 걸 대충 할 분이 아니에요. 직접 사람을 보시고는 상당히 만족해하셨습니다. 말수도 적고 진중해 보인다고."

이어 변호사는 운전기사에 대한 상준동의 처우에 관해 물었다. 김현욱은 상준동이 술자리, 골프 모임은 물론, 밤낮 없이 그를 불렀고 운전뿐 아니라 다른 자질구레한 심부름까지 몽땅 장효준을 시켜왔다는 사실, 그 탓에 나이 든 장효준이 상당히 힘겨워했다는 것들을 이야기했다.

상준동의 측근이었던 사람치고는 꽤 솔직한 답변이었다. 상준동에게 딱히 어떤 감정을 품었기 때문이라기보다는 이제 와서 숨기고 덧칠할 게 뭐 있냐는 심정에서인 것 같아 보였다.

"상준동 씨는 피고인에게 월급도 잘 안 주고 일을 시켜왔다고 하는데, 증인은 알고 계셨습니까?"

"대충은 알고 있었습니다. 월급을 미리 안 준 건 맞습니다."

"'미리' 주지 않았다, 라고요. 왜 그러셨을까요?"

"지난번 기사의 경우는 월급에다 보너스도 꼬박꼬박 잘 챙겨주셨습니다. 그런데 결국 세무조사 때 졸싹대면서 엉뚱한 말을 흘린 통에 회장님이 곤경을 치른 일이 있었어요. 그 일로 회장님이 크게 배신감을 느끼고 사람을 좀 못 믿게 되신 것 같습니다. 챙길 거 다 챙기고 나면 뒤에서 칼 꽂는다, 뭐 그런 염려 말이죠. 그래서 돈은 나중에 잘 끝나고 나면 한꺼번에 주는 쪽이 낫다고 생각하신 것 같습니다. 특히나 운전기사란 자리는 생활에 밀착해서 볼 거 못 볼 거 다 보는 사이 아니겠습니까. 비밀도 많이 알게 되고."

"피고인은 상준동 씨가 아예 돈을 주지 않을 것 같다고 믿었다는데요."

"설마요, 그건 오햅니다. 생각해보세요. 회장님이 재산이 얼만데, 그깟 기사 월급을 떼먹겠습니까?"

"하지만 피고인이 그렇게 생각할 수밖에 없을 만큼 가혹하고 인색하게 굴었던 것도 사실 아닙니까?"

"그런 건 받아들이기 나름이겠죠."

김현욱은 모호하게 답했다. 제3자로서는 가장 어중간하지만 적절한 선에서의 대답이었을 듯했다. 신문을 끝내려는데, 김현욱은 변호사가 당황스러워할 말을 덧붙이고 말았다.

"장 기사님 성격이 좀 유별난 면도 있었습니다."

"유별난 면이라뇨?"

변호사가 눈썹을 치켜 올렸다.

"솔직히 말하면 좀 모난 면이랄까요. 장 기사님은 유연부 팀장의 소개로 일자릴 구한 거거든요. 근데 은근히 회장님한테 유 팀장님 뒷담화를 하는 것 같더라고요."

"증인이 들었습니까?"

변호사가 항의하듯 물었다.

"제가 직접 들은 건 아닌데, 회장님 말씀을 통해서 들었죠. 그 애길 듣고는 조금 우리 정서하곤 안 맞는 사람이구나, 이상한 분일 수도 있겠다, 그런 생각이 들었죠."

김현욱은 역시 상준동 회장과 좀 더 가까운 사람이었다. 상준 동의 냉정한 처사에 대해서라면 비교적 사실대로 이야기했지만 장효준에게 비수를 꽂는 말을 마지막에 남겨버렸다. 그러고 보면 이 증인을 신청한 게 과연 피고인 장효준에게 도움이 되는 선택이었을지 의문이 들었다. 예기치 못하게 불리한 진술이 나오자 변호사는 서둘러 신문을 마쳤다.

진구는 고개를 갸웃거렸다. 연부는 이번 공판에 와보면 무언가 답을 얻을 수 있을 거라고 했지만 서광을 비춰줄 만한 계시 같은 건 전혀 떠오르지 않았다. 오히려 더 답답해졌다.

장효준의 범행 동기는 모르고 들으면 충분히 공감하고 동정할 수 있는 이야기지만 사건의 이면을 아는 진구에게는 변호사에 의해 잘 짜여진 한편의 스토리라는 느낌이 앞섰다. 일방 당사자인 상준동은 죽고 없는 것이다. 반박도 반대신문도 할 수 없다. 천의 결에 따라 무늬를 수놓는 솜씨 좋은 직인처럼 얼마든지 상황에 맞추어 눈물을 쏟는 이야기를 짜낼 수 있다. 자리에 없는 상대방을 악마로 만드는 일은 그 이상으로 쉽다. 비록 상준동에게 좋은 인상을 갖고 있지는 않았지만 과연 그가 저 정도의 비열한 인물이었던가? 법정에서 드러난 그의 인간상에 대

285

한 진술이 얼마만큼의 신빙성을 가질 수 있을까? 연부가 재판에 와보라는 건 대체 어떤 의미였을까?

진구는 문득 장효준의 얼굴을 보고 싶어졌다. 마침 재판장이 말을 시킨 참에 장효준이 일어서서 무언가 대답을 했고, 말을 마친 장효준이 자리에 앉다가 등을 돌려 자신의 의자를 확인했다. 그때 그의 얼굴이 잠깐 방청석을 향해 거의 정면으로 보였다. 조금 멀었지만 진구는 똑똑히 보았다.

다음 순간 진구는 얼어붙었다. 심장이 멎을 듯한 충격이 찾아왔다. 이어진 재판장의 발언도, 방청객의 소곤거리는 소리도 들리지 않았다. 주변의 아무도 진구의 이상 상태를 눈치채지는 못했다. 누구든 조금만 돌아보았다면 얼굴이 새하얗게 질린 이상한 방청객을 발견했으리라. 진구는 마치 빙벽 한가운데를 들이받은 여객선처럼 꼼짝 않고 그 자리에 앉아 있었다.

재판은 곧 끝이 났다. 통상적으로는 이날 심리가 끝이 났어야 했는데, 검사가 오늘 나온 정상관계 자료를 바탕으로 구형을 위한 의견을 정리해야겠다며 한 번 더 속행해줄 것을 요청했다. 재판장은 고개를 끄덕이고 다음 공판기일을 지정했다. 3주 후였다. 장효준은 교도관에 이끌려 법정 옆문을 통해 떠났다. 방청객들 몇몇이 일어서 우르르 나갔다.

진구는 자리에 남아 얼굴을 감싸 쥐듯이 손으로 이마를 짚었다. 법원 경위가 진구를 힐끔 보았다. 슬픔에 빠진 피고인의 가족쯤으로 생각한 모양이다. 진구는 충격의 여파에서 헤어 나오지 못했다.

이럴 수가.

어떻게 이런 일이.

머릿속이 뒤죽박죽이었다.

그때 그렇게 된 게 아니었단 말인가.

그렇다면 왜 이제야?

대낮에 유령을 본 사람처럼 얼이 완전히 빠져버렸다. 생각은 구체적인 이야기의 모습으로 정리되지 않고, 거센 바람 속 구름처럼 그저 형태를 자꾸만 바꾸어가고 있었다.

연부의 말처럼 모든 것이 이해되었다. 하지만 지금은 생각하고 싶지 않았고, 생각할 힘도 없었다. 진구의 기억 속 깊은 곳에서 봉인된 얼굴, 그 얼굴만이 눈동자에 압인되어 남았다. 상속 싸움에서 떨어지는 재산 부스러기를 노리고 나와 본 법정에서 난데없이 과거와 마주치고 말았다. 자신이 떠나온 그 과거를. 다시는 꺼내는 일이 없을 거라 믿었었다.

진구도 이윽고 힘없이 일어서서 법정을 나왔다. 허우적대는 발걸음이었다. 복도에서 누군가가 어깨를 쳤다. 진구는 멍한 눈으로 그 사람을 올려다보았다. 진구는 다시금 눈을 크게 떴다. 연부였다.

그녀를 보자 진구의 입이 떨리면서 거의 자기도 모르게 열렸다.

"아저씨…… 유상호 교수님……."

진구는 유령을 본 사람처럼 더듬거렸다.

연부가 생긋 웃으며 말했다.

"오랜만에 보니까 반갑지?"

꽝음이 먼저 들렸다. 이어 노란색 람보르기니가 모습을 나타냈다. 왕십리 언덕에서는 잘 볼 수 없는 광경이다. 신기한 물건을 본 듯 행인들의 시선이 모였다. 람보르기니는 순식간에 눈앞까지 왔다. 진구를 칠 듯이 달려들더니 무릎 앞쪽에서 비스듬하게 섰다. 진구는 눈썹 하나 까닥하지 않고 차갑게 운전석을 쳐다보았다. 상선기도 마주 보았다. 눈동자에 불길이 이는 듯했다. 불쾌한 용건으로 자꾸 불러내는 진구에 대한 증오가 바깥으로 활활 발산되고 있었다. 자신을 살인자 취급하는 진구와 다시는 엮이고 싶지 않았으리라. 하지만 "경찰에 찾아가기 전 마지막 기회"라는 진구의 전화에 결국 만남에 응하기로 한 모양이었다. 더구나 한번 자빠졌던 진구가 무슨 자신에선지 당당하게 전화를 걸어오고, 자신이 편한 장소로 사람을 오라 가라 부른 것에 오히려 어떤 불안을 감지한 듯했다.

진구는 조수석 문을 열고 탔다.

"밟으시죠."

진구는 전방 도로를 내다보며 차갑게 말을 던졌다.

"이 새끼가!"

상선기가 몸을 틀어 진구를 노려보았다.

"욕지거리를 들어주는 건 이번이 마지막이야. 밟아."

진구가 한 번 더 말했다. 존댓말과 반말을 섞은 태도가 일단 상선기의 기를 꺾었다. 오만하다 할 만큼 자신감 넘치는 진구의 태도에 상선기는 어떤 불길한 예감을 느꼈는지 일단 차를 출발시켰다.

"날씨도 좋은데 드라이브나 가볼까요? 어디로 할까요. 아, 양재역 근처까지면 좋을 것 같네요."

상선기는 어이없다는 표정으로 고개를 돌려 진구를 보았지만 일단 그 말을 따랐다. 이 판국에 행선지 문제를 두고 기싸움을 벌일 필요는 없다고 생각했는지 진구의 요청대로 양재동 방향으로 핸들을 꺾었다.

왕십리로에서 올림픽대로에 접어들 때까지 두 사람 사이에는 한마디 말도 없었다. 분명한 용건이 있는 만남이지만 두 사람 모두 인식하고 있는 팽팽한 긴장감은 대화가 선뜻 이루어지지 못하게 만들었다. 신호등에 걸려 대기할 때면 젊은 남자 두 사람이 람보르기니에 나란히 앉은 이상한 그림에 행인들 몇몇이 기웃거렸다. 진구는 차창 너머로 한강을 물끄러미 내다보다가 말했다.

"한강변에서의 추억이 좀 있죠. 연애는 아니었고, 예전에 어떤 나쁜 놈한테서 좋은 일을 할 기회를 준 곳이 한강변 공원이었거든요.* 오늘도 그날과 비슷한 일을 해야 할 것 같군요."

진구가 주절거렸지만 상선기는 눈알을 굴릴 뿐 섣불리 대꾸하거나 진구에게 당장 질문을 하지는 않았다. 상선기가 입을 연

*《순서의 문제》중 〈순서의 문제〉 사건.

건 차가 경부고속도로를 달려 서초IC에서 양재 방면으로 빠져
나갈 무렵이었다.

"당신이 좋아하는 양재동까지 왔어. 용건을 말해."

"조금만 더 기다리세요. 아직 적당한 장소가 아니거든요."

"적당한 장소?"

상선기는 질문하듯 되뇌었지만 경계심을 품은 듯 진구를 더
재촉하지는 않았다.

"이쯤에 차를 댈까요."

진구가 가리킨 곳은 양재역을 조금 지나 안쪽으로 뻗은 길의
막다른 곳이었다. 주차타워를 옆에 낀 한적한 도로였고, 인적이
없었다.

"왜 여기야?"

상선기가 진구가 가리키는 곳에 차를 세우고는 눈알을 부라
리며 말했다.

"주차요금 아까우니까 여기 대시라는 겁니다. 상 실장님의 주
머니 사정을 생각해서요."

"장난할 기분 아니야."

"장난이라뇨."

"그깟 주차비 아끼려고 배려한다니, 내 차가 얼마짜린지 알고
나 하는 소리야?"

"그래야 할 텐데요."

"왜."

"조만간 거지가 되실 거니까."

"뭐야?"

상선기가 눈을 부릅떴다. 진구는 대답을 하지 않고 몸을 틀더니 바지 주머니에 손을 집어넣었다. 꺼낸 손에는 접힌 종이가 들려 있었다. 진구는 셔츠 포켓에 꽂아두었던 볼펜을 꺼내 같이 상선기에게 내밀었다.

"사인하세요."

"이게 뭐야."

상선기는 종이를 보지도 않은 채 화난 목소리로 말을 내뱉었다. 진구는 종이를 기어박스 옆 공간에 던져놓은 뒤 허리를 뒤로 쭉 뻗으며 고개를 절레절레 저었다.

"참 눈치가 없으시네요. 양재동까지 왜 왔는지 아직도 모르시겠어요?"

상선기는 말없이 진구를 노려보았다.

"이 바로 옆에 그 건물이 있지 않습니까."

상선기는 여전히 입을 앙다문 채 노려보았다. 진구는 답답하다는 듯 말했다.

"가정법원 말이에요."

"가정법원?"

상선기의 입이 자신도 모르게 열렸다. 눈가에는 도무지 이해할 수 없다는 빛이 불가항력으로 떠올랐다.

"아, 물론 상 실장님하고 저하고 아무런 친척관계도 아니니까 저하고 뭐 같이 손잡고 들를 일은 없습니다. 전 그저 사무대리인 정도라고나 할까요."

"대체 무슨 개수작을 하려는 거야?"

"무슨 수작인지는 종이를 보시면 압니다."

진구는 조금 전 건넨 종이를 턱짓으로 가리켰다.

상선기는 그제야 종이를 집어 들어 펼쳤다. '상속포기각서'라는 제목이 달려 있었다. 인쇄된 내용은 몇 줄 안 되었지만 그걸 읽어 내려가는 상선기의 얼굴은 금세 벌겋게 달아올랐다. 자신 명의 부동산과 예금은 상준동의 재산임을 확인하며, 모든 재산 상속을 포기한다는 내용이었다.

"정식 상속포기에는 몇 가지 서류가 더 필요합니다. 가족관계 증명서라든가 인감증명서라든가 말이죠. 오늘은 일단 이 각서 만 접수시키고, 나머지 서류는 후일에 보완해서 제출하세요."

진구가 말했지만 상선기는 듣고 있는 것 같지 않았다. 얼굴이 잔뜩 달아올랐다. 진구의 말이 채 끝나기도 전에 상선기는 종이 를 진구 쪽 조수석 바닥에 집어 던졌다.

"미친놈! 이걸 지금 나한테 사인하라고 내민 거야?"

"그렇습니다."

진구는 허리를 굽혀 종이를 집어 들었다.

"거절하시리라고는 생각지 못했어요."

진구는 종이를 자신과 상선기와의 중간 지점쯤 되는 대시보 드 위에 놓았다.

"당신 미친 거 아냐?"

"가장 이성적이고 합리적인 선택입니다."

"이성? 합리?"

상선기가 기가 차다는 듯 코웃음을 쳤다.

"어차피 아버지 재산을 상속받지 못한다는 결과는 같은데, 이왕이면 교도소에 가지 않는 쪽을 택해야 하지 않겠습니까?"

"또 그 수작이야? 내가 병신이지. 너 같은 인간 말에 속아서 또 나오다니."

상선기는 시동 버튼에 손을 휙 댔다. 진구는 멀뚱히 쳐다볼 뿐 굳이 말리지 않았다. 상선기는 선뜻 버튼을 누르지 못하고 도로 손가락을 뗐다.

"말해봐, 헛소리. 들어는 보고 가지."

"간단합니다. 이 각서만 작성하면 경찰에 굳이 알리진 않겠습니다. 상 실장님은 그저 상속재산만 포기하고 끝나는 거죠. 교도소에 갈 일은 없어요. 그래도 남는 거 아니겠습니까? 상 실장님 고유의 재산도 좀 있으신 걸로 아는데요. 그것만으로도 쭉 괜찮게 사실 수 있는……."

"도대체 경찰에 뭘 알린단 거야? 뭘 가지고 협박이야?"

상선기가 못 참겠다는 듯 진구의 말을 잘랐다.

"그야 상 실장님이 아버님을 살해했다는 사실이죠."

"지난번과 똑같잖아. 젠장, 몇 번을 우리면 내가 맘 변할 것 같아서 그래?"

"똑같지 않습니다."

진구가 상선기를 똑바로 노려보았다.

"장효준 씨가 이젠 진술을 바꿀 테니까요."

상선기는 계속 말없이 진구를 노려보았다.

"생각 중입니까?"

"생각할 것도 없어."

상선기가 퍼뜩 깨어난 듯이 대꾸했다.

"장효준이 진술을 바꾼다고 해서 왜 내가 범인이 되며, 만약 그렇게 된다면 너한테 각서를 써주는 게 무슨 의미가 있는 거지?"

말투가 한층 차분해졌다. 흥분도 냉정도 쉽게 찾아드는 그였다.

"의미 있습니다. 이 각서를 써주시면 장효준 씨가 말을 바꾸는 일이 없도록 제가 조치할 거니까요."

"당신이 어떻게? 무슨 힘으로?"

상선기는 완연히 비즈니스적인 말투로 변해 있었다. 진구는 휘이 하고 작게 휘파람을 불었다.

"조금 말씀을 드려야겠네요. 길지 모르지만 잘 들어주세요."

진구는 목을 빼 잠시 주변을 둘러보았다. 행인이 한 명 지나간 뒤 인적은 끊겼다. 주차타워 앞에서 일하던 주차요원이 밖으로 나와 람보르기니 쪽을 힐끔거리다가 모습을 감추었다. 두 사람을 신경 쓰는 사람은 이제 없다. 진구는 입을 열었다.

"상 실장님은 의아했을 겁니다. 왜 장효준이 아버님을 살해했을까 하고요."

진구는 말을 던져놓고 상선기를 힐끔 보았다. 상선기는 눈을 멀뚱히 뜨고서 말이 없었다.

"상 실장님이 모르는 사실 몇 가지를 먼저 말씀드려야겠네요.

실은 유연부 씨와 전 중학교 동창으로 잘 아는 사이입니다."

상선기가 놀란 눈으로 진구를 보았다. 그가 무슨 말을 하려 입을 떼려 했지만 진구가 아랑곳 않고 말을 계속했다.

"그리고 장효준 씨는 유연부 씨의 아버님입니다."

"뭐?"

상선기의 목소리가 찢어지게 올라갔다. 앉은 채로 몸이 휘청하는 것이 어지간히 놀란 모양이었다.

"정말이야?"

진구는 대답 없이 조금 전에 볼펜이 꽂혀 있던 셔츠 윗주머니에 다시 손을 집어넣었다. 낡은 사진이 그의 손에 달려 나왔다. 그것을 상선기에게 내밀었다.

"이, 이건……."

상선기는 사진을 한참 들여다보다가 진구 얼굴을 한 번 더 쳐다보았다. 진구와 연부가 실크로드 학술조사단에 따라갔을 때, 현지에서 찍은 기념사진이었다. 대원들 모두가 있었다. 어린 진구와 연부, 진구의 아버지는 물론 연부의 아버지 유상호 교수까지. 자욱한 모래바람과 세월 탓에 선명하지는 않았지만 누가 누구인지를 알아보지 못할 만큼은 아니었다.

"10여 년 전, 아버지와 함께 중국 사막지역 학술조사단에 참여했을 때의 사진입니다. 이날도 흙바람이 참 심하게 불었었죠. 큰 사고가 있었는데 이 사진은 그 며칠 전일 겁니다. 어린 연부 뒤쪽에 선 그분의 얼굴은 상 실장님도 아시겠죠. 지금은 좀 많이 늙어버리셨지만 연부 아버지, 유상호 교수입니다."

상선기는 힘없이 손을 내렸다. 진구는 그 손에서 사진을 도로 가져와 포켓에 집어넣었다.

"금방도 얘기했지만 큰 사고가 있었습니다. 사막에서 조난을 당했어요. 그 와중에 병으로 돌아가신 분도 계셨죠. 유상호 교수님은 일행을 구하기 위해 도움을 요청하러 떠났다가 사막에서 실종되셨습니다. 현지 경찰을 비롯해 모두들 돌아가셨을 거라 생각했고, 실제로 사망자로 처리되었죠. 하지만 저도 최근에 알게 된 건데, 유 교수님은 살아 계셨어요. 갈증 속에 사막을 헤매다가 쓰러진 채로 현지 마을주민한테 구조되었다는데, 그 충격과 고통으로 기억을 다 잃어버리신 거였습니다. 자신이 누군지, 무엇하러 이곳까지 왔는지도 모른 채요. 10년 가까이 거지처럼, 노숙자처럼 방황했습니다. 중국 정부가 운영하는 시설에도 몇 년 의탁한 일이 있었고요. 하지만 자신이 누구인지를 기억 못 했으니 한국에 돌아올 생각도 하실 수 없었죠. 그러다가 지난해 기억이 돌아왔습니다. 유 교수님은 사정이 있어 자신의 이름과 신분 대신 현지에서 장효준이라는 중국 동포의 신분을 샀습니다. 그리고 한국으로 건너왔습니다. 수소문 끝에 딸인 연부하고 재회까지 한 거죠."

"그…… 그럼 우리 아버지 운전기사로 들어온 건……."

"물론 아시다시피 연부가 소개한 겁니다. 아, 오해는 마십시오. 이때 어떤 불순한 의도가 있어서 그랬던 건 아닙니다. 그저 일을 찾고 계셨고, 마침 상 회장님은 이왕이면 혼자 사는 나이 든 기사를 선호했던 것뿐이에요. 연부가 한 거짓말이 있었다면,

한국에 온 지 몇 년 되었다는 건데, 그거야 경력에 신뢰를 주려 했던 거고. 뭐 대수로운 건 아니잖아요?"

"왜 교수로 돌아가지 않고?"

"그 설명은 굳이 필요 없을 듯하네요. 중요한 건 연부의 아버지란 사실이겠죠."

상선기는 말없이 고개를 숙였다. 무언가를 깊게 생각하면서도 쉬이 해답을 얻지 못한 답답한 심경이 얼굴에 드러났다.

"그리고 한 가지 더 중요한 사실이 있습니다. 유상호 교수님은 딸을 무척 사랑한 분이었습니다. 연부는 외동딸이었고, 눈에 넣어도 아프지 않은 존재였죠. 실제로 연부는 학창시절 특출한 아이였고 모두가 동경하는 대상이었어요. 그 딸을 얼마나 자랑스러워했는지 상 실장님은 아마 상상하지 못할 겁니다. 미안한 이야기지만 유 교수님은 상 실장님을 탐탁지 않게 생각했습니다. 연부의 짝으로는 다른 남자가 어울린다고 생각하셨죠. 그래서 회장님한테 알게 모르게 연부를 며느리로 들이는 게 좋지 않겠다고 말하기도 했던 모양입니다. 그러면서도 회장님의 직설적인 거절방법 때문에 자존심 강한 연부가 크게 상처 입는 모습을 지켜보았던 것입니다. 뭐 그래도 유 교수님 입장에선 이 결혼이 이루어지지 않는 걸 다행으로 생각했을 테고 그저 연부의 마음을 달래주는 정도였겠죠.

그런데 연부는 그 정도가 아니었죠. 상 회장님이 몹시 미웠습니다. 그래서 상 실장님한테 회장님을 죽이면 어떻겠냐고 터무니없는 제안도 했었죠."

"당신이 어떻게 그걸 알지? ……혹시?"

상선기가 의혹에 찬 눈으로 진구를 보았다. 진구는 가볍게 손을 한 번 옆으로 흔들었다.

"아, 다른 생각하지 마세요. 저는 무슨 공모자 같은 게 아니라 그저 좀 우연히 그 사실을 알게 되었을 뿐입니다. 아무튼 여기서 약간의 오해가 생겨난 것 같습니다. 유 교수님도 그 사실을 알았습니다. 연부의 극단적인 복수심을 눈치챘습니다. 그리고 마침 연부가 피마자 씨앗이라는 극독을 어떤 경로로 입수해서 가지고 있단 것도 알게 되었습니다. 딸의 무서움을 누구보다 잘 아시는 교수님이었습니다. 연부가 독풀로 상준동 회장을 살해할 거라고 생각하게 되는 건 자연스러웠죠. 그래서 혼자 끙끙 앓으며 한없이 걱정스런 눈으로 연부를 주시했죠. 연부한테 대놓고 물어보지 못한 건, 유 교수님의 성격 탓도 있지만 상 실장님한테는 이야기할 수 없는 과거의 어떤 사건이 이유이기도 했습니다.

그렇게 혼자 마음 졸이던 중이었어요. 상준동 회장님이 어느 순간 급격히 몸이 안 좋아졌습니다. 사모님이 그러시더군요. 회장님이 돌아가시기 며칠 전부터 심한 구토와 발열, 무기력증 같은 증상에 시달리셨다고요. 유 교수님은 그 모습을 보고서 연부가 회장님의 차에 독을 넣은 거라고 생각했던 겁니다. 비서실에 근무하는 연부로서는 아주 쉬운 일이었을 테니까요. 사실은 상 실장님이 그랬던 것인데도요. 상 실장님은 연부가 가르쳐준 방법대로 차 통에 독을 넣어놓고 회장님이 그걸 조금씩 우려 마시고 야금야금 죽어가도록 기다려왔던 겁니다. 차 잎에 섞여 아주 조금씩 우러났기 때문에 즉사하지 않고 며칠간 중독 증상에 시달리셨던 겁니다."

진구의 목소리에 서서히 힘이 들어갔다. 상선기의 낯빛은 파랗게 질려가고 있었다. 진구의 다음 말이 결정타였던 듯 상선기의 얼굴은 완전히 새하얗게 변해버렸다.

"사건이 있던 날 저녁, 회장님을 사무실로 모셔다드리고 지하 주차장에서 기다리고 있던 유 교수님은 급한 전화를 받게 되죠. 그건 아마 회장님이 중독이 심해져 쓰러지면서 도와달라고 전화를 한 거였을 겁니다. 유 교수님은 급히 사무실로 달려갔습니다. 상 회장님이 급성으로 중독된 모습이 보였습니다. 죽어가고 있었습니다. 눈이 하얗게 뒤집혀 있고 혀는 댓 발 빠져나왔죠. 바닥에는 온통 토한 음식물 투성이였습니다.

유 교수님은 생각했습니다. 연부의 짓이라고. 당장 독을 먹인 건 아닐지 몰라도 연부가 조금씩 독을 먹여왔고, 그게 누적되어 지금 이 순간, 상준동 회장은 마지막을 맞이하고 있는 거라고. 그래서 유 교수님은 책상 위에 있던 철제 문진을 집어 들었습니다. 그리고 상준동 회장님의 후두부를 있는 힘을 다해 내리쳤습니다. 회장님은 그 자리에서 절명했습니다. 유 교수님은 사무실을 허겁지겁 빠져나왔죠. 잡히지 않으면 다행이지만 잡혀도 상관없다는 생각을 하며……."

"잠깐."

상선기가 하얗게 질린 얼굴로 손을 들며 진구의 말을 끊었다.

"그건 말이 안 되잖아. 왜 우리 아버지를 죽인단 말야? 본인이 원하는 대로 결혼을 반대해주었고, 연부한테 모진 소릴 했다고 해도 그렇게까지 원한이 있는 것도 아니었다면서?"

"연부를 위해서였죠."

"연부를 위해서? 그게 무슨 소리야?"

진구는 상선기를 빤히 쳐다보며 말했다.

"모르시겠습니까?"

"대체 뭘…… 몰라?"

진구는 귀찮다는 기색을 띠며 말했다.

"그대로 놔두면 연부가 살인자가 되지 않겠습니까? 물론 연부가 독을 먹었다고 오해한 유 교수님의 인식하에서의 이야기지만요."

상선기의 입이 힘없이 벌어졌다.

"연부를 살인자로 만들지 않기 위해서였어요. 독을 먹고 죽어가는 사람이라도 누군가 다른 사람이 개입해서 다른 방법으로 살해한다면 그 사람만 살인죄를 지게 됩니다. '독을 먹었다, 그리고 그 때문에 죽음에 이르렀다'는 관계가 성립이 되어야 살인죄, 살인의 기수가 성립합니다. 만약 누군가가 뛰어들어 다른 방법으로 살해했다면 처음에 독을 넣은 사람에겐 살인죄가 성립되지 않죠. 법적으론 '인과관계의 단절'이라고 하는데요, 뭐 그런 건 됐고요. 아무튼 애초에 독을 먹인 사람은 기껏해야 살인미수가 될 뿐이죠. 아무리 그 독이 사람을 죽이기에 충분한 양이었다 하더라도요. 살인미수와 살인기수는 재판에서 천양

300

지차의 결과를 낳습니다."

"으음……."

상선기는 양팔을 어찌할 바를 모르고 팔짱을 끼었다 풀었다 했다.

"다시 말하지만 연부가 독을 먹었다고 생각한 건 유 교수님의 오해였습니다. 하지만 그렇게 알았던 유 교수님은 상준동이 독으로 죽기 전에 머리를 내리쳐 죽였습니다. 독살 대신 구타살해. 유 교수님이 살인자가 됨으로써 연부를 구하려 한 거죠. 또 실제로는 연부를 살인미수로부터도 면책시킬 수 있습니다. 만약 체포되면, 자신이 독을 먹이고 머리를 내리쳐 죽였다고 진술함으로써 살인의 전 과정에 자신이 전적으로 책임을 질 수 있으니까요. 실제로도 지금 재판에서 그렇게 진술을 유지하고 계신 거죠."

"그…… 그럼 이제라도 진술을 바꿀 수 있다는 거야?"

상선기의 목소리가 와들와들 떨려 나왔다.

"그렇습니다. 그 이야기를 전해드리러 이렇게 만나자고 한 것 아닙니까. 유 교수님이 이제라도 상준동에게 독을 먹인 사람이 자신의 딸이 아니라 상선기 실장님이라는 사실을 아신다면 마음을 바꾸시겠죠. 당연히 사실대로 털어놓으실 겁니다. 그럼 구타살해 건과 별도로 독에 대한 수사가 개시될 겁니다. 상 실장님을 샅샅이 훑겠죠. 상 실장님이 손쓴 사실이 드러나는 건 시간문제이지 않을까요?

유 교수님이 연부에 대해 애정이 깊다고 말씀을 드렸죠. 원래 연부를 아끼기도 했지만 각별한 다른 이유도 있었어요. 예전 사막 여행에서 유 교수님은 딸에게 무척 미안한 일을 한 가지 하셨습니다. 자기 탓에 연부의 인생도 망가졌다고 자책할 정도로요. 그러니 그 마음은 남달랐을 테지요. 딸에게 필요하다면, 딸이 원한다면 바로 어떤 말씀이든 털어놓을 겁니다. 그리고 추가적인 수사가 진행되고 상선기 씨 당신은 구속되겠지요. 살인미수범으로요. 그래도 고마워하셔야죠. 그분 덕분에 살인기수까지는 안 갔으니까요.

아무튼 살인이든 살인미수든 법적으로 상 회장님을 상속할 권리를 잃는 건 마찬가지입니다. 상 실장님은 어차피 그 막대한 재산을 한 톨도 건드릴 수 없단 거죠. 그러니 차라리 여기에 사인하시고 감옥행이라도 피하는 것이 낫지 않겠습니까?"

"하지만……."

상선기는 떨리는 손으로 옆에 놓인 상속포기각서를 쥐었다.

"이 각서가 무슨 힘이 있어? 내가 상속포기를 하든 안 하든 사실을 알게 되면 장 기사는 다 털어놓을 건데."

"아니죠."

진구는 타이르듯 말하며 검지를 세워 흔들었다.

"이 두 가지 사실을 다 아는 사람은 나, 김진구밖에 없어요. 상 실장님이 이 각서를 써주면 전 아무것도 모르는 걸로 하겠습니다. 알릴 이유가 없죠."

상선기는 입술을 깨물었다.

"그 여자…… 문동옥이 사주했나?"

"사주하다뇨? 무슨 실례의 말씀을. 사모님이 어떻게 이런 내막을 알겠습니까? 다만 제가 도와드리면 약간의 고마움의 표시 정도는 하실지 모르죠."

상선기의 관자놀이 힘줄이 불끈 솟았다. 그는 무언가 납득이 안 가는 구석이 있지만 그것이 정확히 무언지를 몰라서 어쩔 줄 몰라 하는 사람의 모습으로 따가운 여름 햇살에 몸을 가늘게 떨며 앉아 있었다.

"더 길게 이야기하진 않겠습니다. 내 말을 못 알아들을 정도는 아니시리라 믿고요. 남은 건 아주 쉬운 판단입니다."

진구는 효과를 높이기 위해 말을 잠시 멈추었다.

"살인미수…… 어차피 상속은 못 합니다. 거기에 더해 교도소까지 가시겠습니까? 아니면 이 각서에 사인하고 그나마 자유로운 인생을 택하시겠습니까?"

상선기의 양손이 스르르 아래로 떨어졌다. 1분여 동안 아무런 움직임이 없었다. 항복이다. 진구는 직감했다.

상선기의 손이 다시 위로 올라왔다. 매우 느렸다. 진구가 포켓에 꽂았던 펜을 꺼내 상선기의 손에 쥐어주었다. 상선기는 펜을 받아들었다. 그 자리에서 몸을 웅크려 핸들 위에 종이를 놓고 서명을 했다. 진구는 완성된 종이와 펜을 집어 들었다.

"상태를 보아하니 오늘 직접 일처리하시기는 어려워 보이네요. 이 정도로 약골일 줄은 몰랐는데요. 이 각서는 일단 제가 대신 접수하죠. 정식 포기절차는 따로 밟도록 알려드리겠습니다."

진구는 차 문을 열고 나왔다. 햇볕을 피하듯 웅크리고 있는 상선기를 뒤로하고 뚜벅뚜벅 걸어 그곳을 떠나갔다.

진구가 문동옥의 집을 방문하는 건 두 번째다. 처음 동행은 김현욱 부장이었지만 오늘은 해미와 함께였다. 해미는 대문을 지나 진녹색 카펫처럼 잘 손질된 잔디 뜰을 보며 감탄을 연발했다.

현관문에서 문동옥을 마주한 해미는 조금 놀랐다. 실제 나이는 사십대 후반으로 알고 있는데, 겉모습만으로는 사십대 초반 정도로 보였다. 검은 블라우스와 바지차림이었는데, 대충 걸치고 나왔다는 느낌은 들지 않았다. 낮고 온순한 목소리, 차분하게 흘러내린 긴 생머리, 남자들이 좋아할 만한 미인이었다. 진구에게 보내는 따뜻한 미소는 동행인 해미로 하여금 진구를 돌아보게 했다. 이렇게 환대받을 손님인 거야?

세 사람은 거실에 둘러앉았고, 가사 도우미가 전통차를 내올 때까지 몇 마디 형식적인 인사말 말고는 대화가 오가지 않았다. 문동옥의 몸가짐에서 진구와 해미를 경계하는 빛은 보이지 않았다. 진구가 한 번 이 집에 온 적이 있다고 했는데, 그때 좋은 이미지를 갖고 헤어졌던 모양이다. 해미는 그렇게 생각했다.

"집이 정말 좋네요."

해미가 먼저 칭찬으로 서두를 열었다.

"그래요?"

"들어오다 보니까 마당도 멋지고, 인테리어는 더 좋은데요."

해미는 거실을 눈으로 훑으며 말했다.

"그래요."

문동옥의 눈가에 서글픈 빛이 감돌았다. 이 훌륭한 집을 조만간 명의자인 상선기에게 내주게 된다는 생각에서일 거다. 하지만 해미는 알고 있다. 저 힘없는 눈이 곧 놀라움과 기쁨으로 생생해지리라는 것을.

전날 저녁, 해미는 진구가 없는 틈에 집에 들렀다. 진구를 기다리며 TV를 보려는데 리모컨이 작동 안 되어서, 건전지를 찾으러 TV장 서랍을 열고 뒤졌다. 그러다가 상선기가 서명한 '상속포기각서'란 걸 우연히 발견했다. 날짜는 바로 이틀 전이었다. 해미는 깜짝 놀랐다. 아무리 법률 지식이 없는 해미라도 그것이 상선기가 스스로 거지가 되겠다고 맹세한 거나 다름없는 문서라는 것 정도는 안다. 제정신을 가진 사람이라면 쓸 리가 없는 각서였다. 진구가 또 해미 모르게 무언가 무리하고 위험한 짓을 한 건 아닐까. 진구가 뒤늦게 아파트로 돌아왔을 때 해미는 진구를 붙들어 거실 소파에 앉혔다. 그리고 각서를 들이밀며 물었다.

"이거 대체 뭐야? 어떻게 된 거야?"

"그냥."

"그냥이 어딨어?"

"대충."

"대충은 또 어딨어? 대답해봐!"

해미는 진구의 입을 억지로 열기라도 할 태세였다. 진구는 마지못해 해미에게 상선기를 만난 일을 말해주었다. 긴 이야기였다. 운전기사 장효준의 정체도 들려주었다. 해미는 거품을 물고 넘어갈 만큼 놀랐다. 바로 얼마 전에 책에서 생생한 사막의 실종 스토리를 읽지 않았던가? 그 유상호 교수가 상준동의 운전기사였다니.

"기억이 상실된 채로 10년을…… 세상에!"

해미는 이해할 수 없었다.

"아니, 그러면 왜 아직도 신분을 안 밝혔어? 유상호 교수라고."

"그러니까 놀라더라도 내 이야길 다 듣고 나서 놀라. 그럼 알게 될 거야."

진구는 상선기가 아버지의 차 통에 결국 독을 탔고, 중독된 상준동이 죽음을 앞둔 순간 뛰어든 유상호 교수가 연부를 보호하기 위해 그를 살해한 사실을 차례대로 알려주었다. 해미는 벌린 입을 내내 다물지 못했다.

"그래서 유상호 교수에게 진상을 알리지 않는다는 조건으로 이 각서를 받아온 거야. 복사해서 법원에 냈고, 원본은 이렇게 보관하고 있는 거지. 상선기는 이걸 쓰는 것 말고는 다른 선택의 여지가 없었지."

"잠깐만."

해미는 손으로 얼굴을 휘휘 부쳐댔다.

"너무 놀라서……. 이야기 정리 좀 하고."

한참 후 해미가 물었다.

"아무리 그래도 오빠가 한 건 나쁜 짓 아냐?"

"뭐가."

"살인자, 아니, 정확하게는 살인미수라지만 뭐, 어쨌든. 아버지를 죽이려고 독을 먹인 인간을 숨겨주는 거잖아. 보수 몇 푼 받으려고."

"몇 푼은 아니지."

"암튼!"

진구는 무언가 대답하려 하다가 입을 다물었다.

"왜! 말해봐! 아니면 나라도 경찰에 신고한다?"

"일부러 상선기를 숨겨준 건 아냐."

진구가 겨우 입을 다시 열었다.

"무슨 소리야. 독을 먹인 게 유연부가 아니라 상선기라고 유교수님한테 말하면 되잖아!"

"이미 알고 계실걸, 아마."

"뭐어?"

해미의 말끝이 올라갔다.

"하지만 그런다고 진술을 바꾸지는 않을 거야."

"대체 왜?"

해미의 말끝이 더 올라갔다.

"유 교수님이 진상을 알지만 이제 와서 결코 입을 열지는 않을 거란 사정을 상선기는 몰라. 그래서 연부가 아니라 상선기가 독을 넣었다는 사실을 내가 유 교수님한테 알리면 진술을 바꿀지 모른다고 겁을 먹고 각서까지 써준 거구."

"그러니까 왜 그러냐고?"

"아아…… 담에 이야기하자. 좀 피곤해."

진구는 거기서 이야기를 피해버렸다. 해미는 어이가 없었다. 다음 순간 화가 울컥 올라왔지만 더 이상 추궁하지 못했다. 진구의 태도가 이번에는 남달랐기 때문이다. 정말 말하기 싫어하는 어떤 것을 건드릴 때의 표정이었다.

이날 진구와 해미는 나란히 문동옥에게 상선기의 상속포기 사실을 전하러 방문했다. 진구가 또 무슨 헛소릴 할까 걱정된 해미는 부득불 따라가겠다고 우겼다. 해미는 기대했다. 문동옥은 틀림없이 기쁨에 차 진구가 지난번에 이야기했던 '상당한 보수'란 걸 약속해주겠지.

도우미가 거실에서 사라진 후에 문동옥이 진구에게 말했다.

"아까 전화로는 특별한 용건이 있으시다고요?"

"네. 실은 전달해드릴 게 있어서요."

진구는 해미에게 눈짓을 했다. 해미는 옆에 놓아둔 숄더백을 열어 종이를 꺼내 진구에게 전달했다. 진구는 그걸 펴 문동옥에게 내밀었다. 종이를 무심히 받아들고 펼쳐 든 문동옥의 눈동자가 커졌다.

"상속포기서? 선기가?"

문동옥은 커진 눈으로 진구를 쳐다보았다.

"네. 또한 자신 명의의 부동산, 예금 모두 상준동 회장님이 실제 소유자라는 사실을 인정한다는 기재도 있습니다. 보셔서 아시겠지만 글씨체, 서명 모두 상선기 씨 본인의 것입니다."

문동옥은 한동안 말문이 막힌 듯 가만히 있다가 떨리는 음성으로 말했다.

"그럼, 이 집을 지킬 수 있단 건가요?"

"집뿐 아니라 회장님의 모든 재산을 따님과 같이 상속받게 되는 거죠."

"하지만…… 어떻게?"

"제가 상 실장님을 좀 설득했습니다. 인간된 도리로 말이죠."

문동옥은 선뜻 믿기지 않는다는 듯 입을 조금 벌렸다.

"조만간 법원에 가서 정식으로 상속포기절차를 밟기로 했습니다. 그 각서는 확실하게 해두기 위해서 일단 받아온 거구요."

문동옥은 할 말을 잃고 석고상처럼 움직임이 없었다. 각서를 쥐고 스르르 눈을 감았다. 이윽고 눈을 뜬 그녀의 표정은 변해 있었다. 그제야 실감이 난 듯, 감격에 겨운 얼굴로 말했다.

"우리가 이 집에서 계속 살 수 있는 거네요."

"그렇습니다. 이 집뿐만이 아니죠. 원하신다면 제이디애셋의 대표가 되셔도 좋습니다."

문동옥의 눈이 빛났다.

"감사합니다. 그날은 죄송했어요. 상속재산을 지켜주겠다는 말씀을 솔직히 믿지 않았었는데……"

"그건 제 실수군요. 전 믿으시는 줄로 생각했습니다."

문동옥은 활짝 미소를 지었다. 그녀는 말없이 자리에서 일어서더니 방으로 들어갔다.

"우는 거 아닐까?"

해미가 속삭이는데 문동옥이 모습을 나타냈다. 다시 자리로 돌아온 그녀의 손에는 빈 종이와 도장, 인주가 들려 있었다.

"저도 제 말을 지켜야죠. 상속재산 20퍼센트를 드린다는 약
속. 아니, 원하시면 30퍼센트도 좋아요. 어차피 우리 재산이 아
닐 뻔했는데."

문동옥은 이어 도장을 들어보였다.

"이건 제 인감도장이에요. 인감증명서는 내일 발급받아서 보
내드릴게요."

진구는 앞에 놓은 백지를 문동옥 쪽으로 슬쩍 밀었다.

"필요 없습니다."

"네?"

문동옥이 진구를 보았다.

"보수는 필요 없습니다."

이번에는 해미가 진구를 돌아보았다. 이 인간이 왜?

"그냥 따님하고 두 분이 행복하게 사세요. 그간 남들 눈에는
부잣집 사모님으로 잘 사신다고만 비쳤을 테지만 고충이 많으
셨잖아요. 마음고생도 크셨을 테고요."

"그래도……."

문동옥이 당황해서 진구를 보았다. 진구는 문동옥의 미련을
잘라버리려는 듯 일어섰다.

"해미야, 가자."

해미도 덩달아 일어섰다.

문동옥이 일어섰다.

"어떻게든 감사의 인사를 하고 싶은데……."

"신경 쓰지 마세요. 전 상선기가 재산을 가져가지 않은 것만으로 족합니다."

문동옥은 이해할 수 없는 진구의 말에 잠시 멍한 표정을 지었다.

"괜찮아요, 정말. 오빠 보수를 바라고 일을 하는 사람이 아니거든요."

해미도 눈치를 보다가 적당히 보조를 맞추어 상투적인 말을 건넸다. 문동옥이 두 사람을 번갈아 멀거니 바라보다가 말했다.

"정말 감사해요."

그녀는 진구를 만류하는 대신 감사 인사를 전했다. 상대가 단지 형식적인 겸양을 하는 게 아니라 확고한 의지를 갖고 있다고 드디어 깨달은 것 같았다.

"뭘요, 아닙니다."

"혹시라도……."

"네."

"앞으로 도움이 필요하면 언제든지 말씀하세요. 아니, 제가 주제넘었네요. 반드시 제가 도움이 되는 날이 왔으면 좋겠네요."

문동옥이 힘주어 말했다.

"네. 그런 날이 오면 말씀드리겠습니다."

진구는 현관에 서서 신발에 발을 넣으며 대답했다. 해미도 서둘러 신발을 신었다. 문동옥은 총총걸음으로 대문까지 따라 나와서 이들을 배웅했다.

문동옥의 아쉬운 얼굴을 지우며 철컥 소리와 함께 대문이 닫혔다. 진구와 해미는 나란히 평창동의 언덕길을 걸어 내려가기 시작했다.

긴 언덕길이었다. 말없이 걷기를 2분여. 해미가 먼저 입을 열었다.

"왜 보수를 거절했어?"

"그냥."

"또 그냥이래. 알아듣게 설명해봐."

"기분이 안 내켜서 그래."

"무슨 소리야. 김진구가 언제부터 돈에 초연했다고."

"저 아줌마의 인성을 믿어봐."

"인간성이 어떤데?"

"언젠가 필요할 때 기꺼이 도움이 되어줄 사람이야. 사업자금을 밀어줄지도 모르지."

"그걸 어떻게 알아?"

"종이 쪼가리 같은 거 없이 믿을 수 있는 사람도 있어."

"김진구가 언제부터 또 사람을 그렇게 믿었어?"

진구는 대답 없이 휙 앞서 걸어가버렸다. 해미의 질문공세를 견디지 못하겠다는 듯이. 해미는 어리둥절한 표정으로 한동안 그 자리에 서 있었다. 그러다가 퍼뜩 정신을 차린 듯 종종걸음으로 진구를 따라잡았다.

"이상한 게 한두 가지가 아니야. 상선기가 독을 넣은 범인이라는 얘기도 경찰한테 안 했잖아. 어제 묻다가 말았는데, 내 생각에는 그래."

"무슨 생각?"

"유연부가 귀찮아질까봐 그랬지? 아무리 증거가 없다고 해도 저렇게 된 판에 상선기가 물고 늘어질 거고."

"아니야."

"맞잖아."

"아니라니까."

진구는 또 앞서 걸었다. 해미는 울컥해서 진구를 몰아붙이려다가 이내 그만두었다. 대신 조금 뒤처져 걸으며 생각했다.

진구는 다 털어놓는 것 같으면서도 마지막 무언가는 말하고 싶어 하지 않는 것 같다. 그나마 말하는 조금의 이유란 것도 어딘가 허술하다. 그 이유가 진정한 이유는 아닌 것 같다. 아무래도 이상하다. 유연부라는 여자가 이 사건에 개입되어 있기 때문이 분명하다. 상선기에게 살인의 덫을 놓고서는 법적 안전지대에서 그를 관찰하며 비웃고 있었던 해괴망측한 여자. 진구는 그 여자를 보호하려는 걸까.

오기가 불쑥 솟았다.

유연부라는 이 여자를 꼭 한 번은 제대로 만나봐야겠어.

해미는 진구의 등 뒤에서 마음을 굳혔다.

"유연부 씨죠?"

"네. 해미 씨."

연부가 고개를 까딱했다.

"저보다 나이가 많으니까 그냥 언니라고 할게요. 그래도 되죠?"

"그래요."

연부는 생긋 웃었다. 해미가 마음에 든 듯하다.

해미는 진구가 연부를 우연히 만나 명함을 받았을 때 이미 연부의 연락처를 따로 적어두었다. 해미는 몇 번이나 주저하면서 아주 조심스럽게 연락했지만 연부는 맥 풀릴 만큼 흔쾌히 만남을 수락했다. 마치 기다리고 있었다는 듯이.

도산공원 골목 2층의 널따란 커피 전문점이었다. 장소는 연부가 정했다. 어떤 이야기를 하게 될지 예감했던 것일까. 연부가 불러낸 카페는 어떤 비밀 이야기도 편안하게 나눌 수 있는 곳 같았다. 옆자리와의 간격이 퍽 넓었고, 웅성거리는 사람들의 대화가 말소리가 새나가는 것을 자연스레 차단해주었다.

"뭐 마실래요? 내가 살게요."

주문대 앞에 선 연부가 해미를 돌아보며 말했다.

"전 아메리카노요."

해미가 되는 대로 주문했다.

"전 아이스 바닐라 라테 그랑데, 돔리드, 바닐라 시럽은 투 펌핑만요."

이런 만남에서도 확실한 취향을 고집하는 유연부를 해미는 잠깐 쳐다보았다.

"단 걸 좋아해서요."

유연부가 생긋 웃었다.

두 사람은 음료를 받아들고 창가 쪽 편안한 자리를 골라 마주 앉았다. 해미가 빨대로 커피를 한 모금 빨아 당긴 다음 물었다.

"오빠하고 중학교 동창이시라구요?"

"초등학교 동창이기도 해요."

"네에."

해미는 자신이 아는 것보다 더 오랜 둘 사이의 시간에 조금 풀이 죽었다.

"오빠하고 꽤 친한 사이셨던 모양이더라구요."

"조금은."

"책도 읽었어요.《누란 왕국을 찾아서》란 그거."

"그랬구나. 그때만 해도 진구하고는 가까웠었죠."

지금은 아니라는 이야기? 해미는 다행이라는 생각이 들었다.

"오빤 예전에 어땠어요?"

질문을 던져놓고 해미는 후회했다. 진구의 이야기를 다른 여자로부터 듣다니. 마치 그녀가 자신보다 진구를 더 잘 아는 게 당연한 것처럼 여겨진다. 연부는 그런 해미의 심정을 감지하지 못한 듯 술술 이야기했다.

"남다른 면이 있는 친구였죠. '왜?'라는 질문에 스스로가 납득할 이유가 없으면 받아들이지 못했어요. 그래서 남들이 그냥 따르는 룰을 쉽게 따라가지 못했죠. 그래서 공부는 잘하지만 어딘가 좀 지진아라는 오해도 받았고요. 하지만 그건 진구를 잘 몰라서 가지는 편견이에요."

"네에……."

해미는 떨떠름하게 맞장구쳤다. 해미가 듣고 싶어 한 종류의 말이 아니었다. 그저 밝았는지, 어두웠는지, 친구관계는 어땠는지, 그런 이야기를 듣고 싶었던 것뿐이다. 연부가 말하는 방식이 불편했다. 해미는 몇 가지 준비한 겉도는 대화들을 건너뛰기로 했다.

"실은 몇 가지 이해가 되지 않는 일들이 있어요. 이번에 상준동 회장님 살해사건을 두고 많은 일이 있었잖아요? 진구 오빠를 강요하다시피 졸라서 대충은 이야기를 들었어요. 언니의 일, 언니 아빠의 일, 상선기 실장님의 일⋯⋯."

해미는 말을 멈추고 슬쩍 연부의 눈치를 보았는데, 아무렇지 않은 표정이었다. 해미는 안심하고 말을 이었다.

"그런데 정작 궁금한 건 모른 척, 대답을 피하기만 하고⋯⋯. 그래서 솔직히 좀 자존심은 상하지만 언니가 뭔가를 알지 않을까 싶어서 뵙자고 한 거예요."

"내가 뭐 아는 게 없는데."

연부는 슬쩍 물러섰지만 해미는 의자를 당겨 앉으며 테이블에 몸을 바짝 붙였다.

"예전에 오빠하고 언니하고 따라나섰던 그 사막 여행단에서도 제가 모르는 무슨 일이 있었던 것 같아요. 아까 말했지만, 저그 책 읽었거든요.《누란 왕국을 찾아서》. 오빠는 그랬어요. 자기가 그때 어떤 일을 했고, 언니가 그 책을 보고서 뭔가 알아냈다고요. 그래서 그 뒤로 두 사람 사이가 좀 멀어진 것 같다고 그러더라고요. 그리고 요즘 보이는 이상한 행동들, 왠지 언니하고의 일에 관련이 있을 것 같았어요."

"요즘 보인 이상한 행동들? 그건 어떤 거죠?"

연부는 다리를 바꿔 꼬고 몸을 앞으로 기울였다. 궁금한 모양이었다.

"사건 이야기를 다 들었어요. 상선기라는 사람이 아버지를 죽이려고 독을 먹였고, 언니 아버님이 언니를 보호하려 상준동 회장을 죽였단 걸요. 그래서 오빠 상선기한테 언니 아버님한테 독을 먹인 사람이 언니가 아니라 상선기라는 이야기를 밝히지 않는다는 조건으로 상속재산을 포기시켰어요. 그 얘길 듣고 제가 화를 냈어요. 아무리 그래도 살인을 저지르려던 사람인데, 경찰에 알리지도 않고 그런 식으로 묻어주면 되겠냐고요. 그랬더니 오빠가 그래요. 할 수 없다고. 어차피 유 교수님이 법정에서 말씀을 바꾸지 않으실 거라고요. 경찰에 알려야 소용없다고."

"그래요."

연부는 무언가를 생각하는 표정으로 의자에 등을 기댔다.

"오빠도 이상해요. 언니가 아실지 모르겠지만 오빠 이런저런 사건을 조사하고 될 일을 안 되게, 안 될 일을 되게 만들어내요. 그러고는 보수를 받죠. 이번에도 상준동 회장님 부인이신 문동옥 아주머니하고 약속을 한 모양이에요. 상선기가 상속을 못 받게 해주면 보수를 받기로. 근데 오빠 실컷 상선기를 협박해서 상속포기서를 받아내곤 그 보수를 따로 안 받겠대요. 그것도 너무 이상해요. 오로지 돈 아니면 움직이지 않는 오빠였는데. 이번엔 그 돈을 오히려 차버린 거거든요."

"그랬나요."

연부는 고개를 숙이고 찬찬히 무언가를 생각하는 모습이었다.

"궁금했어요. 혹시 언니는 그런 이유들에 대해 답을 할 수 있지 않을까? 그런 생각이 들었어요."

"네에⋯⋯."

연부는 말을 끌었다.

"왜 내가 알 수 있을 거라 생각했죠?"

"그거야⋯⋯."

해미 뇌리에서는 뻔한 일인데, 당장 입 밖에 내어 설명하기는 싫었다. 유연부와 진구 사이의 오랜 세월을 인정하는 꼴이 되는 것 같았다. 그래서 기분이 나빠졌다. 해미가 머뭇거리자 유연부가 먼저 말했다.

"내가 다 안다고는 말 못 하겠죠. 어차피 진구의 생각이니까. 하지만 짐작은 가요."

"어떤 거예요?"

유연부는 잠시 말이 없었다. 해미가 조급해질 즈음 유연부가 입을 뗐다.

"그 모든 이유는요."

그녀는 마침내 마음을 정한 듯 해미를 똑바로 쳐다봤다.

"한 가지 사건에 연결되어 있어요."

"한 가지 사건요?"

"네. 10년 전 사막 학술조사단에서 있었던 그 사건이요."

해미는 말없이 연부의 입술만을 바라보았다.

"해미 씬 진구를 좋아하죠?"

"물론이죠."

"진구를 이해해줄 것 같으니까 다 이야기할게요."

해미는 침을 꿀꺽 삼켰다.

"문제의 발단은 우리 아버지였어요."

"유상호 교수님이요?"

"네. 우리 아빠하고 진구 아빠하고는 학계의 유명한 라이벌이었죠."

"그건 책에도 쓰여 있어서 알아요."

"특히 우리 아빠 쪽의 라이벌 의식이 심하게 강했어요. 아빠는 무서울 정도로 지기 싫어하는 성격이었거든요. 해미 씬 좀 이해하기 어려울 거예요. 그 외골수 성격 탓에 나도 피해를 좀 봤죠. 자라면서도 진구한테 지면 안 된다는 아빠의 노골적인 강박을 내내 견뎌야 했거든요."

연부는 조그맣게 미소 짓고는 말을 이었다.

"어떤 이유로 학술조사단을 같이 꾸리게 되었어요. 해미 씨도 책을 읽었다니 출발해서부터 사막에 들어가기까지의 과정은 다 생략할게요. 하지만 기억 날 거예요. 돈황이란 도시를 출발하면서부터 우리가 만난 그 모래바람. 이후 여정 내내 우릴 따라다녔죠. 추위보다 배고픔보다 모기, 전갈보다 더. 그건 정말 사람을 미치게 만들었어요. 그래서인지 모르죠. 그 탓에 우리 아빠도 잠깐 생각이 잘못되었나봐요."

"어떻게?"

"진구 아버지를 죽이려는 마음을 먹었던 거예요."

"네에? 오빠네 아빠를?"

해미는 놀랐다. 살인이라니. 진구 아버지 김민준 교수는 원인 모를 풍토병으로 죽었다고 하지 않았나.

해미의 놀람이 어느 정도 가라앉은 후 연부가 말을 계속했다.

"물론 아빠가 살인마도 아니고, 처음부터 그럴 생각을 갖고 있었던 건 아니에요. 그런데 여행 도중 우연한 일들이 좀 작용 했나봐요. 하필 여행 초기 들렀던 천룡산 관목 숲에서 아빠가 아주까리를 발견한 거예요. 피마자라고도 하죠. 그 씨앗에는 리 신이라고 하는 강력한 독이 들어 있어요. 심한 구토, 열을 일으 키다가가 결국은 신진대사를 영구히 멈추게 하죠. 아빠는 그 걸 보고 눈이 잠깐 뒤집혔었나봐요. 혹시 필요한 일이 있지 않 을까? 물론 무의식 속에서 실제로 사람에게, 김민준 교수에게 쓸 수도 있지 않을까 하는 생각이 있었을지 모르죠. 어쨌든 아 빠 그걸 몰래 채집해두었어요. 해미 씨도《누란 왕국을 찾아서》 책에서 읽었을 거예요. 천룡산 동굴 근처에서 우리 아빠가 하염 없이 땅을 보고 있는데 누군가가 불러서 깜짝 놀랐고, 멱살까지 잡았다고요. 아빠는 그때 피마자를 발견해서는 몰래 따서 호주 머니에 넣고 있었다고 하더군요."

"세상에……."

"그걸로 끝이었으면 막연한 살의는 무의식 안에서 사라져버 렸을지도 모르죠. 그런데 두 번째 계기가 또 있었어요. 하긴 그

것 또한 아빠의 의지가 있었기에 발휘된 거긴 하지만요."

"어떤 거예요?"

"개 이야기 기억나요? '둘리'라는 이름을 붙였던."

"아, 네."

해미는 둘리의 죽음을 두고 여러 가지 억측을 했던 일이 떠올라 조금 민망해졌다.

"그 주인 잃은 강아지를 내가 좀 귀여워했었죠. 아빠한텐 그게 전혀 고려 대상이 아니었나봐요. 강아지는 처음부터 어디가 아픈지 비실비실했는데, 아빠에겐 달리 보였나봐요. 어차피 곧 죽을 녀석, 피마자를 한번 실험해볼까, 하는 쪽으로요."

"강아지를 상대로요?"

해미의 말에 연부가 "풉" 하고 웃었다. 자신이 생각해도 어이없다는 표현 같았는데, 해미에게는 그 반응이 그리 적절해 보이지 않았다.

"그래요. 아빠는 그날 밤 내 방에 와서 강아지에게 주는 먹이에 피마자를 섞어서 준 거예요. 강아지는 그날 새벽을 넘기지 못하고 죽었고요. 물론 난 그땐 이유를 몰랐어요. 그냥 죽을 때가 되어서 죽었나보다, 하는 정도로만 생각했죠. 아빠가 나중에 이야기해주셔서 알게 된 거예요."

다음 날 일행들한테 강아지가 어디론가 가버렸다고 한 건 죽음을 알리면 괜히 부산스러워질까봐 그랬으리라. 하지만 해미에겐 의문이 하나 더 있었다.

"책에선 언니 목에 핏자국이 있었다고 하던데……."

"아, 그건요."

연부가 무심하게 말했다.

"아빠의 피마자가 어쩌다 내 목에 묻었나봐요. 호텔방에 잎이 굴러다녔는지. 빨간 피마자도 있거든요. 글 쓰신 분이 그걸 피가 번진 걸로 잘못 본 거죠."

"그랬군요."

"그날 있었던 일종의 실험으로 아빠는 피마자 독의 강력함, 실현성을 깨닫고 좀 더 구체적으로 범의를 발전시키게 되었던 거예요. 이 정도라면 사람에게도 충분히 통한다, 하는 확신으로까지 말이에요. 편리한 살인 수단을 손에 쥔 사람이라면 살의도 훨씬 구체적으로 발현되는 법이에요. 그렇지 않나요?"

해미는 대답하지 못했다. 자기는 그렇지 않다고 믿었지만 굳이 반박해야겠다는 생각이 들지는 않았다.

"아빠는 돈황을 떠날 무렵 드디어 실행에 나섰어요. 그 시커먼 모래가 내내 불어오던 도시 돈황. 이걸로 아무도 알 길 없는 타국 사막에서 그 미운 김민준 교수를 해치워버릴까? 누군가, 악마 같은 존재가 아빠의 귀에 속삭였던 거죠. 검은 모래바람에 실려 온 속삭임 같은 거였을까요?"

"세상에……."

이미 일어난 일이건만 해미는 안타까움에 말을 잇지 못했다.

"돈황은 현대문명이 가득한 도시와 작별하고 사막으로 들어가는 출발지예요. 몸이 아프더라도 병원의 도움을 얻을 수 없단 얘기죠. 그래서였어요. 사막으로 떠나면서부터 진구 아빠 음식에 몰래 피마자를 넣기 시작했어요. 강아지를 죽인 양을 참고해서요. 초기에 심하게 아프면 도시로 돌아가 병원에 가셨을 테니까 처음엔 소량만 넣었던 모양이에요. 역시 통한다는 걸 알고는 자신감을 얻어 조금씩 더 탔어요. 사막 한가운데서는 증상을 보여도 이미 손쓸 도리가 없었죠. 진구 아빠는 무기력해졌고, 눈이 충혈되었고, 구토에, 탈진했죠. 막막한 사막이었어요. 그런 상태였으니 거의 죽음과 가까워졌다고 봐야죠.

근데 그 무렵 진구가 우연히 그걸 안 거 같아요. 아빠가 이상한 것을 자기 아버지 음식에 넣는 장면을 보거나 했나봐요. 어린 진구는 크게 충격을 받았고, 한편으로 심각하게 고민했겠죠. 자기 아빠는 이제 기진맥진, 거의 의식도 없는 상태고, 다른 사람들한테 이야기해봤자 그 말을 믿을 사람이 아무도 없다고 생각했을 테고. 이대로 두면 우리 아빠가 자기 아버지를 확실하게 살해한다, 그런 두려움이 가득했을 거예요. ……그래서 난 진구를 이해한답니다."

"뭘 이해하신다는?"

해미는 무서운 말이 나올 것 같은 예감에 말끝이 떨렸다. 연부의 표정도 이제는 완연히 식어 있다. 웃음기는 말끔히 사라져 있었다.

"글쎄요, 어떻게 말해야 하나."

"있는 대로요."

연부는 잠시 침묵하다가 말했다.

"진구가 우리 아빠를 살해한 거요."

"네?"

해미의 입에서 외마디 비명 같은 말이 흘러나왔다. 설마 했는데. 해미의 입은 경악으로 벌어졌다.

"말도 안 돼요."

해미가 부정해보았지만 그 말에는 아무런 힘이 들어 있지 않았다.

"결과적으로는 살았으니까 살해할 뻔했다는 게 정확하겠네요. 아빠는 사막에서 실종되었고, 죽을 지경까지 갔다가 돌아왔고 결국에는 기억상실증으로 10년의 인생을 지웠죠. 그리고 한국에 돌아와서도 남은 인생을 제대로 살지 못했어요. 아빠는 그때 사막에서 죽은 거나 다름없어요. 그리고 그렇게 만든 사람이 바로 진구였어요."

연부는 눈을 내리깔고 바닐라 라테를 한 모금 마셨다.

"우리 아빠가 진구 아빠를 독살한 사실은 나중에야 알았어요. 사막에서 구조되고 나서 영국 탐사팀이 건네준 아빠의 유품 중에 옷이 있었고, 그 주머니 안에는 성게처럼 생긴 조그만 열매 같은 게 붙어 있었어요. 그땐 바다에 버려버렸지만 한국에 돌아온 뒤에 왠지 찜찜해서 찾아봤죠. 피마자 열매하고 비슷하게 생겼더라고요. 그리고 그 씨앗을 먹으면 진구 아빠와 같은 증세를 보이며 죽어간다는 사실도 알았어요. 이번 상준동 회장 일에 피마자를 사용하게 된 것도 그때 일을 계기로 익숙해진 덕분이에요. 하하, 주말에 운동 겸 야외에 나가서 피마자 씨앗을 채집해 왔죠.

하여튼 그건 그렇고, 다시 옛날이야기로 돌아가면요. 아빠 옷 주머니 안에서 피마자 열매를 발견하고 나서 생각했죠. 진구가 혹시 그때 알지 않았을까, 하고요. 그게 피마자인지 뭔지까진 몰라도 무언가 독풀 같은 걸 자기 아빠한테 먹인 사실을 말이 에요. 그리고 진구가 알았다면 혹시 그 후에 일어났던 우리 아 빠의 죽음에 거꾸로 진구가 관련되어 있는 건 아니었을까. 자기 아빠의 목숨이 위험한 걸 알았다면 그걸 막기 위해서, 아니면 복수하기 위해서 우리 아빠를 상대로 어떤 절박한 조치, 이를테 면 살해 같은 걸 시도하게 될 수 있을 테니까요. 하지만 그건 실 제적인 근거가 없는 공상이었고, 난 그런 의혹을 떠올릴 때마다 내 머리를 세차게 흔들어가며 지웠어요. 어쩐지 진구와 예전만 큼 친하게 지낼 수는 없었지만 그래도 연락을 하고 가끔 얼굴도 보았었죠. 네, 맞아요. 난 진구를 좋아했으니까.

그러다 그 책이 나온 거예요.《누란 왕국을 찾아서》. 난 그 책 을 읽고서 확실하게 알았어요. 우리 아빠의 실종, 죽음은 타살 이었다는 것을요. 그럴 수 있는 사람, 그런 확실한 동기를 가진 사람은 진구밖에 없었죠. 더 결정적인 건 그 책이 나오고서 진 구가 먼저 내 연락을 피했단 거예요. 솔직히 누가 먼저 서먹했 는지는 정확하게 기억이 나지 않아요. 하지만 어쨌든 우리 사이 가 벌어졌다는 것, 그게 분명하게 진실을 말해주었죠. 내가 그 책을 읽고 진구가 우리 아빠를 죽인 범인이라는 걸 알아냈으리 라 진구가 생각했단 얘기니까. 그리고 그건 바로 진구가 범인이 맞다는 이야기니까. 진구나 나나 어리고 순수했고, 그런 걸 속이고 천연덕스럽게 서로를 대할 만큼 닳아빠지지는 못했으니까. 설마했던 내 의혹이 사실로 밝혀진 거죠. 온몸에서 힘이 빠졌어요. 진구가 우리 아빠를 죽였단 걸 알고서는 더 이상 진구와 만나거나 연락할 수 없었어요."

해미가 고개를 설레설레 흔들었다.

"그건…… 정말 도무지 이해할 수 없는 이야기예요. 저도 책을 읽었어요. 도대체 어떤 부분을 보시고 진구 오빠가 그런 짓을 했다고 생각하신 거죠? 오해 아니에요?"

"오해 아니에요. 절대."

"왜 그렇게 확신하세요?"

해미는 조금 화난 어투로 물었다.

"내가 말하는 건 논리적으로, 수학적으로 그렇다는 거예요."

"논리적, 수학적?"

"지금 해미 씨가 말한 진구의 이상한 행동들이 역시 진구의 그 살인을 명백히 증명해주고 있어요."

"정말 무슨 말인지……."

해미가 또다시 도리도리 고개를 저었다.

"진구가 여행을 다녀와서 수학을 저버린 건 아버지의 죽음만이 이유가 아니었어요. 아버지가 죽었으면 유지를 받들어서 더 수학이라는 목표에 열정을 쏟을 수도 있는 것 아니겠어요?"

"그건 그렇겠죠."

"그런데 진구는 수학을 잃었어요. 수학에의 열정, 애정을 다 버린 거죠. 수학은 진구가 유일하게 가치 있다고 느끼고, 인생

326

과 열정의 의미를 두었던 대상이에요. 그걸 잃어버렸으니까. 진구는 방황할 수밖에 없었겠죠. 열여섯 살의 진구는 인생의 의미에 일찌감치 등을 돌렸어요. 고등학교도 흥미를 잃었고, 그래서 중퇴한 거겠죠. 거기엔 이유가 있었어요. 지금 사는 모습도 어쩌면 그때 결정되었던 건지도 모르고……."

"언니는 무언가 알고 있는 것, 아니 무언가 생각하시는 게 있는 거 같은데, 그 이유를 얘기해주시기 전에는 전 도저히 믿을 수 없어요."

해미는 한층 차분해진 어조로 말했다.

"책 기억나요? 우리 아버지가 오아시스 마을로 사람을 부르러 떠나던 날 아침."

"네, 기억나요."

"아버지가 그랬죠. '내 신발 어딨어?' 하면서 화를 냈고, 아버지 신발이 원래 있던 자리가 아니라 텐트 뒤편에서 발견되었다는 것도요."

"네."

"그리고 영국의 탐사팀이 아버지의 유품을 거두어서 우리한테 전해줬죠."

"그것도 기억나요."

"그중에는 신발 밑창이 한 짝 있었어요. 전 그때 아빠 옷가지하고 노트만 유품으로 건네받았기 때문에 신발 밑창이 한 짝 발견되었단 사실을 그 책을 읽고서야 알았거든요."

"아니, 잠깐만요."

어리둥절해진 해미는 연부의 말을 끊고서 큰 소리로 물었다.

"신발 밑창, 그게 발견되었다는 게 뭐가 어째서요?"

"밑창이 발견되었다는 게 중요한 게 아니죠."

연부는 천천히 머리를 가로저었다.

"그럼요?"

"한 짝만 남아 있었다는 게 중요하죠."

"한…… 짝만?"

해미는 여전히 연부가 무슨 말을 하려는지 이해할 수 없었다.

"신발 밑창이 한 짝만 있었다는 건 다른 한 짝은 없었단 이야기잖아요?"

연부는 차가울 정도로 덤덤하게 말했다.

"그렇겠죠."

"다른 한 짝은 누군가가 일부러 숨긴 거지 않겠어요? 그 작은 사막의 텐트 안에서 저절로 빠져버렸을 가능성은 낮으니까요."

"그건 또 무슨……?"

해미는 완전이 얼이 빠져서 물었다.

"대체 신발 밑창을 왜 숨겨요?"

연부는 빨대에 입을 대고 바닐라 라테를 조금 마시고는 말했다.

"그야 당연히 살인을 위해서죠."

"살인……요?"

해미의 입술이 벌어졌다.

"신발 밑창이 없다면 어떻게 되겠어요?"

"어떻게 되다뇨. 그냥 없는 거죠."

"아뇨."

연부는 해미의 말을 지우듯 고개를 한 번 흔들었다.

"양쪽 신발의 높이가 미세하게 차이가 나게 되는 거예요."

"신발의 높이?"

"네. 그리고 그 신발을 신은 다리의 길이가 차이가 나게 되는 것과 같은 효과가 생겨요. 말하자면 오른쪽 밑창이 없다면, 오른발의 길이가 밑창 높이만큼 미세하게 왼발보다 짧게 되는 거예요."

"그래서요?"

"보폭이 차이가 생기죠. 왼발을 내딛는 폭보다 오른발을 내딛는 폭이 더 짧아져요. 비록 아주 조금이지만 누적되면 사람은 원래 가려던 직선방향으로 가지 못하게 되는 거예요. 커다란 원을 그리며 목적지에서 어긋나게 걸어가게 되는 거죠."

"아, 그런……."

해미는 입을 움찔거릴 뿐 말을 잇지 못했다.

"사방이 온통 모래뿐인, 같은 풍경인 사막이었어요. 가끔은 거센 모래바람에 눈을 뜨기도 힘들었고요. 게다가 지쳐 쓰러지기 직전인 상태였어요. 그런 트릭이 작용하기에 이보다 적합한 상황은 없었겠죠. 보폭의 미세한 차이는 우리 아빠를 자신도 모르게 똑바로 걷지 못하게 만들었어요. 그 방향으로 똑바로 걸어가려던 아빠는 결국 오아시스에 도달하지 못하고 죽음의 사막 어디론가 정처 없이 걸어가버린 거예요."

"그게 그렇게…… 되나요?"

연부의 말을 곱씹던 해미가 화들짝 놀라듯 말했다.

"그럼, 진구 오빠가 그랬단 말이에요?"

해미의 말에는 그럴 리 없다는 강한 반발심이 섞여 있었다. 연부는 차분했다.

"그래요. 아빠가 출발하는 전날 밤에 아빠 신발 밑창을 한쪽 빼놓은 거예요. 사막에서 길을 잃어버리도록. 아빠가 돌아오지 않으면 다른 누군가가 가든가, 혹은 진구 자신이 직접 오아시스 마을에 구조를 요청하러 갈 작정이었던 것 같아요. 아무튼 진구는 그때 구조보다는 아빠를 죽음으로 몰고 가는 일을 우선한 것 같아요. 차 라디에이터에 물이 들어 있다는 걸 진구가 알려줘서 사람들은 환호했지만 그게 하필 아빠가 떠난 후라는 것도 우연은 아니었을 거예요.

보폭의 차이 때문에 걸음이 큰 원을 그린다는 생각은 수학을 좋아했던 진구다운 발상이었어요. 아마 진구는 계산해봤을 거예요. 오아시스 마을까지 거리는 약 20킬로미터. 밑창 두께는 약 2밀리미터, 우리 아빠는 키가 약간 작으니까 다리 안쪽 길이가 80센티미터, 두 걸음의 보폭이 약 30센티미터라고 보면, 양다리를 교차하며 걸을 때마다 치우치는 길이가 나오죠. 피타고라스의 정리와 코사인, 탄젠트 같은 삼각함수를 동원하면 계산이 가능해요. 한 걸음씩 내딛을 때마다 인체가 자연적으로 기울어지는 양 다리 위 골반의 위치, 즉 삼각형 꼭짓점의 위치 같은 건 사람마다 다르니 대략적인 눈대중 수치로 할 수밖에 없었겠지만요. 그래도 큰 차이는 없었을 거예요. 보폭이 벌어지는 수 치만 나오면 20킬로미터 앞의 마을 쪽에 도달할 무렵 생기는 거리상의 이격도 간단하게 산출이 돼요. 반드시 다른 길로 빠진 다, 큰 마을이라 하더라도 발견하기에 어림없는 지점까지 빠지 게 된다, 그런 수치가 도출되었을 테고요.

물론 계획대로만 되는 게 아니니 현실에선 실패가 있을 수 있 죠. 수리적인 계산 외의 우연적인 요소가 개입된다면 확실한 결 과를 장담할 수 있는 것도 아니었고요. 이를테면 우리 아빠가 신발 밑창 한쪽이 없다는 걸 깨닫고 불편을 덜기 위해 아예 다 른 쪽 밑창을 마저 빼버릴 수도 있어요. 하지만 허기와 갈증으 로 지친 상태에서 신발 밑창 하나의 위화감쯤은 눈치채지 못하 고 그대로 출발할 가능성이 높았어요. 그리고 가능성에 지나지 않았던 그건 어린 진구가 자기 아빠를 지키고 우리 아빠를 살해 할 수 있는 거의 유일한 방법이었고, 실제로 먹혀들었죠."

해미는 눈을 감았다. 혀끝이 곤두서는 느낌이었다.

모래바람이 이런 비극을 낳았을 줄이야.

모래는 유상호 교수에게 살인을 속삭였고, 진구에게 살의를 일으켰다. 그리고 그 모래바람 안에서 유상호 교수는 죽어갔다. 아니, 거의 죽었었다.

"이건 사막이라는 특수한 조건에서만 작용할 수 있는 살인, 그리고 아까 말했듯이 진구의 비상한 수학적 발상에서만 생각 해낼 수 있는 살해방법이에요. 수학 살인이랄까요. 목적은 달성 했지만……. 아마 그건 진구의 뇌리 깊숙이 지울 수 없는 트라

우마를 남겼을 거예요. 비록 아버지를 지키기 위해서였지만 수학을 살인에 사용한 거니까요. 그토록 사랑해 마지않던, 무색무취하고 순수한 논리의 체계를 사람을 죽이는 도구로 쓴 거예요. 내면의 갈등이 있었겠죠. 어떤 대상을 정말 좋아하면 좋아할수록 더욱 타락하는 걸 용납할 수 없게 되는 법 아닐까요. 더구나 그건 자신이 만들어낸 거였죠. 진구는 더 이상 수학을 좋아할 순 없게 된 거예요. 살인이라는 불쾌한 욕망이 덧씌워져버린 그것을. 수학과 멀어지고, 인생의 유일한 목표를 잃었어요. 그렇게 된 것 같아요. 그 뒤로 진구의 인생이 보통의 길에서 떨어져 나온 건 결코 우연이 아니었을 거예요."

"그런 일이……."

해미는 말을 맺지 못했다. 어떤 반응을 보여야 할지 도무지 알 수 없었다.

"이 모든 이야기를 들었으니까 이제 해미 씨도 알 거예요. 왜 우리 아빠가 법정에서 끝내 딸이 독을 먹인 것으로 오해하고 상준동을 죽였다는 범행의 진정한 동기를 밝히지 않을 것인지를. 우리 아빠 유상호 교수는요, 공식적으로는 죽은 걸로 되어 있어요. 사막에서 동료를 구하려다 영웅적인 죽음을 한 것으로 말이죠. 그리고 난 그런 훌륭한 학자의 딸로서 많은 동정을 받아왔죠. 그런데 이제 와서 자신의 정체를 밝히면 어떻게 되겠어요? 내가 실은 그 유상호 교수다, 그리고 딸을 돕기 위해 사람을 때려죽였다, 이렇게 밝히면요? 바닥으로 추락하는 거예요. 동료를 구하러 길을 떠난 영웅에서 살인자로 말이죠. 그건 아빠의 자존심이 절대로 용납하지 않아요. 또 진실을 밝히면 딸인 저도 처벌은 받지 않을지언정 실질적인 피해를 입는다고 여기고 있겠죠. 살인자의 딸이 될 뿐 아니라, 왜 내가 독을 넣은 것으로 오해했냐고 물으면서 자꾸만 추궁이 이어질 거니까요.

아빠 어차피 사람을 죽였죠. 그 사실은 변하지 않아요. 그런데 굳이 자신의 정체를 밝혀서 유상호 교수가 갖고 있는 사회적 가치, 존경, 영예로움을 시궁창에 처박고 딸을 곤란하게 만든다? 그럴 리가 없죠. 진구도 우리 아빠를 알아요. 절대로 그러지 않을 거라는 걸요. 살인까지 불사했던 그 자존심을요. 본인이 입을 굳게 다물고 있는데 나나 진구가 나서서 밝힐 의지 따위는 없어요. 저도 아빠의 의사를 존중해요. 더욱이 진구는 자신이 아빠한테 한 일이 있으니까 아빠의 뜻을 거스르는 일 따위는 생각지 않는 거구요. 아빠 스스로가 자신이 실은 유상호 교수이고 유연부의 살인을 막기 위해 직접 상준동을 구타해 살해했다는 사실을 절대 밝히지 않을 것이며, 따라서 상선기의 독살도 공개적으로 밝히지 못할 거라는 걸 알아요. 어차피 아빠가 입을 열지 않는데, 상선기를 고발해봐야 소용없는 거예요. 그럴 바에야 상선기를 을러대서 상속포기나 받아내자고 한 걸 거예요."

"그럼, 문동옥 아줌마한테 보수를 받지 않은 건?"

연부는 쓸쓸한 웃음을 지었다.

"그건 아마……."

연부는 뒷말을 흐렸다.

"아마, 뭐예요?"

해미가 추궁하듯 물었다. 그랬다가 후회했다. 마치 연부는 진구의 속마음을 다 알고 자신은 모른다는 뜻 같아서. 연부는 그런 눈치를 채지는 못한 듯 담담하게 입을 열었다.

"아빠에 대한 일종의 죄책감 때문이겠죠."

"죄책감이요?"

"장효준이 우리 아빠란 사실을 알기 전에는 진구는 그걸로 보수를 받아내 한몫 잡을 계획을 갖고 있었어요. 하지만 장효준이 우리 아빠, 유상호 교수란 걸 안 순간 진구는 그 모든 계획을 완전히 지워버렸어요. 진구에게 아버지, 그리고 우리 아빠의 일은 평생 가슴에 묻은 사건이었어요. 절대 없앨 수 없는 기억. 그 일이 없다면 지금의 김진구가 아니게 되는, 끔찍하게 싫지만 벗어날 수 없는 운명. 자신의 그 비밀스런 과거와 기억이 있었기에 알아낸 사건의 진상. 그걸로 돈을 받는 건 마치 팔아넘기는 기분이 들었을 거예요. 자신을, 과거를, 인생 전부를요. 그래서일 거예요. 보수를 받지 않은 건."

"자신의 인생을 팔아넘기는 일……."

해미는 연부의 말을 되뇌었다.

"난 진구를 알아요. 그런 자신을 용납할 수 없는 친구예요. 자신의 진실, 우리 아빠의 진실을 이용해 돈벌이를 할 수는 없었던 거죠. 차라리 다른 진실이었다면 보수를 챙겼겠지만……."

해미는 연부가 앞에 있다는 것조차 의식 못 하고 턱에 손을 괴고 무어라 표현할 수 없는 기묘한 감상에 빠져 들어갔다.

해미는 진구가 항상 돈만을 생각한다며 나무랐다. 진구를 움직이는 건 다른 무엇도 아닌 돈이라고 여겼다. 가끔 큰 이익 앞에서 주춤하거나 등을 돌리는 행태를 보일 때도 있긴 했다. 그건 사회와 섞이지 않는 진구의 괴벽, 뒤틀린 심통 같은 것에 불과하다고 여겼다. 하지만 이제는 진구가 어떤 인간인지, 무엇이 그를 움직이는지 도무지 모르겠다는 생각이 들었다. 동시에, 해미는 연부가 자기보다 월등히 더 진구를 잘 안다는 생각에 패배감 비슷한 감정 또한 느꼈다. 진구가 한없이 멀게 여겨졌다.

내가 알던 김진구가 그 김진구가 맞아? 사람을 죽였고, 아니 죽이려고 했고……. 그 멀쩡하고 무심한 얼굴 아래에 그런 과거가 숨어 있었어. 필생의 꿈인 수학을 버리고 자포자기의 인생길을 걸어왔던 진구. 그러면서 나에게는 자기의 이야기를 한마디도 해주지 않았고…….

난 진구에게 뭐였지? 왜 유연부에게 이 이야기를 듣고서 고개를 끄덕이고 있어야 하는 거지?

해미는 화가 났다. 자신에게, 진구에게 이루 말할 수 없이 화가 치밀었다. 다시는 진구를 볼 수 없을 것만 같았다. 적어도 지금은 그랬다.

남부구치소 면회실은 깨끗했다. 영등포구치소에서 이전된 이곳은 건물을 신축하면서 일대 혁신을 단행해 최신 설비를 유지하고 있다. 그만큼 수감자들이 가장 가기를 원하는 곳이기도 했다. 진구는 면회실 가장자리에 앉아 초점 없는 시선을 하얀 벽면에 던지고 있었다. 지금 출입문을 열고 들어올 사람을 정면으로 마주 볼 마음의 준비가 아직은 안 되어 있는 것 같았다. 유상호 교수, 아니 여기서는 그 이름을 꺼낼 수 없었다. 어디까지나 장효준, 고용주를 살해한 운전기사 장효준을 진구는 기다리고 있었다.

면회실 문이 열렸다. 진구는 불가항력으로 시선을 주었다. 어기적거리는 걸음걸이부터 눈에 들어왔다. 법정에서보다 부쩍 힘들어 보이는 걸음걸이였다. 유상호는 진구를 보더니 눈을 한번 감았다 떴다. 그러고는 이내 느릿한 걸음걸이로 진구에게 다가왔다. 진구의 방문을 예상했던 모양이다. 그는 말없이 진구 앞에 앉았다. 구멍이 숭숭 뚫린 칸막이를 사이에 두고 두 사람이 덩그러니 앉았다. 10년 만의 해후. 두 사람 사이에는 가로놓인 아크릴 판만큼의 거리밖에 남지 않았다.

"아저씨."

진구는 교도관을 의식해 유상호 교수의 이름을 꺼내지는 않았다.

"오랜만이구나."

음성이 갈라져 있었다.

"연부……한테 들었어. 편지로도 읽었고, 얼마 전엔 그냥 지인인 것처럼 하고 면회도 한 번 왔었다."

'연부'라는 말을 할 때는 거의 입술만 달싹거렸지만 물론 진구는 확실히 알 수 있었다.

"안은 지내기 어떠세요?"

"바깥보다 조금 좁은 것뿐이야. 괜찮아."

몇 초의 침묵이 흘렀다.

"네가 어떻게 지내왔는지도 연부가 편지로 다 이야기해줬다."

유상호가 말했다. 그러고는 뒤를 잇듯이 말했다.

"미안하다."

진구는 입을 다물고 있었다. 유상호가 작은 기침을 내뱉고서 말했다.

"너도 알고 있었지? 그때부터."

"네."

진구가 말했다.

"우연히 보았습니다. 아저씨가 아버지 음식에 뭔가를 넣는 걸."

유상호는 눈을 감고 진구의 말을 담담한 표정으로 들었지만 어느 순간 눈가가 실룩거렸다.

"난 미쳤었다……."

"전 아버지를 지키고 싶었어요. 제가 알았을 땐 이미 죽음을 앞에 둔 상태셨긴 했지만. 그래도 해보는 수밖에요. 아버지가 살아 계신 동안엔 살의를 가진 아저씨를 곁에 둘 수 없었어요."

유상호가 눈을 떴다. 어느새 그의 눈에 눈물이 고여 있었다. 유상호는 양손을 내밀어 진구 쪽으로 뻗치다가 아크릴 판에 막히자 움찔하며 거두어 들였다. 그 순간 내면 어딘가가 무너진 것 같았다. 유상호는 감정이 북받치는 듯 깊은 안타까움이 깃든 음성으로, 울먹이며 말했다.

"내가 미쳤었다. 모래바람이 날 미치게 했다. 진구 너도 기억나지? 그 악마와도 같은 모래바람……. 내가 어떻게 그런 짓을……. 지금 생각해도 실제로 일어난 일 같지 않아. 아니, 다른 변명 않으련다. 모두 내 잘못이야. 그저 보통 사람도 못 된……. 난 네 아버지, 그리고 네 꿈을 잘라버렸다. 미안하다, 진구야."

진구는 물끄러미 유상호를 보았다.

"아저씨도 10년의 시간을 잃었네요……. 원한은 갖지 않기로 하죠."

유상호의 고개가 푹 꺾였다. 눈에서 눈물이 굴러 떨어졌다.

"아저씨는 몰라도, 아저씨의 몰락으로 인해 저 또한 그 친구 인생을 구렁텅이에 빠트린 셈이니까요."

"그래. 나도 그 아이를 생각하면 너무나 마음이 아프구나."

두 사람 다 이제 '연부'라는 말은 쓰지 않았다.

"지금도 짐만 되고 있어. 난 그 아이를 오해했었다. 상준동을 죽이려 한다고."

"지키고 싶으셨던 거죠."

유상호는 소매로 눈물을 닦았다. 그러자 고통으로 일그러진 표정이 나타났다. 회한에 가득 찬 얼굴이었다.

"우연히 그 아이 집에 숨겨둔 피마자 씨앗을 발견했어. 그리고 그 무렵 상준동이 무기력하게 늘어지고 몇 번이나 구토를 했지. 똑같은 증상이었어. 진구 네 아버지하고. 그 핏빛 눈동자……. 완전히 같았어. 내가 한 짓이 떠오르더구나. 그 아이가 예전에 내가 한 짓 그대로 따라한다고만 믿었어. 그렇지만 차마 입 밖에 내어 묻지는 못했다. 나 역시 독으로 내 친구를 죽였어. 그런 놈이 이제 와서 딸을 독살범으로 의심하고, 그러지 말라고 타이를 자격 따위 없다고 자책했던 거야. 나 혼자 고민했고, 어떻게든 우리 애가 살인자가 되는 일만은 막으려 했다……."

유상호는 모기 같은 목소리로 말을 힘들게 이었다. 딸, 우리 애 같은 단어를 말할 땐 거의 입 모양만 만들었다.

"알고 있습니다."

진구가 말했다.

"모든 게 내 잘못이었어."

유상호는 고개를 떨구었다.

"내가 이런 말 할 면목은 없지만…… 그 아이를 잘 부탁한다, 진구야."

다시 고개를 든 유상호의 간절한 얼굴은 눈물범벅이었다.

"그 친구한텐 제가 큰 잘못을 한걸요."

진구는 일어섰다.

남부구치소 밖에서 연부가 기다리고 있었다. 조금 전 어두침침한 구치소 접견실과는 달리 햇볕이 강렬하게 내리쬐었고, 연부의 얼굴은 밝다 못해 새하얗게 작렬하는 것처럼 보였다. 회사를 그만두었지만 여전히 오피스 룩 차림에 숄더백을 메고 있었다. 연부는 다가온 진구에게 물었다.

"만났어?"

"……응."

진구는 연부와 어깨를 나란히 하고 발걸음을 옮겼다. 연부의 펌프스 굽 소리가 또각또각 돌바닥에 새겨졌다.

"우시더라."

"응."

아버지의 일에 관해 보인 연부의 반응은 그것뿐이었다.

"이렇게 나란히 걷는 거, 참 오랜만이네."

연부가 말했다.

"그래. 연부 너하고 이렇게 걸으니깐 기분이 묘하다."

연부는 대답 없이 가볍게 웃었다.

진구도 조금은 마음이 가벼워졌다. 연부의 아버지를 살해했다고 믿었던 동안, 그리고 연부가 그 사실을 알았다고 생각한 때부터 연부를 제대로 볼 수가 없었다. 유상호 교수가 진구의 아버지를 살해했지만 그는 연부의 소중한 아버지다. 10년의 세월을 거쳐 그가 살아 돌아왔다. 연부와 다시 만나고서 연부가 자신을 생각보다 편하게 대해준다고 느꼈었다. 조금은 이상하게 생각했는데. 아버지가 살아 있었기 때문이겠지.

유상호 교수가 살아남았다고 해서 진구는 못다 한 아버지의 복수를 해야겠다는 따위의 생각은 들지 않았다. 오히려 마음의 추를 내려놓은 것 같았다. 의식을 짓눌렀던 맷돌이 치워진 것 같았다. 그리고 연부를 조금은 더 편안한 마음으로 대할 수 있었다. 이렇게 나란히 걷는 일도 할 수 있을 만큼.

"저녁이나 먹을까?"

연부가 말했고, 진구는 고개를 끄덕였다.

택시를 타고 역삼역 방면으로 향했다. 저녁식사는 파스타와 리소토로 가볍게 끝냈다. 두 사람은 자연스럽게 근처 지하 바로 자리를 옮겼다.

진구와 연부가 문을 밀며 들어갔을 때는 바텐더와 여종업원이 카운터 너머로 시시덕거리고 있었다. 아마 이들이 첫 손님인 모양이다. 바의 긴 카운터는 텅 비었고, 홀의 좌석 칸막이는 높았다. 이십대의 두 사람에겐 조금 낡은 분위기였지만 술 한 잔을 사이에 둔 대화가 목적이라면 훌륭한 선택이었다.

연부는 구석자리로 앞서 걸어가 자리를 잡았다. 다가온 종업원에게 조니워커를 병째 주문했다. 술병과 잔이 세팅되고 과일 안주가 나오는 동안 두 사람 사이에 대화는 거의 흘러나오지 않았다. 술을 나르던 여 종업원은 두 사람을 오늘 처음 만나 무리해 술집까지 온 서먹한 사이라고 생각했을지 모른다. 진구는 어색함을 깨뜨리려는 듯 스트레이트 잔을 연거푸 들이켰다. 연부도 같이 마셨다. 연부가 먼저 대화의 물꼬를 텄다.

"해미 만났어."

"그랬어?"

진구는 조금도 놀라지 않은 말투였다.

"먼저 만나자고 하더라. 궁금한 게 많았나봐. 너한테."

"그럴지도 모른다고 생각했어. 해미는 한번 발동하면 못 말리거든."

"해미에 대해 잘 아네?"

"여자 친구니까."

진구는 툭 내뱉었다.

"해미는 너에 대해 잘 몰라서 서운해하던데."

진구는 대답하지 않았다.

"너의 예전 이야기 같은 거, 전혀 몰랐고, 그런 게 섭섭한가봐. 해미한테 왜 네 얘긴 안 했어?"

"그런 얘기는 필요 없잖아."

"왜."

"왜 필요해?"

"여자 친구로서 무시당했단 기분이 들지도 몰라."

진구는 또 대꾸가 없었다. 술을 반쯤 들이켰고, 잔을 탁자에 놓은 후 말했다.

"그냥. 무시한 건 아냐, 절대. 날 겁줄 수 있는 건 해미뿐인걸."

"그럴 것 같긴 해."

연부가 미소를 머금었다.

"해미는 밝아. 화도 잘 내지만 그것뿐이야. 그런 해미를 그대로 지켜주고 싶었어. 해미의 세상 안으로 내가 들어갔으면 했어. 내 과거 안으로 해미를 끌어들이고 싶지 않았어."

연부는 더 이상 말을 받지 않았다. 고개를 조금 숙이고서 술잔을 하염없이 쳐다보았다. 그러다가 문득 고개를 들었다.

"우리 둘이 만나서 남 이야기 하고 있으니까 좀 웃긴다, 그치?"

진구는 대꾸할 말을 찾지 못했다. 연부는 해미 이야기를 하러 여기까지 온 건 아닐 것이다. 퍼뜩 그런 깨달음이 들었다. 진구는 후회했다. 연부가 먼저 꺼낸 해미 이야기는 적당히 그만뒀어야 했는데.

대화가 없어졌다. 두 사람은 말을 대신해 술잔을 기울였다. 서로를 보지 않고, 탁자 위의 조그만 술잔만을 들여다보았다. 마치 그 안에 어떤 해답이 들어 있기라도 한 듯이.

호박색 위스키가 담긴 컷 글라스 너머로 연부의 눈동자가 흐릿해졌다. 많이 취해 보였다. 조금 생소했다. 선명하고 이성적인 모습으로만 기억되던 연부였다. 하기는 어린 시절 헤어졌으니 연부가 술 마시는 모습은 보지 못했다.

"너 술 잘 마시는 줄 몰랐어."

진구가 말했다. 말하고 보니 발음이 약간 어눌하다. 실은 진구가 더 취한 것 같았다. 연부가 피식 웃었다.

"옛날에 헤어졌으니까."

"헤어졌다기보다……."

"헤어진 거 맞아."

연부가 단정적으로 말했다.

"그 책이 나오고서부터 너하고 난 사이가 멀어졌으니까."

진구는 입을 다물었다. 피하고 싶은 화제였다. 술 취한 머리로는 더욱.

"아니, 멀어진 것도 아냐. 네가 날 피했지."

연부는 손가락으로 진구의 미간을 가리켰다. 진구는 조용히 그 손가락을 감싸 쥐고 맞잡은 손을 탁자 위로 같이 내렸다.

"연부 네겐 변명할 말이 없어."

진구가 얼굴을 조금 숙였다.

"미안해……."

"미안?"

"아버지를 지켜야겠다는 마음이었지만, 복수심도 있었을지 몰라. 내가 그런 마음을 품었다면 연부 너도 내게 그런 마음을 품었을 수도 있었는데."

진구는 뒷말을 흐렸다. 연부는 흐릿하게 웃었다.

"난 널 좋아했잖아."

진구는 말이 없었다. 연부가 다시 말했다.

"그래도 그 책을 읽은 다음엔 널 도저히 볼 수 없었어."

"그랬겠지."

진구는 고개를 숙였다. 진구가 슬그머니 잡은 손을 빼려 했지만 연부가 그 손을 조금 세게 잡아 멈추었다.

"네가 말한 그런 복수심 때문은 아니었어."

"그럼."

"내 아빠를 죽음으로 몰아넣은 남자를 단지 내가 좋아한다는 이유로 만나는 건 자존심이 허락하지 않았거든."

"……."

"나 그땐 꽤 섬세했을걸. 뭐니 뭐니 해도 사춘기였잖아."

"그래……."

진구의 의식이, 시야가 흔들리고 있었다. 연부가 몇 마디를 더 했는데 귀에는 들어오지 않았다. 다만 그 하나하나의 음절들을 만들어내는 연부의 입술이 무척 탐스럽다고 생각할 뿐이었

다. 연부에게 가졌던, 진구를 쭈뼛거리게 했던 그 오랜 죄의식
이 서서히 무너져갔다. 연부하고 같이 있어도 될 것 같았다.

아침에 깨어났을 때 머리가 지끈지끈 아팠지만 의식이 돌아
온 한순간에 지난밤의 모든 일들이 기억났다. 시간순으로 흘러
가는 영상이 아니라 마치 한 번에 카메라에 찍혀버린 장면처럼.
공간과 시간이 직관적으로 합쳐지는 이 순간을 각성이라고 하
는 걸까. 알코올에 젖은 뇌가 흔히 그러듯 뒤죽박죽 맥락 없는
생각을 하며 진구는 눈을 떴다.

거실이 환한 걸 보니 꽤 늦잠을 잔 것 같다. 고개를 돌려 금방
자신이 몸을 일으킨 소파를 보았다. 얇은 이불이 구겨져 있다.
침실로 들어가보았다. 연부는 없었다. 어젯밤 벗어 던진 옷도,
백도, 신발도 없다. 마치 자신의 흔적을 지우고 도둑의 소굴을
몰래 빠져나간 것 같다. 후회의 자국만이 남은 것 같다.

진구는 부엌 탁자 옆에 멍하니 한참을 앉아 있었다. 몸속 장
기가 하나 빠져나간 기분이었다.

어젯밤 연부와 같이 집에 들어왔을 때, 진구의 맥박은 솟구쳤
고, 심장이 터질 듯했다. 하지만 휘청거리는 연부를 침대에 눕
혔을 때, 쓸쓸한 소녀의 얼굴을 연부에게서 보았을 때, 연줄처
럼 팽팽했던 정신의 긴장이 툭 끊어지고 말았다. 왠지 모르게
기운이 쑥 빠져버렸다. 과거로 묻어두어야 할 것을 다시 현재로
되살려내기 싫었던 것일까. 문득 해미의 얼굴이 어른거렸다. 펄
쩍 뛰며 화내는 얼굴이 아니라, 목표 없이 산다며 진구를 걱정

할 때의 얼굴이었다.

이불을 덮어주고 거실에 나와 소파에 몸을 뉘였을 때, 무언가가 떨어져나가는 느낌이 들었다. 회한, 후회, 정열, 어떤 것인지는 알 수 없었다. 한 조그만 시대의 마침표가 찍어진 듯한 기분도 들었다.

진구는 뭉그적뭉그적 세수를 하고 양치를 했다. 다시 부엌 의자에 앉은 진구는 물을 끓이고 커피를 내렸다. 시간을 넘겨 물이 팔팔 끓어올랐고 뜨거운 김이 식기 전까지 한동안 찻잔에 손을 대지 못했다.

머릿속이 부옇게 흐려졌다. 초점이 맞지 않는 시선을 내버려두었다. 마치 의식이 빠져버린 지푸라기 인형처럼 느껴졌다.

현관 벨이 울렸다.

일어나 인터폰 앞으로 갔다. 화면에 비친 얼굴은 연부였다. 진구는 잠깐 망설이다가 현관으로 가 문을 열었다.

연부는 들어오지 않고 가만히 서 있었다. 처연한 표정, 젖어 헝클어진 머리. 그러면서도 살짝 흥분으로 고조된 듯한 뺨.

연부는 그 자리에 서서 말했다.

"우리 그냥 이대로 만날까?"

진구의 표정이 당혹감으로 뒤죽박죽이 되었다. 이어 말없이 고개를 저었다. 그 표정은 마치 고향에 돌아가자는 권유를 받고서도 승낙하지 못하는, 고통에 절은 방랑자의 그것 같았다.

"해미 때문?"

진구는 대답이 없었다. 연부가 또 말했다.

"해미도 지금은 널 조금은 다르게 여기고 있을걸."

"그게 무슨 소리야?"

연부는 입가를 끌어올려 웃음을 만들었을 뿐 대답하지 않았다. 그 미소는 곧 사라졌다.

"내가 가서 우리 잤다고 하면? 널 용서할까? 그 해미가?"

"절대 용서 안 할 거야."

진구는 주저하지 않고 대답했다. 분명한 사실과도 같은 예측이었다.

풋.

연부가 소리 내 웃었다.

"절대 용서 안 할 거라는 이야기, 왜 나한테 해주는 거야? 내가 가서 얘기하고 그렇게라도 끝내주기를, 마음속으론 바란 거 아닐까?"

진구는 잠시 침묵하다가 말했다.

"연부 넌 절대 그렇게 하지 않을 거거든."

"웃겨. 날 그렇게 좋은 여자로 생각해? 해미가 상처받을까봐 걱정하는 그런 여자?"

"아니."

"그럼?"

"넌 안 할 거야. 좋은 여자라서가 아니라, 네 자존심 때문에. 남자를 차지하기 위해 그런 거짓말을? 유연부가?"

진구는 고개를 흔들었다.

"그래도 그 남자가 바로 너라면 다를지도 모르지."

"안 할 거야."

"어떻게 알아?"

"넌 내가 제일 잘 알아. 너도 알잖아."

연부는 잠시 후 고개를 끄덕였다.

"그래. 그래서 널 좋아했어. 넌 나와 다른 종류의 사람이 아닌 것 같았거든."

한참 후 연부가 다시 입을 열었다.

"그럼 그것도 알겠구나."

"뭘."

"널 지금 미치도록 증오한다는 것도."

진구는 물끄러미 연부를 보았다. 허튼소리가 아니란 걸 안다. 무섭고 날카로운 침묵이 흘렀다.

"안녕."

연부의 입이 그렇게 움직였다. 실제로 들리지는 않은 말 같기도 하다.

연부는 뒤돌아 계단을 내려갔다.

참고 서적

피터 홉커크, 《실크로드의 악마들》, 사계절, 2000
문명대, 《중국 실크로드 기행》, 한국언론자료간행회, 1993
문명대, 《서역 실크로드 탐사기》, 한국언론자료간행회, 1994
윌리엄 랑게비쉐, 《사하라 사막 횡단기》, 크림슨, 2008

모래
바·람·

2017년 6월 9일 초판 1쇄 인쇄
2017년 6월 19일 초판 1쇄 발행

지은이 | 도진기
발행인 | 이원주
책임편집 | 박유희
책임마케팅 | 조용호

발행처 (주)시공사
출판등록 1989년 5월 10일(제3-248호)

주소 | 서울특별시 서초구 사임당로 82(우편번호 06641)
전화 | 편집(02)2046-2852 · 마케팅(02)2046-2800
팩스 | 편집 · 마케팅(02)585-1755
홈페이지 www.sigongsa.com

ISBN 978-89-527-7868-0 04810
ISBN 978-89-527-6531-4 (set)